DROEMER

In der Verlagsgruppe Droemer Knaur sind bereits folgende Bücher der Autorin erschienen:
Der Wintergarten
Fremde Schwestern
Ferne Tochter
Seit jenem Moment

Über die Autorin:
Renate Ahrens, 1955 geboren, studierte Anglistik und Romanistik und war einige Zeit als Lehrerin tätig, bevor sie 1986 als freie Autorin zu arbeiten begann. Sie schreibt Romane, Theaterstücke und deutsch-englische Kinderbücher. 1996 gingen sie und ihr Mann, ein gebürtiger Südafrikaner, für ein Jahr nach Kapstadt. In dieser Zeit wohnte Renate Ahrens vielen Anhörungen der Wahrheits- und Versöhnungskommission bei und ließ die Eindrücke in ihren Roman *Zeit der Wahrheit* einfließen. Heute lebt sie mit ihrem Mann abwechselnd in Dublin und Hamburg. Renate Ahrens ist Mitglied des PEN-Zentrums deutschsprachiger Autoren im Ausland. Die Zeitschrift *FREUNDIN* urteilt über die Romane der Autorin: »In einfühlsamer Sprache erzählt Renate Ahrens Geschichten, die berühren.«

Mehr Informationen zur Autorin finden Sie unter: www. renate-ahrens.de

RENATE AHRENS

Zeit der Wahrheit

Roman

DROEMER

Besuchen Sie uns im Internet:
www.droemer.de

Vollständige Taschenbuch-Neuausgabe Februar 2015
Droemer Taschenbuch

Umschlaggestaltung: NETWORK! Werbeagentur, München
Umschlagabbildung: © Gettyimages/Beatriz Molina
Satz: Adobe InDesign im Verlag
Druck und Bindung: CPI books GmbH, Leck
ISBN 978-3-426-30416-7

2 4 5 3 1

Für Alan

»Wir umarmen unsere Kinder, um von der Zukunft in die Arme genommen zu werden, um uns über den Tod hinaus weiterzugeben, um mitgenommen zu werden. So war es, wenn ich Dich umarmte, immer.«

J. M. COETZEE, Eiserne Zeit

1

Pia hatte schon geschlafen, als der Anruf aus der Klinik kam.

»Ihr Vater hat einen Schlaganfall erlitten«, sagte die Schwester. »Kommen Sie schnell, bevor es zu spät ist.«

Pias Mund wurde trocken vor Angst. Wie im Taumel zog sie sich ihre Jeans und ihren warmen blauen Pulli an, lief auf die Straße hinunter und brauchte endlose Minuten, bis sie sich erinnerte, wo sie geparkt hatte.

Seine Augen waren geschlossen, die Wangen grau und eingefallen. Sein Atem ging flach. Auf seiner Stirn standen kleine Schweißperlen.

»Ein Nachbar hat ihn gefunden«, sagte die Schwester. »Er lag bereits im Koma, als er eingeliefert wurde. Wahrscheinlich wird er nicht wieder zu sich kommen.«

Gegen zwei Uhr morgens merkte Pia, wie sein Mund sich bewegte. Sie griff nach seiner Hand. Was war das, was er versuchte, ihr zu sagen? Sie legte ihr Ohr auf seine Lippen und lauschte.

»Zo... Zo... Zoë...«

»Zoë?«, fragte sie.

Er nickte. Zumindest kam es ihr so vor, als ob er nickte. In ihrem Kopf stürzten plötzlich lauter Bilder durcheinander. *Mutter streitet mit Vater. Vater schlägt die Haustür hinter sich zu. Mutter packt die Koffer. Zoë drückt mich an sich. Mutter reißt mich aus Zoës Armen. Zoë weint. Ich weine auch.*

In diesem Moment kam ein Röcheln aus seiner Kehle. Sein Kopf sackte zur Seite, seine Hand wurde schlaff, und dann hörte er auf zu atmen.

Pia saß reglos, bis der Arzt das Zimmer verlassen hatte und die Schwester begann, das Kinn ihres Vaters hochzubinden.

»Gibt es hier jemanden, der Zoë heißt?«, fragte sie leise.

»Zoë?«

Die Schwester sah sie an, als hätte sie etwas Unanständiges gesagt.

»Er hat zuletzt ein Wort geflüstert, das wie ›Zoë‹ klang.«

»Hier heißt niemand Zoë.«

Pia nickte und trat ans Fenster. Unter ihr lag der erleuchtete Parkplatz. Kaltes weißes Licht. Sie machte die Augen zu und fuhr sich mit beiden Händen durch ihre krausen roten Haare. Rotlöckchen hatte er sie genannt, als sie klein war. Mein Rotlöckchen.

»Es tut mir leid«, sagte die Schwester. »Das Ganze muss ein schwerer Schock für Sie sein.«

Pia nickte wieder und hoffte, sie würde jetzt gehen.

»Soll ich die Sachen Ihres Vaters …«

»Danke. Das mache ich selbst.«

Endlich war sie draußen. Pia betrachtete ihren Vater, wie er dalag mit diesem zusammengefalteten weißen Tuch um den Kopf, dessen lange Zipfel ihm etwas Häschenhaftes verliehen. Er ist tot. Er ist tot. Er ist tot, dröhnte es in ihrem Kopf. Aber sie begriff es nicht. Noch vor zwei Tagen hatte sie abends bei ihm in der Küche gesessen und ihm beim Kochen zugesehen. Er hatte eine Flasche Sekt aufgemacht, und sie hatten darauf angestoßen, dass die Redaktion ihr den Job als Auslandskorrespondentin angeboten hatte. Wie konnte es sein, dass sie nie wieder dort sitzen und ihm zusehen würde? Nie wieder mit ihm anstoßen, nie wieder mit ihm reden würde? Sie, die immer so viel miteinander geredet hatten. Über alles. Oder fast alles.

Zoë … In ihrem Leben hatte es nur eine Zoë gegeben, und das war lange her, so lange, dass sie sich nicht mal mehr an ihr

Gesicht erinnern konnte. Warm und weich war sie gewesen, ihre Zoë. Und gerochen hatte sie nach Zimt und Vanille.

Ihr Vater hatte nie über sie gesprochen, und auch ihre Mutter hatte bis zu ihrem Tod nie den Namen Zoë erwähnt. Das war insofern nichts Besonderes, als bei ihnen zu Hause grundsätzlich nicht über Südafrika gesprochen wurde. Ihre Eltern hatten die sechs Jahre, die sie dort verbracht hatten, aus ihrem Leben gestrichen. Als Pia ihren ersten Ausweis bekam und wissen wollte, wieso da als Geburtsort nicht Hamburg stand, hatte ihre Mutter gemurmelt, dass Vater eben damals in Kapstadt gearbeitet habe. Pia hatte sich dieses Schweigen nur so erklären können, dass sich ihre Eltern insgeheim dafür schämten, jahrelang ein luxuriöses Leben in einem Apartheidstaat geführt zu haben. Ihr selbst ging es ja auch nicht anders. Sie hatte es immer peinlich gefunden, in Kapstadt geboren zu sein, obwohl sie nun wirklich nichts dafür konnte. Bis auf Britta wusste es niemand. Selbst vor Klaus hatte sie es all die Jahre verbergen können.

Pias Blick fiel auf die zusammengepressten Lippen ihres Vaters. Hatte er Schmerzen gehabt? Hatte er geahnt, dass er nicht mehr lange leben würde? Plötzlich musste sie an den Elbspaziergang denken, den sie vor ein paar Wochen mit ihm gemacht hatte. Da hatte er über Südafrika gesprochen, das erste und einzige Mal in ihrem Leben.

Es war ein kalter, stürmischer Tag gewesen. Sie hatte ihn abgeholt, wie an jedem Sonntag, und vorgeschlagen, ins Kino zu gehen oder irgendwo Tee zu trinken. Aber ihr Vater wollte an die Elbe.

Schon auf der Fahrt nach Teufelsbrück hatte Pia das Gefühl, dass ihn etwas beschäftigte. Er blickte starr geradeaus, hörte ihr nicht richtig zu und gab nur einsilbige Antworten.

Nachdem sie eine Weile schweigend nebeneinander hergelaufen waren, fing er auf einmal an, über die Wahrheitskommission zu sprechen, die demnächst ihre Arbeit aufnehmen würde. Er habe die Berichte über die Vorbereitungen genauestens verfolgt und sei sehr skeptisch, ob die Weißen in Südafrika wirklich wissen wollten, was in ihrem Staat all die Jahre passiert sei. Pia war so überrascht, dass sie zunächst nicht wusste, was sie sagen sollte.

»Weißt du, wovon ich rede?«

»Natürlich weiß ich das.«

»Und was sagst du dazu?«

»Dass du wahrscheinlich recht hast, aber …«

»Aber was?«

»Ich denke, für die Schwarzen ist die Reaktion der Weißen nicht das Vorrangige.«

»Sondern?«

»Dass sie die Wahrheit erfahren über die Morde an ihren Männern und Frauen und Kindern.«

Er nickte und schwieg dann wieder. Der Wind blies jetzt so stark, dass Pia Mühe hatte, mit ihrem Vater Schritt zu halten. Dabei war sie wesentlich durchtrainierter und sogar ein Stück größer als er. Mit leicht gebeugtem Oberkörper hastete er vorwärts, ohne nach rechts oder links zu blicken, und Pia hatte plötzlich das Bild eines gehetzten Tieres vor Augen.

»Ich wusste nicht, dass du dich für südafrikanische Politik interessierst«, sagte sie schließlich.

»Nun weißt du es.«

»Und warum haben wir bisher nie darüber gesprochen?«

Er seufzte und strich ihr mit der Hand leicht über ihre roten Locken, wie er es früher schon immer getan hatte, wenn sie quengelte, weil sie irgendetwas haben wollte. Spätestens dann war ihr klar, dass sie es nicht bekommen würde.

Sie hatte die Geste respektiert und nicht weitergefragt. Hätte sie weiterfragen sollen? Hatte er dieses Gespräch über die

Wahrheitskommission überhaupt nur deshalb begonnen, damit sie weiterfragte? Hatte er ihr womöglich bei jenem Spaziergang von Zoë erzählen wollen?

Sie wünschte, sie könnte weinen, aber ihre Augen waren trocken, so trocken, dass es beinahe weh tat.

Es war ein sonniger Tag, der 19. April 1996, an dem ihr Vater beerdigt wurde. Auf dem Ohlsdorfer Friedhof blühten die Osterglocken, und in der Kapelle roch es nach Veilchen. Pia merkte erst nach einer Weile, dass der Duft nicht vom Blumenschmuck, sondern vom Parfum irgendeines Trauergastes herrührte. Nur die ersten Reihen waren besetzt; ihr Vater hatte sich nie darum bemüht, Freundschaften zu schließen.

Am Abend zuvor hätte sie beinahe Klaus angerufen, um ihn zu bitten, heute hier neben ihr zu sitzen. Aber jetzt war sie froh, dass sie das nicht getan hatte, weil es sie doch nur in neue Abgründe gestürzt hätte.

Wen sie vermisste, war Britta, die natürlich gekommen wäre, wenn sie nicht an diesem Wochenende zu der Historikertagung nach New York gemusst hätte, um dort einen Vortrag zu halten.

»Dass der Golfclub niemanden geschickt hat, verstehe ich nicht«, sagte Tante Hilde, die Schwester ihres Vaters, und zupfte ihren Schleier zurecht.

Dann ertönte ein Präludium von Bach.

Die Ansprache des Pfarrers war so allgemein, dass er sie für unzählige andere Tote hätte halten können. Dennoch lobte später Tante Hilde mit tränenerstickter Stimme die passenden Worte des Herrn Pfarrer.

Pia hatte ein Café mit Elbblick gewählt, in dem etwa zwanzig Trauergäste mit Streuselkuchen und wahlweise Tee oder Kaffee bewirtet wurden. Die Herren in dunklen Anzügen sprachen über Bilanzen und verabschiedeten sich nach einer knappen Dreiviertelstunde. Kurz darauf gingen auch die zwei Männer aus dem Segelverein.

»Ich hätte nichts gegen einen Cognac einzuwenden«, verkündete Tante Hilde.

Nach dem zweiten Cognac fing Tante Hilde an zu erzählen. Was für ein fröhliches Kind er gewesen sei, der Dieter. Er habe immer nur Schabernack im Kopf gehabt.

»Und wann hat das aufgehört?«

»Na, wann wohl? Als er deine Mutter geheiratet hat. Die hatte zwar Geld, aber ...« Tante Hilde schnalzte mit der Zunge. »Diese Kälte! Das war ja nicht zum Aushalten!«

»Hat er dir gegenüber jemals den Namen Zoë erwähnt?«

Tante Hilde stutzte. »Zoë? Was ist das denn für ein Name?«

»Ein englischer.«

»Kenn ich nicht. Soll das ein Frauenname sein?«

Pia nickte.

»Der hat nie eine andere Frau gehabt, das kannst du mir glauben. Dabei habe ich's ihm immer gewünscht, dass er mal mit jemandem richtig glücklich wird, vor allem nachdem deine Mutter gestorben war.«

»Ihr Tod ist ihm sehr nahegegangen.«

»Dass er sich nicht befreit gefühlt hat, nach all den Jahren ...«

»Er hat sie geliebt.«

»Das mag ja sein. Aber sie ... sie hat ihn nicht geliebt. Die konnte gar nicht lieben.«

Am Tag nach der Beerdigung fuhr Pia zum Haus ihres Vaters. Sie war besessen von dem Gedanken, dass es irgendwo in diesen Räumen einen Hinweis auf Zoë geben musste. Stundenlang blätterte sie in alten Briefen, Notizbüchern und Reiseaufzeichnungen. Sie sah sich unzählige Ordner mit Steuerunterlagen und Hefter mit Bankauszügen an, die bis zum September 1966 zurückreichten, dem Monat, in dem sie Südafrika verlassen hatten. Irgendwann fand sie ein altes Adressbuch, das nur noch von einem Bindfaden zusammengehalten wurde, und darin entdeckte sie ihren Namen: *Zoë Shenton, 8 Hanover Street.* Keine Telefonnummer.

Wieso hatte ihr Vater im Sterben an diese Frau gedacht? Dreißig Jahre waren vergangen seit jenem Aufbruch aus Kapstadt. Hatte er ein Verhältnis mit ihr gehabt? Ein weißer Geschäftsmann, der mit seiner farbigen Angestellten schläft? Nein. Ihr Vater hätte ihre Mutter niemals betrogen. In all den Jahren, in denen es ihr so schlechtgegangen war, hatte er immer zu ihr gehalten. Hatte sie in die Klinik gefahren, wenn sie wieder operiert werden musste. Hatte sie nach Hause geholt, sobald es ihr wieder besserging. Für jede Chemotherapiebehandlung hatte er sich freigenommen, um an ihrem Bett sitzen zu können und ihr die Schüssel zu halten, wenn sie sich übergeben musste. Er hatte sie angefleht, nicht aufzugeben. Als sie vor fünf Jahren gestorben war, hatte er wochenlang mit niemandem gesprochen.

Und ihre Mutter? Die hätte sofort die Scheidung eingereicht, wenn sie von einer Geliebten erfahren hätte. Ihr konnte niemand etwas vormachen. Sie hatte eine untrügliche Nase, hätte jede andere Frau gerochen.

Als Pia das Adressbuch einsteckte, wusste sie, dass sie eines Tages versuchen würde, Zoë zu finden. Es war nur eine Frage der Zeit.

Die Auflösung des Haushalts dauerte fast zwei Monate. Pia brachte die Kleidung ihres Vaters zum Roten Kreuz, gab eine Anzeige zum Verkauf seiner Möbel auf und überlegte, was sie selbst behalten wollte. Bis auf eine alte russische Brücke, ein paar Bilder und einen Teil seiner Bücher gab es nichts, woran sie hing und was sie an ihn erinnert hätte.

Ende Juni übergab sie das Haus einem Makler zum Verkauf. In der darauffolgenden Nacht hatte sie einen seltsamen Traum. Hunderte von Menschen zogen am offenen Grab ihres Vaters vorbei, warfen Blumen hinein und schüttelten ihrer Mutter und ihr die Hände. Sie schaute sich selbst zu, wie sie immer neue Hände ergriff, Hände von Menschen, die sie noch nie gesehen hatte. Kennst du all diese Leute, fragte sie ihre Mutter. Sie antwortete ihr nicht. Pia drehte sich zu ihr um und sah, dass neben ihr nicht ihre Mutter, sondern eine fremde alte Frau stand. Sie war klein, untersetzt und von milchkaffeefarbener Hautfarbe. Wer sind Sie, fragte sie. Mein Name ist Zoë Shenton, sagte die Frau. Zoë?, rief sie. Warum erkenne ich dich nicht? Zoë zuckte mit den Achseln. Mich erkennt selten jemand wieder. Wie hast du vom Tod meines Vaters erfahren? Aber Pia, sagte sie und schüttelte fünf weitere Hände, weißt du nicht mehr, dass du es warst, die mich geholt hat? Nein, flüsterte Pia. Sag mir, wo ich dich gefunden habe. In dem Augenblick begannen Zoës Umrisse zu verschwinden. Pia wollte sie umarmen, doch sie fasste schon ins Leere.

Am nächsten Morgen war sie drauf und dran, in ein Reisebüro zu gehen und einen Flug nach Kapstadt zu buchen. Im letzten Moment machte sie wieder kehrt.

Und dann kam die Redaktionssitzung am 1. August, auf der der Redaktionsleiter verkündete, dass der Südafrika-Korrespondent schwer erkrankt sei und sich bereits auf der Rückreise nach Deutschland befände.

»Irgendjemand von euch muss für ihn einspringen und über die Anhörungen der Wahrheitskommission berichten. Gerade in den nächsten beiden Wochen wird es um sehr wichtige Fälle gehen.«

»Wo?«, fragte Pia.

»In Kapstadt und Durban.«

»Ich fliege hin«, hörte sie sich sagen.

Die anderen sahen sie erstaunt an. Sie neigte sonst nicht zu schnellen Entscheidungen.

»Gut«, sagte der Redaktionsleiter. »Ihre Maschine geht in zwei Tagen.«

»Du wirst dich wundern, an was du dich alles erinnerst, wenn du erst mal da bist«, sagte Britta auf der Fahrt zum Flughafen.

Pia schüttelte den Kopf. »Ich war vier, als wir Kapstadt verlassen haben. Ich kann mich an gar nichts erinnern.«

»Wie lange bleibst du?«

»Zwölf Tage.«

»Ich wette, daraus wird mehr.«

Als Pia ihre Bordkarte vorzeigte, sah sie auf einmal die grauen, eingefallenen Wangen ihres Vaters wieder vor sich, sah seine Lippen, die versuchten, dieses eine Wort zu formen, und dann hörte sie sein Wispern …

Sie nahm ihr Handgepäck und lief durch einen hell erleuchteten, schlauchförmigen Gang, der ein wenig zu schwanken schien, aber vielleicht war sie es auch, die schwankte.

2

Pia hatte fast sechseinhalb Stunden geschlafen. Als sie aufwachte, sah sie unter sich eine Bergkette aus rotbraunem, karstigem Gestein. In weniger als zwei Stunden würden sie in Kapstadt landen.

Die Stewardess reichte ihr ein Frühstückstablett, auf dem sich außer einem pappigen Brötchen mit Marmelade auch eine Schale mit frischer Ananas befand. Pia schob sich ein Stück in den Mund und spürte, wie ihr plötzlich der Schweiß ausbrach. Es war, als ob sich etwas in ihrem Innern an diesen saftig süßen Geschmack erinnerte, in den sich eine kribbelige Säure mischte. Pia machte die Augen zu und wünschte, ihr wäre das letzte Wort ihres Vaters erspart geblieben.

Eine Lautsprecherdurchsage forderte die Fluggäste auf, sich anzuschnallen und das Rauchen einzustellen. Erst in diesem Augenblick sah Pia unter sich das blaugrüne Meer mit Robben Island, den langgestreckten Tafelberg, der in der Sonne glitzerte, und dazwischen die riesige Stadt. Sie war so aufgeregt, dass sie beinahe nach der Hand ihrer blondierten Nachbarin griff. Vielleicht hatte sie bis zuletzt daran gezweifelt, dass es sie wirklich gab, diese Stadt, in der sie geboren war.

Die Maschine setzte mit einem harten Ruck auf. Einige Leute fingen an zu klatschen, hörten jedoch schnell wieder auf, als sie merkten, dass niemand mitklatschte.

Sie hielten in der Nähe eines flachen Gebäudes, das aussah, als sei es bei Pias Abreise 1966 nagelneu gewesen. Niemand erklärte ihnen, wieso es zwanzig Minuten dauerte, bis die Türen geöffnet wurden und das Aussteigen begann. Durchs Fenster sah Pia, dass es hier weder schlauchförmige Gänge noch Busse gab, die die Passagiere zur Ankunftshalle brachten. Hier lief man direkt übers Rollfeld, wie in einem Film aus den vierziger Jahren.

Als sie endlich auf der Gangway stand, blendete sie die Sonne. Es war warm; dabei herrschte hier doch Winter. Ihre Knie wurden weich. Sie hielt sich am Geländer fest und ging langsam die Stufen hinunter. Hinter ihr drängelte die Blondine. Sie ließ sie vorbei, ignorierte ihr leises Fluchen und lief erst schneller, als von oben jemand rief, warum es denn unten nicht weiterginge.

An der Passkontrolle gab es eine lange Warteschlange. Pia stellte ihr Handgepäck ab und begann die Hinweisschilder zu studieren, die alle zweisprachig, auf Englisch und Afrikaans, abgefasst waren. Sie beobachtete die farbigen Arbeiter, die draußen das Gepäck auf einen Wagen luden, und die weißen Beamten, die die Pässe kontrollierten. War das das neue Südafrika?

Vor ihr unterhielten sich zwei Männer auf Englisch über ein Rugbymatch. Ihr starker südafrikanischer Akzent fiel Pia auf, erinnerte sie jedoch an nichts. Schon im Flugzeug hatte sie sich gewundert, wie fremd ihr dieses Englisch mit seinen breiten Vokalen vorkam. Hatte sie insgeheim doch etwas anderes erwartet?

Sie lauschte den Gesprächsfetzen um sie herum, dem Lachen und Weinen der Kinder, und als sie sich umschaute, sah sie, dass sie fast die Einzige war, die weder zu einer Familie, einem Paar noch einer Reisegruppe gehörte. Plötzlich sehnte sie sich nach Klaus. Bis auf den Abend vor der Beerdigung hatte sie es ein Jahr lang durchgehalten, nicht diese Sehnsucht nach ihm zu spüren. Da war nur Wut gewesen, nichts als Wut. Und jetzt erwischte es sie hier.

»Sie sind dran«, sagte eine barsche Männerstimme hinter ihr.

Es dauerte ein paar Sekunden, bis Pia begriff, dass sie gemeint war.

Der Beamte blätterte durch ihren Pass, prüfte, ob die Nummer in seinem Computer vermerkt war, und stempelte die Landekarte ab. Damit war ihr Fall für ihn erledigt. Aus irgendeinem Grund war Pia enttäuscht, dass er keine Miene verzogen und ihren Geburtsort mit keinem Wort erwähnt hatte. Es war doch sicherlich nicht an der Tagesordnung, dass jemand mit einem deutschen Pass aus Kapstadt stammte.

Das Gepäck von zwei Interkontinentalflügen kam auf einem Band. Pia wurde immer ungeduldiger. Ihr Koffer war einer der letzten. Als sie auf den Ausgang zuging, sah sie, wie ein Mann in Khakihosen wild gestikulierend auf einen der Flughafenangestellten zulief und ihn auf Afrikaans anschrie. Dabei zeigte er auf seine große Reisetasche, die offensichtlich beim Transport beschädigt worden war. Seine Frau stand neben dem Rest des Gepäcks und umklammerte ängstlich den Bügel ihrer Handtasche. Sie nickte ihr zu und zuckte dabei hilflos mit den Achseln, als wollte sie sich für ihren cholerischen Mann entschuldigen.

In der Ankunftshalle stand eine junge Frau und hielt ein Pappschild mit Pias Namen in die Höhe. Sie stellte sich als Alice vor, die Vertreterin der Mietwagenfirma, bei der Pias Hamburger Reisebüro einen Wagen in der billigsten Preisklasse reserviert hatte.

Alice sprach so schnell und mit dem für Pia so ungewohnten Akzent, dass sie Mühe hatte, sie zu verstehen. Sie führte sie zu einem kleinen weißen Opel, in dem es heiß und stickig war, und erklärte ihr, dass sie nur verbleites Benzin tanken dürfe. Als Pia die Stirn runzelte, bekam sie zu hören, dass man in Südafrika der Meinung sei, verbleites Benzin sei weniger gesundheitsschädlich als bleifreies, was Pia bestritt, aber da hatte Alice schon das Thema gewechselt.

Nachdem sie ihr ihre Kreditkartennummer und die Anschrift ihres Hotels genannt hatte, fragte Alice sie, ob sie zum ersten

Mal in Südafrika sei. Es klang wie eine Routinefrage, und der Einfachheit halber hätte Pia sie beinahe mit Ja beantwortet, aber dann erzählte sie ihr doch, dass sie in Kapstadt geboren und dies ihre erste Rückkehr nach dreißig Jahren sei. Alice strahlte sie an, wünschte ihr einen schönen Urlaub und stieg in ihren Wagen, ohne sich ihren Führerschein angesehen zu haben.

Pia öffnete das Fenster und breitete ihren Stadtplan aus. Während sie nach dem Zettel suchte, auf dem sie sich notiert hatte, wie sie am direktesten zu ihrem Hotel nach Newlands kam, sah sie, wie neben ihrem Wagen zwei abgerissen aussehende Männer stehen blieben.

»Können wir Ihnen helfen?«

»Nein danke«, antwortete sie und kurbelte schnell die Scheibe hoch.

Dann ließ sie den Motor an und fuhr los in Richtung Innenstadt.

Sie hatte Bilder von südafrikanischen Townships in ihrem Reiseführer gesehen; dass es so viele sein würden, hatte sie nicht gewusst. Sie lagen rechts und links der Autobahn, die vom Flughafen in die Stadt führte, notdürftig errichtete Schuppen aus rissigem Wellblech, Holzpflöcken und Plastikplanen, dicht an dicht, kilometerlang. Mauern trennten die Vorbeifahrenden von denen, die barfuß durch den Müll liefen. Plötzlich tauchte ein Kind hinter einem Busch auf und rannte über die Fahrbahn. Der Fahrer des dunkelgrünen BMWs neben ihr hupte und blinkte und riss dann im letzten Moment das Steuer herum, wobei sein Wagen beinahe mit ihrem Opel zusammenstieß. Im Rückspiegel sah sie das Kind auf dem Mittelstreifen stehen; es drehte sich nicht nach ihnen um. Sie dachte an deutsche Verkehrsvorschriften und fing an zu begreifen, was es hieß, in einer anderen Welt angekommen zu sein.

Inzwischen hatte sie ihre Wegbeschreibung gefunden, und

trotzdem landete sie nicht in Newlands, sondern in einem Industrieviertel, in dem alle, die zu Fuß gingen, Schwarze waren. Sie hielt am Straßenrand und holte ihren Stadtplan heraus. Unablässig fuhren Minibusse an ihr vorbei, die so voll beladen waren, dass die Menschen übereinander zu sitzen schienen. Aus den Fenstern lehnten sich Männer, die immer wieder dasselbe ausriefen. Während sie noch versuchte zu verstehen, was sie sagten, sah sie, wie einer der Minibusse mit quietschenden Bremsen neben einem der Fußgänger zum Stehen kam und ihn zusteigen ließ. Es musste sich um eins dieser Taxis handeln, über die sie vor ein paar Wochen einen Artikel in der Zeitung gelesen hatte. Angeblich gehörten sie rivalisierenden Unternehmen an, die sich in einem regelrechten Taxikrieg befanden, bei dem jede Woche mehrere Menschen erschossen wurden. Pia wendete, ohne auf der Karte ihren Weg nach Newlands gefunden zu haben.

Nachdem sie sich noch zweimal verfahren hatte, erreichte sie schließlich das *Vineyard Hotel.* Es lag in einer Seitenstraße voller Bäume, durch die kein einziges Minibus-Taxi fuhr. Hier blühten Mimosen und roter Hibiskus. Ein Zitronenbaum hing voller reifer Früchte. Im Garten gackerten zwei Perlhühner.

Der Redaktionsleiter hatte darauf bestanden, dass sie ein Luxushotel bezog. Südafrika sei schon gefährlich genug. Er musste es wissen. Er hatte selbst jahrelang hier gelebt. Pia erinnerte sich sehr genau an seinen ausführlichen Bericht über die Freilassung Nelson Mandelas im Februar 1990. Später war er für seine Reportagen über die gewalttätigen Auseinandersetzungen vor den ersten freien Wahlen mit einem Preis ausgezeichnet worden. Sie hatte seinen Mut immer bewundert.

Von ihrem Zimmer aus sah sie die schroffen Felswände des Tafelbergs, auf dem jetzt eine dichte, flache Wolkenschicht lag. Das musste das berühmte tablecloth sein, von dem sie in ihrem

Reiseführer gelesen hatte. Ein Wahrzeichen der Stadt. Und nicht mal das erinnerte sie. Sie öffnete die Terrassentür und holte tief Luft. Auf einmal hörte sie das Gurren einer Taube. Sie hielt inne. Es war kein gewöhnliches Gurren, sondern eins mit einem ganz bestimmten jazzartigen Rhythmus. Immer dieselbe Tonfolge, immer derselbe Rhythmus. Pia lehnte sich an den Türrahmen und lauschte. Von irgendwoher kam ein zweites Gurren, immer dieselbe Tonfolge, immer derselbe Rhythmus. Sie kannte diesen Rhythmus, diese Tonfolge. Jetzt gurrten sie im Wechsel, sie kannte dieses Gurren, sie kannte es genau, auch wenn sie nicht geahnt hätte, dass sie es kannte. *Mutter schläft. Es ist heiß im Garten. Zoë sitzt unterm Baum. Ich klettere auf Zoës Schoß. Zoë hält mich in den Armen. Zoë lacht. Ihre Zähne blitzen. Ich lache auch. Plötzlich ist Zoë still. Sie hört etwas im Baum. Sie zeigt nach oben. Jetzt höre ich es auch. Aus dem Baum kommt Musik. Eine Taube, sagt Zoë. Eine Taube, die Musik macht. Zoë summt mit. Ich summe auch. Zoë wiegt mich hin und her. Dann ist sie wieder still. Hörst du, noch eine Taube. Sie zeigt auf den Busch vorm Haus. Mal gurrt die eine, mal die andere. Die Tauben machen Musik. Wir summen mit. Wir wiegen uns mit. Ich höre die Tauben, ich sehe sie nicht. Ich höre sie. Höre sie.*

Sie hörte sie immer noch. Pia legte sich aufs Bett und machte die Augen zu. Von draußen duftete es nach Zitronen. Wo mochte Zoë jetzt sein? In einem der Schuppen entlang der Autobahn? Oder in einem der winzigen Häuser, die sie in der Nähe des Industrieviertels gesehen hatte und die wenigstens an eine Stromleitung angeschlossen waren? Oder im Bedienstetenzimmer einer Villa, in der sie die Kinder reicher Leute hütete, so wie sie damals sie gehütet hatte?

Als Pia aufwachte, war es bereits halb drei. In ihrem Kopf drehte sich alles. Sie hatte von ihrer Mutter geträumt, die in einem Krankenhausbett lag und sich einen Schlauch nach dem anderen aus ihrem frisch operierten Unterleib riss. Pia bemühte sich, die Schläuche wieder anzuschließen, aber es gelang ihr nicht. Da drehte sich ihre Mutter zu ihr um und grinste sie an.

Pia stand auf, stellte sich unter die Dusche und versuchte, den Traum zu vergessen.

Doch das Bild vom verletzten Unterleib ihrer Mutter war ihr noch vor Augen, als sie schon längst bei einem Eiskaffee an der Waterfront saß. Sie hatte keine einzige körperliche Erinnerung an ihre Mutter. Es gab kein Foto, auf dem sie sie im Arm hielt, keine Erwähnung, dass sie jemals auf ihrem Schoß gesessen hatte. Sie lebten wie durch eine Glasscheibe getrennt. Sie konnte sie immer sehen, in ihren schönen Kleidern und ihren hohen Schuhen, wie sie im Wohnzimmer saß, ihren Tee trank und dabei in einer Modezeitschrift blätterte. Wenn Pia Trost brauchte, lief sie zur Haushälterin, so wie sie in Kapstadt vermutlich zu Zoë gelaufen war.

Am Nebentisch saßen jetzt zwei Deutsche, ein Mann und eine Frau, beide um die fünfzig; der Mann trug ein Toupet, die Frau ein aufdringliches Parfum. Vor ihnen stand eine Flasche Sekt.

Pia wollte gerade ihren Reiseführer aufschlagen, als nebenan eine lautstarke Diskussion darüber begann, wie die nächsten Tage verbracht werden sollten.

Die Frau bestand darauf, morgen früh als Erstes mit der Seilbahn auf den Tafelberg zu fahren. »Von dort gibt's die besten Fotos.«

»Meinst du, dafür stehe ich zwei Stunden lang in der Schlange?«, rief der Mann, der ans Kap wollte, ans Kap der Guten Hoffnung. Davon träume er schon seit seiner frühesten Kindheit.

»Aber da unten stürmt es doch wie verrückt«, protestierte die Frau. »Hast du nicht gehört, was die Leute im Hotel gesagt haben? Windstärke acht. Das machen meine Ohren nicht mit.«

»Dann stopf dir Watte rein«, rief der Mann. »Oder ich fahr allein.«

Die Frau drehte schmollend den Kopf zur Seite; der Mann kippte seinen Sekt hinunter und schenkte sich gleich noch mal nach.

»So habe ich mir das nicht vorgestellt«, beklagte sich die Frau.

»Mein Gott, Inge, wir sind in Afrika«, rief der Mann. »Da wirst du deine Ohren wohl mal vergessen können.«

Pia zahlte und ging. Das Letzte, was sie hörte, war die weinerliche Stimme der Frau, die dem Mann zurief, sie habe es ja von Anfang an gewusst, dass diese Reise ihre Ehe auch nicht mehr retten könne.

Der Wagen war von der Sonne aufgeheizt. Pia fuhr am Meer entlang, vorbei an den Apartmenthochhäusern in Sea Point, wo beinahe so viel Betrieb herrschte wie an der französischen Riviera.

Klaus und sie hatten nie darüber gesprochen, ob es bei ihnen etwas zu retten gab oder nicht. Drei Wochen nach der Fehlgeburt teilte er ihr mit, dass er sie nicht mehr liebe. Die Sache mit der Schwangerschaft habe ihm den Rest gegeben. Sie hätte immer gewusst, dass er kein Kind wollte. Und trotzdem hätte sie darauf bestanden, dieses Kind zu bekommen. Das sei ihm ja nun zum Glück erspart geblieben, aber ihm sei bewusst geworden, wie sehr er an seiner Freiheit hinge. Dann hatte er sein Waschzeug zusammengepackt und war gegangen.

Pia hielt am Straßenrand und stieg aus. Eine Reihe großer Palmen säumte die Bucht von Camps Bay. Unten am Strand spielten zwei Kinder im Sand. Sie kletterte auf die Felsen und blickte aufs Meer. Die untergehende Sonne färbte das Wasser orangerot; in der Ferne glitt ein Segelboot vorbei. Ein Bild wie ein Urlaubsfoto, aufgenommen irgendwo zwischen Nizza und St. Tropez, wäre da nicht diese Schwarze, die mit ihren Armen hin und her ruderte und etwas in den Wind schrie in einer Sprache, die Pia nicht verstand. Es waren immer dieselben Worte, die sie schrie, eine Wehklage ans Meer, an den Himmel, an die Welt. Sie schrie, bis sie so heiser war, dass nur noch krächzende Laute aus ihrem Mund kamen und sie schließlich in sich zusammenfiel wie ein angeschossenes Tier.

3

Am nächsten Morgen wachte Pia um halb sechs auf. Sie hatte sich die halbe Nacht im Bett herumgewälzt und darüber nachgedacht, wie sie es anfangen sollte, Zoë zu finden.

Jetzt, im Morgengrauen, war sie beinahe erleichtert darüber, dass sie heute einen Job zu erledigen hatte und keine Zeit haben würde, um mit der Suche nach ihr zu beginnen.

Sie griff nach der Mappe mit den Zeitungsartikeln über die Wahrheitskommission, die die Redaktion für sie zusammengestellt hatte. Seit April legten Opfer des Apartheidregimes öffentlich Zeugnis ab vor dieser Kommission, die an ständig wechselnden Orten tagte. Auf den Auftritt der Täter, die hier ihre Verbrechen eingestehen und Amnestie beantragen konnten, wartete man noch.

Pia las, dass der Vorsitzende Bischof Desmond Tutu in Tränen ausgebrochen war, während eine der ersten Zeuginnen ihre Aussage machte. Am nächsten Tag gab er zu Protokoll, dass er nicht wisse, ob ihn diese Aufgabe nicht überfordere. Pia überforderte bereits das Lesen einer siebenzeiligen Zeitungsmitteilung, in der von einer Mutter die Rede war, deren sechzehnjähriger Sohn 1985 von einem Sonderkommando der südafrikanischen Regierung zu Tode gefoltert worden war. Man warf ihr einen Plastiksack vor die Tür, in dem sich sein Körper befand. Sie erkannte ihn nur an einer kleinen Narbe am linken Daumen wieder.

Truth and Reconciliation – Wahrheit und Versöhnung. Wie sollte es da jemals Versöhnung geben, fragte sich Pia und stand auf.

Nach dem Frühstück erkundigte sie sich an der Rezeption nach dem direktesten Weg zur *University of the Western Cape* in Bellville, wo heute ab neun Uhr die Kommission tagen würde.

Bellville war weiter vom Stadtzentrum entfernt, als die Beschreibung der Dame an der Rezeption vermuten ließ. Pia fragte sich, ob sie die Abzweigung zur Universität verpasst hatte, denn sie fuhr bereits durch die Hauptstraße Bellvilles. Rechts und links nichts als triste Kaufhäuser, Spielhallen und Schnellimbisse.

Plötzlich sah sie eine Straßensperre vor sich, Polizei regelte den Verkehr, im Hintergrund ertönten Sprechchöre von Menschen, die ein Ende der Gewalt forderten. Erst jetzt entdeckte sie eine Reihe gepanzerter gelber Jeeps, vor denen unzählige Polizisten mit Maschinengewehren standen.

Ihre Handflächen wurden feucht. Sie hatte keine Ahnung, in was für eine Gegend sie geraten war. Ihr Reiseführer riet dringend davon ab, als Weiße allein in die Townships zu fahren. War Bellville eine Township? Sie wusste es nicht. Ihr Reiseführer sagte nichts darüber aus, ob es in den Townships Einkaufsstraßen gab. Die Häuser, an denen sie jetzt vorbeifuhr, waren grau und verfallen, überall lag Müll herum, es waren mehr Hunde unterwegs als Menschen. Bisher hatte sie kein einziges Straßenschild entdeckt, das auf die *University of the Western Cape* hinwies.

Sie hielt am Straßenrand und stieg aus, um zwei Schwarze nach dem Weg zu fragen. Sie lächelten sie an und schüttelten die Köpfe. Sie wiederholte langsam und deutlich ihre Frage, wobei sie das Wort Universität besonders betonte. Wenn sie in Bellville wohnten, mussten sie doch wissen, wo die Uni war. Die beiden sahen sich an, wechselten ein paar Worte in einer Sprache, die sie nicht verstand, und schüttelten wieder die Köpfe. Erst da begriff sie, dass sie kein Englisch sprachen. Die junge Schwarze, die sie als Nächste fragte, sah sie genauso verständnislos an und ging dann achselzuckend weiter.

Pia setzte sich wieder in ihren Wagen und schlug ihren Stadtplan auf, obwohl sie schon im Hotel festgestellt hatte, dass er längst nicht bis Bellville reichte. Auch die zahlreichen Umgebungskarten in ihrem Reiseführer, auf denen Weingüter verzeichnet waren, die über hundert Kilometer von der Stadt entfernt lagen, erwähnten das höchstens zwanzig Kilometer entfernte Bellville mit keinem Wort.

Schließlich fuhr sie weiter, bis sie an eine Tankstelle kam. Der Tankwart sprach ebenfalls kaum Englisch, aber er nickte, als sie erklärte, dass sie die Uni suche, und zeichnete ihr den Weg auf.

»Ich will zu den Anhörungen der Wahrheitskommission«, sagte sie, ohne dass dies nötig gewesen wäre.

Er nickte wieder und murmelte etwas, was Pia nicht verstand. Aber es klang, als ob ihm die Anhörungen gestohlen bleiben könnten.

Es war zwanzig vor zehn, als sie das Gelände der Universität erreichte. Die Zufahrt zu dem Gebäude, in dem die Kommission tagte, war bestens ausgeschildert, was ihr absurd vorkam angesichts der Tatsache, dass nur Eingeweihte den Weg hierher fanden.

Die Sicherheitskontrollen waren äußerst streng, aber im Übrigen gab es keine Probleme beim Einlass in den großen Vorlesungssaal. Sie musste niemandem erklären, wer sie war und was sie hier wollte, ja, sie musste nicht einmal Eintritt bezahlen.

Auch wenn sich Hunderte von Menschen in dem Saal befanden, so war er dennoch höchstens zur Hälfte gefüllt. Vorn auf der Bühne standen zwei lange Tische. An dem einen saß Bischof

Desmond Tutu mit vier Kommissionsmitgliedern. Ihnen gegenüber saßen eine junge Frau und ein älterer Mann, der gerade eine Aussage machte.

Pia setzte sich auf den erstbesten Stuhl und versuchte zu verstehen, worum es ging. Es dauerte eine Weile, bis sie begriff, dass ihre Verständnisschwierigkeiten nichts mit der Akustik zu tun hatten, sondern mit der Tatsache, dass der Mann Afrikaans sprach. Sie sah sich nach einem Kopfhörer um. Ohne Simultanübersetzung konnte sie gleich wieder nach Hause fahren. Wo die Kopfhörer verteilt würden, fragte sie ihre Nachbarin, eine junge Schwarze, die nervös auf ihrem Stuhl herumrutschte. Es seien nicht genügend vorhanden, lautete die Antwort. Sie müsse warten, bis jemand den Saal verlasse.

Pia lehnte sich zurück. Wäre sie nur eher losgefahren. Plötzlich fing der Mann vorn an zu weinen. Sofort standen zwei Fotografen auf, um die Tränen mit ihren Kameras festzuhalten. Aber nur der eine machte tatsächlich seine Fotos. Der andere, ein dünner, blasser Mann mit dunklen Locken, stand regungslos da und blickte zu dem Weinenden hinüber. Dann setzte er sich wieder.

Die junge Frau, die neben dem weinenden Mann saß, legte jetzt eine Hand auf seinen Arm und schenkte ihm mit der anderen ein Glas Wasser ein, das er in einem Zug austrank. Er weinte noch immer. Alle im Saal schienen die Luft anzuhalten.

»Sie haben Schlimmes erlebt«, sagte ein Mitglied der Kommission. »Wir danken Ihnen, dass Sie uns Ihre Geschichte erzählt haben.«

Pia konnte vom Namensschild der Frau, die gesprochen hatte, nur so viel erkennen, dass sie einen Doktortitel trug. Vielleicht handelte es sich um jene Ärztin, die in einem der Zeitungsartikel erwähnt wurde, die sie morgens gelesen hatte: Wendy Orr hatte Mitte der achtziger Jahre ihren Job verloren, weil sie das Verhalten vieler ihrer Kollegen angeprangert hatte. Ärzte, die sich entweder direkt an den Folterungen des Regimes beteiligt hatten oder indirekt am Tod vieler Gefangener schuld waren, weil sie keine Hilfe geleistet und obendrein noch gefälschte Todesursachen auf den Totenscheinen vermerkt hatten.

»Erlauben Sie, dass wir noch ein paar Fragen an Sie richten?«

Der Mann nickte und griff zu der Karaffe, um sich Wasser nachzuschenken. Die junge Frau wollte ihm dies abnehmen, doch er schüttelte energisch den Kopf und goss sich selbst ein, wobei er beinahe sein Glas umstieß. Pia sah erst jetzt, dass sein rechter Arm schlaff herunterhing.

Die Kommissionsmitglieder stellten ihre Fragen zum Glück auf Englisch. Es ging ihnen darum, was für finanzielle Entschädigungen der Mann für seine schweren Verletzungen erhalten hatte, die ihm von zwei Polizeibeamten des Apartheidregimes zugefügt worden waren und von denen er sich nie erholt hatte. Pia hatte immer noch keinen Kopfhörer und konnte somit seine Antwort nicht verstehen; sie hörte nur die fassungslosen Ausrufe des Publikums.

»Was hat er bekommen?«, fragte sie ihre Nachbarin.

»Nichts. Das ganze Geld ging an die Anwälte, die ihn verteidigt haben.«

Bischof Desmond Tutu räusperte sich, und sofort wurde es still im Saal. Dann verkündete er mit seiner singenden Stimme, der Mann habe die Tatsache, dass er Farbiger sei, mit seiner Gesundheit bezahlen müssen. Er wünsche ihm die Kraft, seine Behinderungen zu ertragen und nicht den Lebensmut zu verlieren. Letztlich habe auch er durch das Opfer, das er gebracht habe, zur Befreiung dieses Landes beigetragen. Die Kommission werde sich dafür einsetzen, dass er wenigstens einen Teil der ihm zustehenden Entschädigungssumme erhalte.

Der Mann dankte der Kommission und erhob sich mühsam. Auf zwei Stöcke gestützt, verließ er den Saal, gefolgt von der jungen Frau, die sein Wasserglas trug.

»Wir machen eine halbe Stunde Pause«, verkündete Tutu. »Bitte erweisen Sie den Zeugen und ihren Angehörigen den entsprechenden Respekt, indem Sie aufstehen und warten, bis diese den Saal verlassen haben.«

Die Gruppe derer, die jetzt langsam nacheinander durch eine schmale Seitentür hinausgingen, bestand aus vierzig bis fünfzig Männern und Frauen. Der Älteste war weit über neunzig, die Jüngste höchstens achtzehn. Weiße waren nicht dabei.

Ein Großteil des Publikums verließ nun ebenfalls den Saal. Der Fotograf war verschwunden. Pia besorgte sich einen Kopfhörer und setzte sich wieder auf ihren Platz, um sich Notizen für ihren Bericht zu machen. Doch ihre Gedanken schweiften immer wieder ab. Was war, wenn Zoë Ähnliches erlebt hatte wie dieser Mann? Wenn auch sie sich nur noch unter Schmerzen bewegen konnte, weil ein Polizist sie zum Krüppel geschlagen hatte? Pia spürte, wie es eng wurde in ihrer Kehle. Bisher hatte sie kein einziges Mal daran gedacht, dass irgendjemand Zoë etwas angetan haben könnte. Dass sie vielleicht längst tot war.

Nein. Pia stand auf. Zoë war nicht tot. Sie konnte nicht tot sein. Wenn Zoë tot wäre, würde sie niemals erfahren, worin das Geheimnis bestand, das ihr Vater all die Jahre mit sich herumgetragen hatte. Sie würde Zoë finden, egal wie. Ja, sie würde noch heute, an diesem Ort, damit anfangen.

Die ersten Zuhörer kamen bereits wieder in den Saal zurück. Pia schaute sich um und ging dann auf zwei farbige Frauen zu, die etwa fünfzig oder fünfundfünfzig waren, so alt, wie Zoë jetzt sein musste.

»Entschuldigen Sie …«

Die Frauen sahen sie misstrauisch an.

»Ich suche eine Frau, die in den sechziger Jahren in der Hanover Street gewohnt hat …«

»Da können Sie lange suchen«, sagte die eine. »Die Hanover Street gibt's nicht mehr.«

»Wieso nicht?«

»Weil's den ganzen Stadtteil nicht mehr gibt«, antwortete die andere.

Dann gingen sie weiter. Pia sah ihnen nach. Warum hatten ihre Stimmen so bitter geklungen?

Zögernd kehrte sie an ihren Platz zurück. Auf dem Stuhl neben ihr saß wieder die junge Frau von vorhin. Sie rollte ein Taschentuch zwischen ihren Fingern hin und her und blickte dabei starr nach vorn.

»Darf ich Sie etwas fragen?«

Die Frau drehte sich halb zu ihr um. »Kommt ganz drauf an, was.«

»In welchem Stadtteil lag die Hanover Street?«

»Sie waren wohl noch nie hier«, sagte die Frau und sah auf einmal müde aus.

»Doch, ich …« Pia zögerte.

»Die Hanover Street lag im District Six. Aber den hat die Regierung plattgemacht.«

»Und was ist mit den Leuten passiert?«

»Die sind alle in Townships verfrachtet worden.«

»Ich suche eine Frau, die damals dort gewohnt hat. Sie heißt Zoë Shenton.«

»Nie gehört.«

»Wissen Sie, an wen ich mich wenden könnte?«

»Keine Ahnung.«

»Es ist sehr dringend.«

»Das ist es immer.«

»Wie meinen Sie das?«

Die Frau stand auf. »Sie sind hier nicht die Einzige, die jemanden vermisst.«

Dann nahm sie ihren Kopfhörer und setzte sich ein paar Reihen weiter nach vorn.

Pia holte tief Luft. Was war passiert? Hatte sie etwas Falsches gesagt? Oder konnte diese Frau es nicht ertragen, dass auch Weiße auf der Suche waren nach vermissten Personen? War das ein Privileg der Schwarzen?

Pia spürte, wie ihre Hand zitterte, als sie sich notierte, dass es die Hanover Street und den District Six nicht mehr gab.

Die Anhörungen wurden fortgesetzt. Pia schrieb und schrieb. Nur einmal konnte sie nicht weiterschreiben. Da ging es um die Aussage zweier Schwestern, deren Bruder Ashley im Juli 1987 von zwei Polizisten in Athlone gefoltert und ermordet worden war, eine Tat, die von den betreffenden Beamten bis heute geleugnet wurde. Ashley war seit seinem vierzehnten Lebensjahr Mitglied der bewaffneten Widerstandsbewegung Umkhonto we Sizwe gewesen und hatte seit 1984 im Untergrund gelebt. Die Schwestern berichteten, dass ihr Haus in Bonteheuwel immer wieder von der Polizei durchsucht worden sei. Bei einer dieser Durchsuchungen habe ein Polizist ihnen verkündet: »Wenn wir euren Bruder finden, werden wir ihn erschießen wie ein Kaninchen.«

Anstatt sich in der Mittagspause weiter nach dem Verbleib der Menschen aus dem District Six zu erkundigen, setzte Pia sich in eine Ecke der Cafeteria und versuchte einen Tee zu trinken, aber sie bekam kaum einen Schluck herunter. Wie sollte sie das, was sie morgens gehört hatte, in einem Zeitungsbericht zusammenfassen? Je länger sie darüber nachdachte, umso zerschlagener fühlte sie sich. Das war ihr in ihrem Beruf noch nie passiert.

Auf einmal sah sie in der Ferne den Fotografen, wie er auf eine farbige Frau in einem roten Leinenkleid zuging. Er klopfte ihr auf die Schulter, sie drehte sich um und nahm ihn dann lachend in den Arm, als hätte sie schon auf ihn gewartet. Warum fiel ihr die Szene überhaupt auf? Weil es ein Weißer und eine Farbige waren, die sich begrüßten?

Um Viertel nach fünf waren die Anhörungen für diesen Tag beendet. Pia war zu erschöpft, um noch irgendjemanden nach Zoë Shenton zu befragen. Sie wollte zurück zum Hotel. Duschen. Schlafen. An nichts mehr denken.

Der Weg zurück nach Kapstadt war bestens ausgeschildert, als hätten diejenigen, die darüber zu entscheiden hatten, wo welche Straßenschilder aufgestellt wurden, eine eigene Hierarchie der Örtlichkeiten im Kopf, nach der der Weg in die Stadt weitaus wichtiger war als der zur Universität der Schwarzen.

Rondebosch. Jetzt war es nicht mehr weit bis Newlands. Pia hielt an einem Zeitungsladen, um sich ein paar Tageszeitungen zu kaufen. Schon morgens hatte sie sich über den Namen Rondebosch gewundert. Irgendetwas daran kam ihr bekannt vor.

Als sie wieder in den Wagen steigen wollte, fiel ihr Blick auf eine Bäckerei, und plötzlich merkte sie, wie hungrig sie war. Sie hatte seit dem Frühstück nichts mehr gegessen.

Im Laden stand eine Mutter mit ihrem kleinen Sohn, der mit seinen Händen immer wieder auf die Vitrine patschte und ungeduldig »Sisters, Sisters« rief.

»Ist ja gut«, seufzte die Mutter und strich ihrem Sohn übers Haar. »Geben Sie mir noch vier Koeksisters.«

Die Stimmen wurden auf einmal dumpf. Wie durch einen Schleier sah Pia, dass die Verkäuferin nickte und im hinteren Teil der Bäckerei verschwand. *Aus der Küche duftet es süß. Koeksisters, Koeksisters. Heute gibt es Koeksisters. Auf dem Tisch liegt das Blech mit den Zöpfen. Lauter kleine gelbe Zöpfe. Heiß, sagt*

Zoë, das Blech ist heiß. Sie holt eine Tüte aus dem Schrank. Was ist in der Tüte? Zoës Schnee. Weiße Flocken fallen auf die Zöpfe. Es schneit, rufe ich und greife in den Schnee. In meinem Bilderbuch schneit es auch. Zoë lacht. Wer will eine Koeksister? Ich! Ich! Meine Zunge leckt an den Flocken. Leckt sie alle weg. Zoë schaut mir zu. Ich beiße in den Zopf, den süßen Zopf. Zoës Augen leuchten. Und wir lachen und essen. Koeksisters, Koeksisters.

»Wollen Sie auch welche?«

»Was?«

Die Verkäuferin zeigte auf ein Blech voller Krapfenzöpfe, auf denen der Sirup glänzte. »Sie sind noch warm.«

Erst jetzt sah Pia, dass Mutter und Sohn den Laden längst verlassen hatten.

»Geben Sie mir zwei.«

»Eine Spezialität des Landes.«

»Ich weiß.«

Wie gebannt starrte sie auf die Kuchenzange, mit der die Krapfenzöpfe in eine Tüte befördert wurden. Sie zahlte und riss die Tüte auf. Die klebrige Hülle der Krapfen schmeckte nach Ingwer und Zimt, der Teig war luftig und leicht; es fehlte nur eines, und das waren die Kokosflocken.

Im *Vineyard Hotel* war gerade eine deutsche Reisegruppe eingetroffen. Pia versuchte, die Kommentare über die geschmackvolle Einrichtung zu überhören, bat um ihren Schlüssel und zog sich in ihr Zimmer zurück.

Im *Cape Argus* gab es bereits einen Bericht über die morgendlichen Aussagen der beiden Schwestern. Pia las, was sie vorhin selbst gehört hatte, aber nach kurzer Zeit merkte sie, wie die Buchstaben vor ihren Augen verschwammen. Diese zwei Frauen beschrieben die Grausamkeiten, die ihrem Bruder angetan worden waren, auf so sachliche, präzise Art und Weise, dass es den Anschein hatte, als ginge es um eine ihnen völlig fremde Person. Vielleicht war das der einzige Weg, um das Weiterleben zu ertragen.

In dieser Nacht träumte Pia von einem sonderbaren Buch, das vor ihr auf dem Tisch lag und sich nicht schließen ließ, weil in die Seiten unzählige Päckchen eingeklebt waren, Päckchen in feinstem weißem Seidenpapier. Beim Durchblättern stellte sie fest, dass einige dieser Päckchen schon ausgepackt waren. Da fanden sich kleine, runde Steine, ein Kinderfoto ihres Vaters, eine Collage aus Schneckenhäusern, Federn und Sand, ein Kussmund aus rosafarbenem Lippenstift, gepresste Butterblumen, ein in winzigen Buchstaben verfasster Brief und ein Fetzen Papier mit einer handgemalten, blaugrauen Taube. Vorsichtig strich sie mit ihren Fingerspitzen über die noch unausgepackten Päckchen, die sie öffnen würde, sobald die Zeit dazu gekommen war, denn sie allein hatte Zugang zu diesem Buch, ihrem Findbuch.

Als sie aufwachte, war es zwanzig nach vier. Aus dem Garten kam ein schrilles Gackern; das mussten die Perlhühner sein, die sie bei ihrer Ankunft gesehen hatte.

Pia steckte sich Ohropax in die Ohren und versuchte wieder einzuschlafen, doch der gestrige Tag ging ihr nicht aus dem Kopf. Sie sah die Zeugen vor sich, hörte ihre Aussagen, und plötzlich erinnerte sie sich an den Traum, den sie gehabt hatte. Was war ein Findbuch? Sie hatte das Wort schon einmal gehört, aber sie wusste den Zusammenhang nicht mehr.

Um fünf stand sie auf, todmüde und hellwach zugleich. Das Gackern hatte aufgehört. Sie zog die Gardinen beiseite und blickte hinaus in den dunklen Garten. Schemenhaft erkannte sie die Umrisse des Tafelbergs, der auf einmal etwas Bedrohliches an sich hatte.

Sie machte die Gardinen wieder zu und warf sich auf ihr Bett. Wie eine eiserne Glocke hing der gestrige Tag über ihr. Hatte sie sich zu viel zugemutet mit den Berichten über die Wahrheitskommission? Oder war es das Vermächtnis ihres Vaters, das ihr so zusetzte? Diese unbekannte Größe in Gestalt eines einzigen Namens. Sie wusste es nicht. Sie wusste nur, dass seit ihrer Ankunft in Kapstadt irgendetwas in ihr in Unruhe geraten war.

4

»Kann ich Ihnen noch etwas bringen?«

Pia zuckte zusammen. Vor ihr stand eine junge farbige Kellnerin und lächelte sie an.

»Ein Ei«, hörte sie sich sagen. Dabei hatte sie seit Jahren morgens keine Eier mehr gegessen.

»Wie möchten Sie es? Weich?«

»Mittel.«

Die Kellnerin lächelte wieder und verschwand in Richtung Küche.

Pia sah ihr nach und überlegte, ob sie sie nach dem District Six fragen sollte oder ob sie zu jung war, um sich daran zu erinnern.

Als sie ihr das Ei brachte und guten Appetit wünschte, spürte Pia, dass sie es nicht besonders eilig hatte, ihren Tisch zu verlassen.

»Sind Sie aus Kapstadt?«

»Ja. Und Sie?«

»Ich komme aus Deutschland.«

»Wir haben viele deutsche Gäste.«

»Hören Sie, ich … ich suche jemanden … eine Frau, die vor dreißig Jahren im District Six gewohnt hat.«

Das Lächeln verschwand.

»Wissen Sie, ob es irgendeine Stelle gibt, an der man erfahren kann, wohin die Leute umgesiedelt worden sind?«

»Meine Familie haben sie nach Mitchell's Plain gebracht. Aber da war ich noch nicht geboren.«

»Wo würden Ihre Eltern hingehen, wenn sie jemanden suchen würden?«

Sie zuckte mit den Achseln. »Vielleicht ins Museum.«

»Ins Museum?«

»Ja. Da, wo früher der District Six war, gibt's seit kurzem ein kleines Museum.«

»Danke. Sie haben mir sehr geholfen.«

Jetzt lächelte sie wieder.

Auf der Fahrt nach Bellville hörte Pia in den Nachrichten, dass der stellvertretende Vorsitzende der Wahrheitskommission, Alex Boraine, gestern vor der Presse erklärt habe, er fände es sehr bedenklich, dass so wenige weiße Südafrikaner zu den Anhörungen kämen. Der Sprecher geriet ins Stocken, fing sich jedoch im nächsten Augenblick wieder. »Boraine sagte, der Prozess der nationalen Versöhnung sei in Gefahr, wenn diejenigen, in deren Namen jahrzehntelang grobe Menschenrechtsverletzungen verübt worden wären, die Aussagen der Opfer und ihrer Angehörigen ignorierten und damit zum Ausdruck brächten, dass sie kein Interesse an der Wahrheit hätten.«

Pia musste plötzlich an das denken, was ihr Vater wenige Wochen vor seinem Tod über die Wahrheitskommission gesagt hatte. Dass die Weißen nicht wissen wollten, was damals alles passiert sei. Hatte er es gewusst? Hatte er es wissen wollen? Ihre Eltern waren 1960 nach Südafrika gezogen, drei Monate nach den Erschießungen in Sharpeville. Sie hatte neulich in ihrem Reiseführer noch mal nachgelesen, was damals genau passiert war. Neunundsechzig Schwarze waren hinterrücks von der Polizei erschossen worden, weil sie dagegen protestiert hatten, Pässe zu tragen, menschenunwürdige Pässe, in denen festgelegt war, wo sich jemand aufhalten durfte und wo nicht. Die Bilder waren um die ganze Welt gegangen.

Pia spürte einen dumpfen Druck auf den Schläfen. Sie hätte ihn fragen müssen, damals, an der Elbe.

Um zwanzig vor neun erreichte sie Bellville. Sie hatte sich gerade einen Kopfhörer besorgt, als sie sah, wie der Fotograf den Saal betrat.

Er schaute sich suchend um und ging dann langsam an den Sitzreihen entlang, bis er schließlich wenige Meter von ihr entfernt stehen blieb und einen älteren Mann begrüßte. Sie lachten über irgendetwas, was Pia nicht verstehen konnte, aber sie hörte, dass beide einen starken südafrikanischen Akzent hatten.

Während der ältere Mann von einem gemeinsamen Freund erzählte, fing der Fotograf an, seine Kamera auszupacken. Pia sah seine langen, schmalen Hände und die leicht gewölbten Fingernägel. Ihr Herz klopfte.

Plötzlich drehte er sich halb zu ihr um und sah sie mit fragenden Augen an. Er musste gemerkt haben, dass sie ihn beobachtete.

»Hallo«, sagte sie und lächelte.

»Hallo …«

Der ältere Mann klopfte dem Fotografen auf die Schulter, murmelte etwas von einem Kaffee, zu dem er ihn nachher einladen würde, und ging weiter.

Pia wusste nicht, was sie jetzt sagen sollte. Warum hatte sie ihn so unverhohlen angestarrt?

»Sie waren doch gestern schon hier, oder?«, fragte er und legte einen neuen Film ein.

»Ja …« Er hatte sie also auch gesehen.

»Wo kommen Sie her?«

»Aus Deutschland.«

»Aus welcher Stadt?«

»Hamburg.«

»Ah, da habe ich vor einigen Jahren mal einen Auftrag gehabt.«

»Sind Sie aus Kapstadt?«

»Ja, aber ich habe fast zwei Jahrzehnte im Ausland gelebt. Seit einem Jahr bin ich wieder hier.«

Einen Moment lang schwiegen sie beide.

Dann streckte sie ihm ihre Hand entgegen. »Ich heiße Pia Lessing.«

»Und ich Jonathan Samuels.«

Seine Hand fühlte sich kühl und trocken an.

»Mir ist gestern aufgefallen, dass Sie darauf verzichtet haben, den weinenden Mann zu fotografieren.«

Er seufzte und fuhr sich mit den Fingern durch die Haare. »Ja, das war wieder eine dieser schwierigen Situationen ...«

»Trotzdem war es richtig.«

»Ich weiß nicht. In dem Augenblick konnte ich einfach nicht anders.«

»Fühlen die Leute sich nicht erniedrigt, wenn ihre Tränen so abgelichtet werden?«

»Nicht unbedingt. Sie kommen ja unter anderem auch deshalb zu den Anhörungen, damit die Öffentlichkeit so viel wie möglich von ihrer Tragik erfährt.«

»Trotzdem ...«

»Sind Sie beruflich hier?«

Pia nickte. »Ich bin Journalistin.«

»Dann wissen Sie ja, was ich meine.«

»Ich habe noch nie über so etwas wie die Wahrheitskommission berichtet.«

»Das geht uns allen so, glauben Sie mir.«

Oben am Eingang rief jemand Jonathans Namen. Er drehte sich um und winkte einem Mann zu, der damit beschäftigt war, eine Fernsehkamera hereinzutragen.

»Heute gibt's noch mehr Presse als sonst, weil Yassir Henry als Zeuge aussagen wird.«

»Wer ist das?«

»Ein ehemaliger ANC-Aktivist, der allgemein als Verräter gilt, weil er den Namen eines Genossen preisgegeben hat, der dann kurze Zeit später von der Geheimpolizei ermordet wurde.«

»Glauben Sie auch, dass er ein Verräter ist?«

Jonathan zuckte mit den Achseln. »Er ist gefoltert worden. Außerdem haben sie ihm damit gedroht, seine Familie umzubringen. Ich weiß nicht, wie ich unter einem solchen Druck reagieren würde.«

Die ersten Kommissionsmitglieder kamen herein und setzten sich auf ihre Plätze.

»Ich muss los«, sagte Jonathan. »Wir reden nachher weiter.«

Pia nickte. Sie sah ihm nach, wie er nach vorn ging und mit dem Kameramann sprach. Er kam ihr noch blasser vor als gestern. Vielleicht hatte er genauso schlecht geschlafen wie sie.

Die Anhörungen begannen um Punkt neun. Ein Zeuge nach dem anderen betrat die Bühne und machte seine Aussage. Pia fand es von Mal zu Mal schwieriger, die einzelnen Geschichten auseinanderzuhalten. Da war jemand angeschossen worden und hatte sein Augenlicht verloren. Zwei Männer fragten, warum ihr jüngster Bruder vor zwanzig Jahren von der Polizei umgebracht worden war. Ein junger Mann berichtete von einem Massaker, bei dem ein Großteil seiner Familie ermordet wurde.

»Ich habe nur einen Wunsch an die Kommission«, sagte der Mann, und zum ersten Mal zitterte seine Stimme. »Finden Sie jemanden, der sich um meine Nichte kümmert. Sie ist außer mir die einzige, die überlebt hat. Ich habe keine Arbeit und kann ihr kein Zuhause geben.«

»Wie alt ist Ihre Nichte?«

»Zwölf.«

»Wo lebt sie jetzt?«

»Sie hat keinen festen Wohnsitz.«

Der Wunsch wurde notiert, Tutu dankte dem Mann für sein Erscheinen vor der Kommission, Jonathan machte seine Fotos, dann kam der nächste Zeuge. Aber keiner von ihnen war ein angeblicher Verräter.

Zu Beginn der Mittagspause schaute Pia sich nach Jonathan um, doch es gab plötzlich so ein Gedränge, dass sie ihn nicht entdecken konnte.

Enttäuscht machte sie sich auf den Weg nach draußen. Sie überlegte noch, ob sie wieder in die Cafeteria gehen sollte, als sie ihren Namen hörte. Sie drehte sich um und sah, wie Jonathan ihr zuwinkte.

»Gehen Sie mit mir essen?«

»Ja, ich hab Sie schon gesucht.«

»Es gibt Probleme.«

»Wieso?«

»Yassir Henry will eventuell auf seine Aussage verzichten.«

»Warum?«

»Er ist mit den Nerven am Ende.«

»Und was passiert jetzt?«

»Keine Ahnung. Kommen Sie.«

Er nahm ihren Arm und zog sie mit sich durch die Menschenmassen. Im Mensagebäude waren überall Stände aufgebaut, an denen Studenten saßen und für ihren Kandidaten zur Wahl ins Studentenparlament warben. Die meisten von ihnen waren entweder schwarz oder farbig. Dass für sie die Wahlen eine größere Bedeutung hatten als die Anhörungen der Wahrheitskommission, konnte Pia sich nur damit erklären, dass einem mit zwanzig die Gegenwart wichtiger war als die Vergangenheit.

Bei der Essensausgabe gab es lange Schlangen. Deshalb beschlossen sie, sich Sandwiches zu kaufen und sie draußen im

Hof zu essen. Die Sonne war herausgekommen und hatte die Steine schon ein wenig gewärmt.

»Sind Sie zum ersten Mal hier?«

»Ich bin in Kapstadt geboren, aber ich kann mich an fast nichts mehr erinnern.«

»Wie alt waren Sie, als Sie weggezogen sind?«

»Vier.«

»Na, dann ...«

»Das Merkwürdige ist nur, dass mir die Stadt trotzdem nicht fremd vorkommt. Irgendwie weiß ich, dass ich schon mal hier war.«

Er sah sie an und lächelte. »Kapstadt vergisst man eben nicht so leicht.«

»Und wie war das bei Ihnen, all die Jahre, in denen Sie woanders waren?«

»Mich hat regelmäßig das Heimweh gepackt, obwohl ich die Entscheidung, wegzugehen, grundsätzlich nie bereut habe.«

»Sie sind aus politischen Gründen gegangen ...«

»Ja. Im Sommer 1976. Kurz nach den Erschießungen in Soweto.«

»Und wohin?«

»Nach London. Dort habe ich meine Ausbildung gemacht. Und dann war ich fünfzehn Jahre in New York.«

Pia merkte, wie Jonathans Gesicht einen Moment lang ganz starr wurde, so als ob es ihm unangenehm war, an die Zeit in New York erinnert zu werden.

Er schaute auf seine Uhr. »Wir haben noch eine Viertelstunde. Wollen Sie einen Kaffee?«

Pia nickte und folgte ihm in die Cafeteria. Wie alt mochte er sein? Nach dem, was er erzählt hatte, war er Ende dreißig oder Anfang vierzig. Obwohl er jünger aussah.

»Nehmen Sie Milch?«

»Ja.«

»Vorsicht, heiß«, sagte er, als er Pia den dampfenden Becher reichte.

Es lag etwas in seinem Blick, was Pia schon gestern aufgefallen war. Etwas Ungeschütztes, Verletzliches. Vielleicht hatte sie deshalb sofort Vertrauen zu ihm gefasst.

»Ich … ich bin nicht nur wegen der Wahrheitskommission nach Kapstadt gekommen …«

»Sondern?«

»Weil ich jemanden suche.«

»Jemanden von früher?«

»Ja. Eine Frau namens Zoë Shenton. Sie war meine Nanny.«

»Also haben Sie doch Erinnerungen …«

»Nein, leider nicht. Aber es ist etwas passiert, was mich nicht mehr loslässt. Mein Vater ist vor knapp vier Monaten gestorben. Sein letztes Wort war ›Zoë‹. Für mich ist das ein absolutes Rätsel, weil bei uns dreißig Jahre lang nicht über Zoë gesprochen wurde. Das Thema Südafrika kam bei uns generell nicht vor.«

»Vielleicht hat Ihr Vater eine Beziehung mit dieser Zoë gehabt.«

»Ich kann es mir kaum vorstellen.«

»So was gab's öfter, als Sie denken.«

»Das Einzige, was ich weiß, ist, dass sie in der Hanover Street gewohnt hat.«

»Im ehemaligen District Six.«

»Da soll es jetzt ein Museum geben.«

»Ja. Wenn Sie dorthin gehen, wenden Sie sich am besten an Charlie Rive. Der hat schon eine Menge Leute wiedergefunden, die seit Ende der sechziger Jahre in die Townships umgesiedelt worden sind.«

»Danke. Sobald die Anhörungen in Kapstadt vorbei sind, werde ich ihn anrufen.«

»Fahren Sie lieber hin und sprechen Sie persönlich mit ihm. Und bestellen Sie einen schönen Gruß von mir.«

»Ja ...«

»Viel Glück.«

»Danke.«

Pia sah Jonathan nach, wie er durch einen Seiteneingang im Gebäude verschwand, und auf einmal empfand sie eine merkwürdige Leere. Hatte sie gehofft, dass sie sich noch für später verabreden oder zumindest Telefonnummern austauschen würden?

Der Saal war schon so voll, dass Pia Mühe hatte, einen Kopfhörer zu ergattern. Sie setzte sich neben eine Gruppe von farbigen Schülerinnen, die höchstens zwölf oder dreizehn waren und alle Notizblöcke vor sich liegen hatten, weil sie vermutlich anschließend einen Aufsatz über die Anhörung schreiben mussten.

Während Pia dem Getuschel und Gekicher lauschte, fragte sie sich, ob die Mädchen nicht noch viel zu jung waren, um Berichte über derart grausame Erfahrungen zu hören. Aber dann schoss ihr durch den Kopf, dass das, was die Familien dieser Mädchen erlebt hatten, sicherlich oft nicht weniger grausam gewesen war.

Plötzlich wurde es still im Saal, und ein magerer junger Mann betrat die Bühne. Er war bleich und schien sich kaum auf den Beinen halten zu können. Pia sah, wie alle Fotografen, auch Jonathan, aufstanden und Fotos von ihm machten.

»Yassir Henry«, flüsterten die Mädchen neben ihr und fingen an zu schreiben.

Während Yassir Henry schilderte, unter was für Umständen er den Namen seines Genossen verraten hatte, holte er immer wieder tief Luft, als sei er kurz vor dem Ersticken. Ein paarmal versagte ihm vollends die Stimme, und er musste von der jungen

Frau, die auch gestern schon den gehbehinderten Mann betreut hatte, ermuntert werden, weiterzusprechen.

»Ich war neunzehn ... Ich glaube, dass niemand auf der Welt vor eine solche Wahl gestellt werden sollte ...« Seine Stimme zitterte. »Ich ... ich hatte keine Wahl ... Wenn ich der Geheimpolizei nicht gesagt hätte, wo A... A... Anton ... F... F... Fransch... si... si... sich ... au... au... aufhielt ...«

Sein Stottern ließ die Spannung im Raum unerträglich werden. Pia fing an zu schwitzen.

»Sie haben mich gefoltert ... Sie haben mir gedroht, meine Mutter und meinen kleinen Neffen umzubringen ... Ich wusste, was sie anderen angetan hatten ... Ich wusste, wozu sie fähig waren ... Ich wusste, dass dies keine leeren Drohungen waren ...«

Zum Schluss bat er darum, dass der ANC seine Rolle im Freiheitskampf anerkennen und ihn nicht länger als Unperson behandeln möge.

»Ich habe gelebt, ohne zu existieren«, sagte er. Dann brach er zusammen.

Pia spürte, wie ihr die Tränen über die Wangen liefen. Die Mitglieder der Kommission standen auf und versuchten, Yassir Henry zu beruhigen. Und nach und nach standen alle im Saal auf und fingen erst langsam, dann immer heftiger an zu klatschen, um Yassir Henry auf diese Weise Respekt zu bekunden.

»Trotzdem ist er ein Verräter«, flüsterte eines der Mädchen.

»Ich weiß nicht«, flüsterte eine andere.

Pia wusste es auch nicht. Sie wusste nur, dass sie wahrscheinlich genauso gehandelt hätte wie Yassir Henry.

Nachdem er den Saal verlassen hatte, kamen gleich die nächsten Zeugen, ein Ehepaar, dessen Sohn 1991 erschossen worden war. Pia dachte, sie würde es nicht ertragen, noch zwei, drei Stunden lang solche Aussagen zu hören. Aber dann blieb sie doch bis zum Ende.

Mit brennenden Augen und dröhnendem Kopf begab sie sich direkt zu ihrem Wagen, ohne sich ein einziges Mal nach Jonathan umzuschauen. Sie würde heute sowieso mit niemandem mehr reden können.

Als sie unter der Dusche stand, fiel ihr auf einmal ein, wo sie neulich von Findbüchern gehört hatte. Es war auf einem Fest bei Britta gewesen. Einer ihrer Kollegen hatte begeistert von seinen Archivforschungen erzählt, bei denen Findbücher unerlässlich seien, weil sie allein den systematischen Zugang zu dem umfangreichen Aktenmaterial ermöglichten, das jedes Archiv beherberge. In einem Findbuch seien die Titel und ein paar kurze Angaben zu den jeweiligen Akten vermerkt. So könne sich jeder Wissenschaftler schnell einen Überblick über die Inhalte verschaffen und beurteilen, ob sie für ihn relevant seien oder nicht. Findbücher seien somit eine Art Schlüssel zur Vergangenheit.

Pia dachte an die noch ungeöffneten Päckchen ihres geträumten Findbuches und war sich plötzlich nicht sicher, ob sie wirklich wissen wollte, was sich in diesen Päckchen befand.

5

Pia schreckte hoch. Was war das für eine Stimme, die sie da gehört hatte? Sprach sie jetzt schon im Traum mit sich selbst?

Viertel nach zwei. Sie war todmüde und gleichzeitig hellwach. Wie sollte sie diese Tage überstehen, wenn sie jede Nacht wach lag?

Erschöpft ließ sie sich auf ihr Kissen zurückfallen. Was für ein seltsamer Traum. Sie saß vor ihrem Frühstücksei, als die Kellnerin ihr ein Fax von Britta überreichte. Wie geht es Dir?, stand da in Brittas großer, eckiger Schrift. Und wie kommst Du mit Deiner Suche nach Zoë voran? Schönen Gruß übrigens von Klaus, den ich gestern im Kino getroffen habe. Er konnte es gar nicht fassen, dass Du in Kapstadt bist. Ich hatte das Gefühl, dass er Dich vermisst. Wer weiß, vielleicht bereut er's ja, dass er sich vor einem Jahr so davongemacht hat. Erst wollte ich Dir das gar nicht schreiben, weil Du im Augenblick sicherlich mit tausend anderen Dingen beschäftigt bist, aber dann dachte ich, dass Du es doch wissen sollst.

Pia schluckte. Sie hatte Monate gebraucht, um die Trennung von Klaus zu überwinden. Und wenn sie Britta nicht gehabt hätte, hätte sie noch viel länger gebraucht. Britta war diejenige gewesen, die ihr in schwachen Momenten immer wieder gesagt hatte, dass Klaus ein mieser Kerl sei, um den sich das Trauern nicht lohne. Wieso träumte sie, dass Britta ihr so ein Fax schickte?

Aber da war noch mehr gewesen, nicht nur dieses Fax. Es dauerte eine Weile, bis Pia sich auch an den Rest des Traums erinnern konnte. Sie saß im Vorlesungssaal an der *University of the Western Cape* und hörte Britta über Kopfhörer sagen, dass sie Mitleid mit Klaus gehabt habe, weil sie glaube, dass er es ernst meine und zu ihr zurückkehren wolle. Wie kommst du darauf?, hatte Pia geschrien. Wie kommst du darauf? Und davon war sie wach geworden.

Sie stand auf und holte sich ein Glas Wasser aus dem Bad. Klaus hatte immer ein besonderes Talent gehabt, das Mitleid anderer Leute zu erwecken. Nur merkwürdig, dass ihm das ausgerechnet bei Britta gelingen sollte, die bisher noch jeden durchschaut hatte. Oder war das die innere Logik des Traums, dass sie sich insgeheim wünschte, Klaus wolle wirklich zu ihr zurückkehren?

Das ganze letzte Jahr hatte sie es vermieden, darüber nachzudenken, wie es wäre, ihn wiederzusehen und einen Neuanfang zu versuchen. Sie hätte sich vor sich selbst dafür geschämt; schließlich hatte er sie nicht nur auf schäbige Weise verlassen, er hatte sie auch vorher schon schlecht behandelt. Sieben Jahre hatte sie seine Erniedrigungen ertragen, hatte sich damit abgefunden, dass er sie an seinem Leben teilhaben ließ, wann immer es ihm gefiel. Und wenn er mal wieder wochenlang keine Zeit für sie hatte, hatte sie versucht, sich damit zu trösten, dass auch sie ihre Freiheit brauchte.

»Du bist doch sonst nicht der Typ, der alles mit sich machen lässt«, hatte ihr Vater irgendwann mal gesagt.

Und dann hatten sie sich gestritten, weil sie Klaus auch noch verteidigt hatte.

Aber als sie schwanger wurde, änderte sich die Haltung ihres Vaters schlagartig.

»Wann werdet ihr heiraten?«

»Heiraten? Wieso heiraten?«

»Damit das Kind einen Vater hat.«

»Den hat es auch so. Dafür müssen wir nicht heiraten.«

»Und was ist mit deiner Sicherheit? Und der eures Kindes?«

»Klaus und ich waren uns immer darin einig, dass eine Heirat für uns nicht in Frage kommt. Daran ändert auch die Schwangerschaft nichts.«

»Ich dachte, Klaus verdient sehr gut mit seiner Kanzlei.«

»Das hat mit Geld nichts zu tun.«

»Mir ist es wichtig, dass meine Tochter gut versorgt ist.«

»Ich kann mich selbst versorgen.«

»Pia …«

»Nun lass uns doch. Wir haben eben andere Vorstellungen als du.«

Und es stimmte. Sie wollte Klaus wirklich nicht heiraten. Aber gegen eine gemeinsame Wohnung hätte sie nichts gehabt.

Kurz darauf rief ihr Vater sie an und verkündete, dass er ein Konto für sein ungeborenes Enkelkind einrichten würde. Da könne sie sagen, was sie wolle. Hindern könne sie ihn daran nicht.

Sie wusste nicht, wie viel er schon auf dieses Konto eingezahlt hatte, als sie ihm fünf Monate später mitteilen musste, dass sie das Kind verloren hatte. Die Nachricht erschütterte ihn so sehr, dass er anfing zu weinen. Noch nach Wochen kam es Pia so vor, als trauere er um den Verlust eines eigenen Kindes.

Halb fünf. Schlafen wollte sie. Nichts als schlafen. Aber die Erinnerung an jenen Tag, als es passierte, ließ sich jetzt nicht mehr zurückdrängen.

Es war der elfte Juli, morgens um halb zehn. Sie saß in der Redaktion und schrieb an einem schwierigen Artikel über einen Mordprozess, den sie im Gerichtssaal verfolgt hatte, als sie plötzlich starke Schmerzen im Unterleib bekam. Kein Druck, kein Ziehen, wie sie es schon manchmal gespürt hatte, sondern ein heftiges Stechen, das immer schlimmer wurde. Als sie zum Telefon griff, um ihren Gynäkologen anzurufen, wurde ihr schwarz vor Augen. Sie hielt sich an der Schreibtischkante fest und dachte nur eines: dass sie ins Krankenhaus musste, und zwar sofort. Vielleicht war das Kind ja noch zu retten. Sie war im siebten Monat. Was für Überlebenschancen hatten Embryos, die zwei Monate zu früh auf die Welt kamen? Sie hatte doch neulich etwas darüber gelesen. Wieso erinnerte sie sich nicht?

Eine Kollegin bestellte einen Notarztwagen und fuhr mit ihr in die Klinik. Nachmittags um vier war alles vorbei. Ihr Bauch war leer, und das Kind war tot. Es war ein Mädchen gewesen.

Pia strich mit der Hand über ihre flache, feste Bauchdecke. Ob sie jemals wieder schwanger sein würde? Sie konnte es sich kaum vorstellen.

Alle wunderten sich, wie schnell sie sich damals erholte. Drei Tage später saß sie schon wieder im Büro und schrieb ihren Artikel zu Ende, den Artikel über den Mann in Wandsbek, der seine Frau mit einem Brotmesser erstochen hatte. Es machte ihr nichts aus, die Einzelheiten jener Tat zu schildern. Wie er in seiner Wut immer wieder auf seine Frau eingestochen hatte, weil er es nicht verwinden konnte, dass sie ihn verlassen wollte. All das, was sie vor wenigen Tagen als unglaubliche Grausamkeit empfunden hatte, war nun merkwürdig fern. Sie diskutierte die Frage, ob es sich um Mord oder Totschlag handelte, und stimmte dem Urteil des Gerichts zu, dass es Totschlag gewesen sei, weil der Mann im Affekt gehandelt habe.

Wenige Stunden nachdem sie den Artikel abgeliefert hatte, kam der Zusammenbruch. Sie stand im Bad, blickte in ihr blasses Gesicht und fing an zu weinen. Als sie nach zwei Stunden immer noch nicht aufhören konnte, rief sie Britta an. Die kam sofort.

»Wieso musstest du auch gleich wieder arbeiten?«, fragte sie und nahm sie in die Arme.

»Ich dachte, das würde mir helfen.«

»Was sagt Klaus zu dem Ganzen?«

»Der scheint fast erleichtert zu sein.«

Britta ging kopfschüttelnd in die Küche und kochte einen Tee. Später saßen sie auf dem Sofa, und Pia erzählte Britta von dem Artikel, den sie geschrieben hatte.

»Damit hast du dich in den letzten Tagen beschäftigt? Du spinnst ja.«

»Wie kommt ein Mensch dazu, einen anderen umzubringen?«

»Dazu ist letztlich jeder imstande.«

»Das glaube ich nicht.«

»Auf jeden Fall ist der Schritt zu so einer Tat lange nicht so groß, wie die meisten Leute meinen. Wer garantiert uns, dass wir nicht die Kontrolle über uns verlieren, wenn wir plötzlich in eine Extremsituation geraten?«

»Ich könnte das nicht.«

»Und wenn's um dein Leben ginge?«

Pia rollte sich in ihrem Hotelbett zusammen und schloss die Augen. Am liebsten hätte sie Britta angerufen und ihr von dem Traum erzählt. Aber es war natürlich völlig absurd, wegen eines Traums um die halbe Welt zu telefonieren. Außerdem war sie in neun Tagen wieder zu Hause und konnte dann immer noch mit Britta über ihre Träume reden.

Bei dem Gedanken an die Rückreise verspürte Pia einen Stich. Am Sonntagabend würde sie nach Durban fliegen. Das hieß, ihr blieben nur noch fünf Tage in Kapstadt. Wie sollte sie Zoë in der kurzen Zeit finden können? Sie musste plötzlich an Brittas Abschiedsworte denken. »Ich wette, daraus wird mehr.« Vielleicht würde sie einfach eine Woche anhängen oder auch zwei. Sie hatte bisher in diesem Jahr kaum Urlaub genommen, nur ein paar Tage im April, um die Beerdigung ihres

Vaters zu organisieren. Eigentlich wollten Britta und sie im März zum Skilaufen in die Dolomiten fahren, doch daraus war nichts geworden, weil Britta ihr Manuskript für die Historikertagung in New York zu Ende schreiben musste. Und für Pia war nichts schlimmer, als allein zu verreisen; da blieb sie lieber zu Hause.

Früher, mit Klaus, hatte sie abenteuerliche Reisen nach Südamerika, Afrika oder Asien unternommen. Im brasilianischen Urwald, auf ihrer Safari in Kenia oder beim Klettern im Himalaja hatten sie sich bestens verstanden, besser als jemals in Hamburg. Pia hatte nie begriffen, wieso Klaus sich in Extremsituationen in einen verträglichen, beinahe gutgelaunten Menschen verwandelte, mit dem das Zusammensein alles andere als schwierig war. Nach jeder Reise hatte sie monatelang versucht, von ihren Erinnerungen zu zehren und sich nicht gleich wieder entmutigen zu lassen. Ein vergebliches Unterfangen, das schon an Masochismus grenzte.

»Warum gehst du so schlecht mit dir um?«, hatte Britta sie irgendwann gefragt.

Pia hatte darauf keine Antwort gewusst. Und sie wusste jetzt immer noch keine. Aber eines wusste sie genau: dass sie sich kein zweites Mal auf eine solche Beziehung einlassen würde.

Die heutige Sitzung der Wahrheitskommission war den Frauen gewidmet, anlässlich des südafrikanischen Frauentages, der übermorgen gefeiert wurde. Vor vierzig Jahren, am 9. August 1956, hatten zwanzigtausend Frauen in Pretoria gegen das Tragen von Pässen demonstriert.

Pia hörte, wie hinter ihr eine Tür geöffnet wurde. Sie drehte sich um und sah, dass Jonathan den Saal betreten hatte. Er nickte ihr kurz zu, während er auf Zehenspitzen an ihr vorbei nach vorn ging und sich zu seinen Kollegen setzte. Es beruhigte Pia, dass er doch noch gekommen war. Sie hatte sich schon gefragt, ob seine Arbeit hier vielleicht beendet war.

Zwei Rednerinnen wiesen in kurzen Ansprachen darauf hin, welches Leid Frauen auf sich genommen hätten, um für die Befreiung Südafrikas zu kämpfen. Die Machthaber hätten für weibliche Gefangene spezifische Foltermethoden entwickelt, und viele hätten in den südafrikanischen Gefängnissen ihr Leben gelassen.

Pia schluckte. Wieso hatte sie sich freiwillig dazu bereit erklärt, über diese Anhörungen zu berichten? Nur weil sie einen Anlass brauchte, um mit ihrer Suche nach Zoë zu beginnen? Sie kannte sich in südafrikanischer Geschichte gut genug aus, um zu wissen, worum es bei den Anhörungen gehen würde. War ihr nicht klar gewesen, dass die Zeugenaussagen das Maß dessen überschreiten würden, was sie aushalten konnte?

Sie hätte sich problemlos einige Wochen freinehmen können, um nach Kapstadt zu reisen und in Ruhe nach Zoë zu suchen. Stattdessen hatte sie hier einen überaus anstrengenden Job zu erledigen und musste die Suche quasi nebenher schaffen. War damit nicht das Ganze von vornherein zum Scheitern verurteilt? Wer weiß, vielleicht wollte sie Zoë in Wirklichkeit gar nicht finden und hatte diesen Auftrag nur übernommen, um sich später nicht vorwerfen zu müssen, sie hätte es nicht versucht.

Eine Journalistin namens Zubeida Jaffer hatte begonnen, eine Aussage zu machen. Sie war als Widerstandskämpferin in den Untergrund gegangen und verraten worden. Als sie verhaftet wurde, war sie im dritten Monat schwanger.

Pias Hände wurden feucht.

»Die Folterer wollten den Aufenthaltsort meiner Genossen aus mir herausbekommen. Als ich mich weigerte zu reden, drohten sie mir damit, dass sie mir eine Chemikalie einflößen würden, um meine Schwangerschaft zu beenden.«

Zubeida Jaffer griff nach ihrem Wasserglas und trank einen Schluck. Niemand im Saal rührte sich; alle starrten nach vorn auf diese Frau, die so beherrscht wirkte, so ruhig.

»Ich habe eine Nacht lang über diese Frage nachgedacht und beschlossen zu schweigen, weil die Bürde für mein künftiges Kind zu schwer gewesen wäre. Es hätte sein Leben einem Verrat zu verdanken gehabt.«

Jonathan stand auf und machte mehrere Fotos. Zubeida Jaffer warf ihm einen irritierten Blick zu.

»Dies war der Punkt, an dem die Folterer begriffen, dass sie meinen Willen nicht brechen konnten. Sie verzichteten darauf, eine Zwangsabtreibung vorzunehmen.«

Die alte Frau, die neben Pia saß, seufzte erleichtert auf.

»Meine Tochter ist heute zehn Jahre alt. Sie ist gesund, aber ich … ich …«

Zubeida Jaffer schloss einen Moment lang die Augen. Dann berichtete sie stockend von ihren Alpträumen, ihren Zusammenbrüchen, ihrer Angst, dass die Erinnerungen sie niemals verlassen würden.

»Ich habe viel Unterstützung von meiner Familie und meinen Freunden bekommen. Und trotzdem … kann ich seit meiner Inhaftierung nicht mehr kontinuierlich arbeiten … Viele Leute verstehen das nicht. ›Dir ist doch nichts passiert‹, sagen sie zu mir. ›Du bist nicht mal vergewaltigt worden …‹«

Pia merkte erst jetzt, dass sie längst aufgehört hatte, mitzuschreiben. Aber diese Geschichte würde sie auch so niemals vergessen.

»Ich will den Schmerz nicht an meine Tochter weitergeben«, fuhr Zubeida Jaffer fort. »Deshalb bin ich heute hierhergekommen, um vor der Wahrheitskommission auszusagen. Ich fordere keine Rache, ich fordere Gerechtigkeit. Die Verantwortlichen dürfen nicht ungeschoren davonkommen. Sie müssen zur Rechenschaft gezogen werden.«

Zubeida Jaffer nahm ihre Notizen und ging an ihren Platz zurück. Jemand fing an zu klatschen, und schnell fielen alle im Saal in das Klatschen mit ein.

Sie ist etwa so alt wie ich, dachte Pia. Vor elf Jahren, als Zubeida Jaffer im Gefängnis saß und Angst hatte um ihr Leben und das ihres Kindes, hatte sie noch studiert. Zu Beginn der Sommersemesterferien war sie mit dem Zug nach Südfrankreich gefahren und hatte sich einen Job als Zimmermädchen in einem Hotel in Montpellier gesucht. Sie wollte ihre Französischkenntnisse verbessern; außerdem hatten ihre Eltern gemeint, es könnte nicht schaden, wenn sie sich mal selbst etwas verdiente. Drei Monate hatte sie in jenem Hotel verbracht und sehr hart gearbeitet für sehr wenig Geld. Die anderen Zimmermädchen kamen auch alle aus dem Ausland und sprachen noch schlechter Französisch als sie. Abends war sie zu müde, um auszugehen und Franzosen kennenzulernen. Ein vergeudeter Sommer. Gleich im Anschluss, Mitte Oktober '85, war sie für ein Jahr nach Edinburgh gegangen, um dort zu studieren. Sie hatte sehr gelitten unter der Trennung von Christoph, ihrem damaligen Freund; die Beziehung hatte das Schottland-Jahr nicht überlebt. Es war eine besonders unglückliche Zeit, weil sie ständig das Gefühl hatte, die falsche Entscheidung zu fällen.

Was für ein harmloses Unglück im Vergleich mit dem, was Zubeida Jaffer erlebt hatte. Aber war es überhaupt möglich, zweierlei Leben miteinander zu vergleichen? Sie war privilegiert, war es immer gewesen. Niemand hatte sie je bedroht oder gar angegriffen. Und trotzdem konnte sie nicht von sich sagen, dass sie die Fähigkeit besaß, glücklich zu sein.

Sie musste sich zusammenreißen. Längst hatte die nächste Frau mit ihrer Aussage begonnen.

»Wie heißt sie?«, flüsterte Pia ihrer Nachbarin zu.

»Shirley Gunn.«

Es ging um eine Bombenexplosion, mit der die Frau nichts zu tun hatte, für die man ihr aber die Verantwortung zuschieben wollte. Sie wurde zusammen mit ihrem Sohn verhaftet, der damals sechzehn Monate alt war. Eines Tages tauchten zwei Sozialarbeiter in ihrer Zelle auf und griffen nach ihrem Kind.

Shirley Gunn begann zu weinen. »Er schrie, so laut er konnte, und streckte seine Arme nach mir aus ... Ich rief, dass er bei mir bleiben müsse, weil ich ihn noch stillen würde ... doch das interessierte die beiden nicht ... Sie verschwanden einfach mit ihm ...«

Pia merkte, wie es heiß und eng wurde in ihrer Kehle. Sie wusste nicht, wie lange sie es noch ertragen könnte, hier zu sitzen und zuzuhören.

Shirley Gunn wischte sich die Tränen ab. »Ich dachte, ich ... ich würde wahnsinnig ... noch am selben Tag habe ich mit einem Hungerstreik begonnen ... bis mir klarwurde, wie töricht das war, weil das Hungern die Milchproduktion verringern würde ... also fing ich wieder an zu essen ... Ich versuchte, die Milch aus mir herauszupressen, was sehr schwierig war ... und sehr schmerzhaft ... trotzdem schaffte ich es nach einer Weile, Milch in einem Gefäß zu sammeln ... aber dann weigerten sich die Wärter, die Milch zu meinem Sohn zu bringen ...«

Pias Nachbarin fing an zu weinen. Pia legte ihr die Hand auf den Arm, und dann brach auch sie in Tränen aus.

»Irgendwann kamen sie mit einem Kassettenrecorder«, sagte Shirley Gunn und holte tief Luft. »Sie ließen ein Band laufen, das sie aufgenommen hatten ... Ich hörte, wie mein Sohn weinte und immer wieder nach mir rief ... Seine Stimme klang so verzweifelt ...«

»Diese Verbrecher!«, flüsterte Pias Nachbarin. »Wie können sich Menschen nur so etwas ausdenken!«

»Nach acht Tagen brachten sie ihn mir wieder …« Shirley Gunn hatte Mühe weiterzusprechen. »Er war bis auf die Knochen abgemagert, seine Augen schienen im Kopf zu versinken … er klammerte sich an mich, als wolle er mich nie wieder loslassen … bis heute kann er es nicht ertragen, wenn wir getrennt sind … Ich habe seitdem kaum arbeiten können … es quält mich, dass ich nicht meinen Teil zum Wandel Südafrikas habe beitragen können … Ich appelliere an die Regierung und an die Partei, mehr Rücksicht zu nehmen auf Menschen wie mich, die sich nicht in normale Arbeitsstrukturen einfügen können … Mein Sohn ist jetzt sieben Jahre alt … sein größter Wunsch ist es, Bischof Desmond Tutu und Präsident Nelson Mandela kennenzulernen.«

Wieder fingen alle im Saal an zu klatschen. Die Kommission versprach, Shirley Gunns Bitte weiterzuleiten und darauf hinzuwirken, dass man Menschen wie ihr einen Platz in der Gesellschaft einräumen würde.

Pia war erleichtert, als eine Pause angekündigt wurde. Sie hätte den Frauen gern dafür gedankt, dass sie den Mut hatten, vor einem Publikum von fünf- oder sechshundert Leuten über das zu berichten, was ihnen widerfahren war. Aber die beiden waren umringt von Freunden und Verwandten, die sie umarmten und beglückwünschten. Und da kam Pia sich plötzlich überflüssig vor.

Sie wollte gerade aufstehen und sich einen Kaffee holen, als sie sah, dass ihre Nachbarin sie anlächelte.

»Sie sind nicht von hier, oder?«

Pia lächelte zurück. »Nein, ich … ich bin zwar hier geboren, aber ich lebe seit dreißig Jahren in Deutschland.«

Die alte Frau zeigte auf Pias Notizbuch. »Schreiben Sie einen Bericht über die Anhörungen?«

»Ja.«

»Für eine deutsche Zeitung?«

Pia nickte.

»Gut ... sehr gut ...« Sie strich sich über ihre dünnen Haare. »Überall auf der Welt soll man erfahren, was in unserem Land passiert ist ...«

Es entstand eine Pause, in der Pia überlegte, ob sie das Gespräch auf Zoë bringen sollte. Die Frauen, die sie am Montag nach Zoë befragt hatte, hatten so feindselig reagiert.

»Ich ... ich bin auch noch aus einem persönlichen Grund hier«, sagte Pia und klappte ihr Notizbuch zu. »Ich suche eine Frau namens Zoë Shenton.«

»Kenn ich nicht, den Namen«, murmelte ihre Nachbarin.

»Sie hat in den sechziger Jahren im District Six gewohnt, in der Hanover Street.«

»Warum suchen Sie sie?«

»Sie war meine Nanny. Ich ... ich habe sie sehr geliebt.«

»Machen Sie sich keine großen Hoffnungen. Hier sind so viele Menschen verlorengegangen ...«

»Ich weiß ...«

Die alte Frau schien noch etwas sagen zu wollen, doch dann versank sie in Schweigen.

Aussagen über Aussagen. Pia schrieb, so schnell sie konnte. Sie würde die Redaktion bitten, ihr mehr Platz für ihre Artikel zur Verfügung zu stellen. Die Geschichten, die sie hier hörte, mussten ausführlich geschildert werden.

In der Mittagspause kaufte sie sich ein Sandwich und setzte sich, wie gestern, in den Hof. Jonathan war nirgendwo zu sehen. Heute war der letzte Tag der Anhörungen an der Uni. Es war unwahrscheinlich, dass sie ihm außerhalb noch einmal irgendwo begegnen würde, in den wenigen Tagen, die ihr in Kapstadt blieben. Und für die Anhörungen in Durban in der nächsten Woche hatte man bestimmt Fotografen aus der dortigen Region engagiert.

Pia stand auf. Sie würde versuchen, Jonathan zu finden, anstatt hier zu sitzen und darauf zu warten, dass er zufällig vorbeikam.

Sie ging in den Saal zurück, wo überall Leute zusammenstanden und diskutierten. Inmitten einer dieser Gruppen entdeckte sie den Kameramann, dem Jonathan gestern zugewunken hatte.

»Entschuldigen Sie …«

Er drehte sich um und blickte sie überrascht an. »Ja?«

»Ich suche Jonathan Samuels.«

»Der hat Probleme mit einer seiner Kameras. Er kommt gleich wieder.«

»Danke.«

Kurz darauf sah sie, wie Jonathan den Saal betrat. Er musste sie im selben Augenblick entdeckt haben, denn er kam sofort auf sie zu.

»Tut mir leid, bei mir ist heute alles schiefgelaufen. Heute Morgen hatte ich eine Reifenpanne, und vorhin war auf einmal der Auslöser einer meiner Kameras blockiert.«

»Haben Sie Bilder verloren?«

»Das wird sich erst nachher im Labor herausstellen.«

»Ich … wollte Sie fragen, ob wir uns in den nächsten Tagen mal treffen können. Ich bin noch bis Sonntagabend hier.«

»Dasselbe hatte ich Sie auch fragen wollen. Wo wohnen Sie?«

»Im *Vineyard Hotel* in Newlands.«

»Haben Sie morgen Abend Zeit?«

Pia nickte.

»Ich hole Sie um sieben Uhr ab. Wenn bei Ihnen was dazwischenkommen sollte, rufen Sie mich an … hier ist meine Adresse.«

»Danke.« Pia nahm die Karte und steckte sie in ihre Tasche.

Die Leute strömten in den Saal zurück. In wenigen Minuten würden die Anhörungen weitergehen.

»Bis dann«, sagte Jonathan und lächelte.

Pia schaute ihm nach, wie er nach vorn ging und sich zu seinen Kollegen setzte. Es würde nichts dazwischenkommen, ganz sicher nicht.

6

Bis tief in die Nacht hinein schrieb Pia an ihrem Artikel über die dreitägigen Anhörungen der Wahrheitskommission an der *University of the Western Cape*. Als sie fertig war und den Text an die Redaktion gemailt hatte, beschloss sie, noch ein Glas Rotwein zu trinken, weil sie viel zu aufgewühlt war, um schlafen zu können.

Morgen würde sie als Erstes zu dem Museum im ehemaligen District Six fahren. Beim Blättern in ihrem Reiseführer stellte sie überrascht fest, dass das Museum sogar erwähnt wurde. Es befand sich in einer Methodistenkirche und war eingerichtet worden, um die Erinnerung an diese ausradierte Gegend wachzuhalten.

Pia brauchte eine Weile, bis sie die Kirche auf ihrem Stadtplan gefunden hatte. Sie hätte niemals vermutet, dass dieses Gebiet, in dem früher die Farbigen gelebt hatten, mitten in der Stadt lag und nicht am Stadtrand, wo heute die meisten Farbigen und Schwarzen wohnten. Die Zwangsumsiedlung hatte nicht nur ihr Zuhause zerstört, sondern ihnen auch ein Leben im Stadtzentrum unmöglich gemacht.

Es war kurz nach zehn, als Pia am nächsten Morgen das District-Six-Museum erreichte. Nachdem sie zweimal um den Block gefahren war, ohne einen Parkplatz zu finden, folgte sie dem heftigen Winken eines Penners, der sie in eine Lücke direkt vor dem Museum einwies und gegen eine Gebühr von zwei Rand versprach, ihren Wagen nicht aus den Augen zu lassen.

Durch eine schmale Tür gelangte Pia in einen halbdunklen, fast quadratischen Saal. Als Erstes fiel ihr der riesige, handgeschriebene Stadtplan auf, der einen Großteil des Fußbodens bedeckte und offensichtlich betreten werden durfte, weil er mit einer Plastikfolie überzogen war.

Erst bei genauerem Hinsehen stellte sie fest, dass außer den Namen von Straßen, Plätzen und Gebäuden auch kurze Texte ehemaliger District-Six-Bewohner hier vermerkt waren, eine Art Spurensicherung in Form von Gedichten, Erinnerungsfetzen und Anekdoten. Ein Hinweisschild lud jeden, der einmal hierhergehört hatte, ein, seine persönliche Notiz hinzuzufügen. Und wie zum Beweis, dass es diesen Stadtteil wirklich gegeben hatte, waren an einer Schmalseite des Saales eine Reihe alter, zum Teil verrosteter Straßenschilder aufgehängt worden: Caledon Street, Vernon Terrace, Rotten Row, Smart Lane.

Pia sagten die Namen nichts.

»Soll ich Ihnen erzählen, von wem wir die Schilder haben?«

Sie drehte sich um und blickte in das lächelnde Gesicht eines älteren Mannes mit einem Fes auf dem Kopf. An seiner Jacke trug er eine Anstecknadel mit der Aufschrift *Education officer*.

»Einer der Männer, die in den Planierraupen saßen, mit denen der District Six plattgemacht wurde, hat diese Schilder heimlich abmontiert und zwanzig Jahre lang in seinem Keller aufbewahrt.«

Pia betrachtete die Schilder und dachte an Zoë.

»Niemand weiß genau, warum. Wahrscheinlich hatte er ein schlechtes Gewissen.«

Zoë, die im District Six gelebt hatte. Reform Street, Lewis Street, Primrose Street.

»Sechzigtausend Menschen hat man zwangsweise umgesiedelt. Sechzigtausend Menschen, die hier zu Hause waren, hier ihre Arbeit hatten, ihre Verwandten, Freunde, Nachbarn. Es war eine enge Gemeinschaft. Christen, Hindus, Moslems und Juden lebten friedlich zusammen. Hier hat niemand hungern müssen, obwohl die meisten von uns arm waren. Jeder half jedem. Und wenn irgendwo ein Kind geboren wurde, gab es ein großes Fest.«

Wann war Zoë zu ihnen gezogen? Gleich nach ihrer Geburt? Oder hatte sie schon vorher bei ihnen gewohnt, um ihrer Mutter während der Schwangerschaft zur Hand zu gehen? Pontac Street, Brown Street, Springfield Street.

»Hier spielte es keine Rolle, was man für eine Hautfarbe hatte.«

Und wenn man ein weißes Kind betreute, weil man sonst nicht überleben konnte? Was spielte das für eine Rolle? Balmoral Street, St. Vincent Street, Ashley Street.

»Wir bekommen Besucher aus aller Welt, Politiker, Vertreter von Menschenrechtsorganisationen und ehemalige Bewohner vom District Six.«

Zoë Shenton, unverheiratet, zuletzt ausgeübter Beruf: Nanny. Van de Leur Street, Chapel Street, Roos Street.

»Neulich war sogar die Königin der Niederlande bei uns zu Besuch. Aber wissen Sie, all diese Berühmtheiten bedeuten mir lange nicht so viel wie jemand, der hierherkommt, um nach seinen Ursprüngen zu suchen.« Er zeigte auf eine große Stoffrolle, auf der sich gerade zwei alte Frauen mit ihren Namen und ihren Anschriften eintrugen, den damaligen und den heutigen.

Ob Zoë schon hier gewesen war und ihren Namen auf die Rolle geschrieben hatte?

»Die weiße Regierung beschloss im Jahre 1966, dass diese Gegend nur noch von Weißen bewohnt werden sollte. Sie begann am Rand der Stadt, mitten in einem Sumpfgebiet, Häuser zu errichten, sofern man die Streichholzschachteln in den Townships als Häuser bezeichnen kann. 1970 mussten die Ersten von uns dorthin umsiedeln. Zehn Jahre hat es gedauert, dann lag hier kein Stein mehr auf dem anderen. Es wurden neue Straßen gebaut, die die alten unkenntlich machen sollten. District Six bekam sogar einen neuen Namen: Zonnebloem. Aber kein Weißer wollte nach Zonnebloem ziehen, trotz der wunderbaren Lage, im Rücken den Tafelberg, nach vorn den Blick aufs Meer und dazu noch mitten in der Stadt. Wer weiß, vielleicht fürchteten sie sich vor den Geistern der Vertriebenen.«

Zoë Shenton, Hanover Street. Nicht Stuckeris Street, Wicht Street, Lesar Street.

»Die Umsiedlung war schlimm. Ich hatte vierzehn Tage Zeit, um zu packen. Andere hatten nur wenige Stunden. Manche Familien hat man mitten in der Nacht geweckt und aus ihren Häusern geworfen. Die Möbel wurden auf die Straße gestellt, und dann kam die Planierraupe.«

Der Mann sah sie an und lächelte wieder. »Aus welchem Land kommen Sie?«

»Aus Deutschland.«

»Auch ein schönes Land mit einer dunklen Geschichte.«

»Besuchen viele Deutsche das Museum?«, fragte Pia, anstatt nach Zoë zu fragen.

»Ja, die Deutschen scheinen ein besonderes Interesse an unserem Schicksal zu haben.« Er zögerte einen Moment. »Sind Sie beruflich hier?«

Pia nickte. »Ich bin Journalistin und berichte über die Anhörungen der Wahrheitskommission.«

»Ah, interessant …«

»Charlie?«, hörte sie da jemanden rufen.

Der Mann drehte sich um. »Ich komme gleich.«

»Sind Sie etwa Charlie Rive?«, fragte Pia verblüfft.

Er sah sie erstaunt an. »Ja …«

»Ich soll Sie von Jonathan Samuels grüßen.«

»Sie kennen Jonathan?«

»Kennen ist übertrieben …«

»Charlie!«

»Lassen Sie uns nachher weiterreden. Ich muss eine neue Gruppe begrüßen.«

Die nächste halbe Stunde verbrachte Pia damit, sich rekonstruierte Wohnzimmer- und Küchenausschnitte sowie eine umfangreiche Fotodokumentation über das Alltagsleben im District Six anzusehen. Sie studierte vergilbte Zeitungsausschnitte, in denen von Auseinandersetzungen mit der Polizei die Rede war, hier an diesem Ort, zuletzt vor weniger als sieben Jahren.

Dann stand sie wieder vor der Stoffrolle und las die Eintragung der zwei alten Frauen, Jennifer Knight und Mary Rowland, die nie wieder so glücklich gewesen waren wie damals im District Six. Und Zoë? War sie auch glücklich hier gewesen? Oder gehörte sie schon längst nicht mehr zu denen, die im District Six zu Hause waren, weil sie jahrelang in einem Schuppen am Ende eines Gartens gelebt hatte, um ihre Nanny sein zu können?

Mutter liegt auf dem Boden. Mutter spuckt. Sie spuckt nicht ins Klo. Sie spuckt auf den Boden. Platsch, platsch. Braune Soße spritzt auf die Kacheln. Die Soße stinkt. Mutter schimpft. Mama, rufe ich. Sie sieht mich nicht. Sie schimpft, und sie spuckt. Jetzt ist die Soße grün. Ich laufe die Treppe hinunter. Zoë, wo bist du? Ich laufe in den Garten. Zoë, du musst kommen. Ich laufe zum Schuppen. Zoë, sie liegt auf dem Boden. Die Tür geht auf. Zoë nimmt mich in die Arme. Hat sie wieder gespuckt? Ich nicke. Sie hat das ganze Bad vollgespuckt.

Pia hatte plötzlich einen Kloß im Hals, als würde ihr auch gleich schlecht. Warum hatte ihre Mutter sich ständig übergeben müssen?

Charlie Rive war damit beschäftigt, Postkarten und Plakate zu verkaufen, dennoch bemerkte er sie sofort.

»Mein Name ist Pia Lessing«, sagte Pia, als sie allein waren. »Ich bin Jonathan Samuels bei den Anhörungen begegnet. Er hat mir geraten, mich an Sie zu wenden.«

»In welcher Angelegenheit?«

»Ich suche eine Frau namens Zoë Shenton.«

»Shenton?« Der Name schien Charlie nichts zu sagen. »Wissen Sie, wo sie gelebt hat?«

»In der Hanover Street.«

»Wie alt ist sie?«

»Anfang oder Mitte fünfzig.«

»Was hat sie für einen Beruf?«

»Sie war meine Nanny.«

»Eine Farbige also.«

»Ja«, sagte Pia, obwohl sich etwas in ihr dagegen sträubte, Zoë anhand ihrer Hautfarbe zu beschreiben.

Charlie verschwand in einem Hinterzimmer und kam mit einer älteren Frau zurück, die ebenfalls farbig war.

»Ich möchte Ihnen Sophie Davies vorstellen. Sie stammt wie ich aus dem District Six.«

»Mir ist der Name Shenton auch kein Begriff«, sagte Sophie Davies. »Aber wir werden alle Eintragungen auf der Stoffrolle genau durchsehen und uns bei ehemaligen District-Six-Bewohnern umhören. Meistens haben wir mit unserer Suche irgendwann Erfolg.«

»Leider bin ich nur bis Sonntagabend in Kapstadt«, sagte Pia, während sie ihren Namen und die Anschrift ihres Hotels notierte. »Dann fliege ich zu den Anhörungen nach Durban.«

»Das lässt uns nicht viel Zeit«, murmelte Charlie.

Sophie Davies griff nach Pias Hand. »Vielleicht haben wir ja Glück. Ich werde mich auf jeden Fall vor Sonntagabend bei Ihnen melden.«

Pia bedankte sich und verließ das Museum. Als sie wieder in ihrem Wagen saß, merkte sie, dass sie vollkommen durchgeschwitzt war; dabei war es im Museum eher kühl gewesen.

Sie fuhr zum Botanischen Garten, kaufte sich eine Zeitung

und setzte sich unter einen schattigen Baum. Ihr ging es wie all die Tage seit ihrer Ankunft in Kapstadt: Sie erkannte nichts, keine Straße, kein Gebäude, keinen Park. Wenn ihr jetzt jemand sagen würde, man hätte sie belogen, in Wirklichkeit sei sie noch nie in dieser Stadt gewesen, sie hätte ihm geglaubt, trotz des Gurrens der Tauben.

Ein lachendes Paar lief an ihr vorbei, ein Weißer und eine Schwarze, beide nicht älter als zwanzig. Das Mädchen legte einen Arm um die Taille ihres Freundes; er blieb stehen, nahm ihren Kopf in beide Hände und küsste sie. Warum fiel ihr die Szene überhaupt auf? Weil es das erste gemischte Paar war, das sie sah in diesem Land? Weil hier sonst alle, nicht nur die Liebenden, nach Hautfarbe getrennt spazieren gingen? Pia hatte noch nie zuvor Menschen nach ihrer Hautfarbe unterschieden. Sie war an Gesichtern, Händen, Blicken und Stimmen interessiert. Hier jedoch gab es auf einmal eine vorgeschaltete Kategorie: Sie sah zwei indische Familien, eine Gruppe farbiger Männer, zwei schwarze Frauen. Es widerstrebte ihr, sie sich genauer anzusehen, weil es ihr wie ein Übergriff, eine unerlaubte Grenzüberschreitung vorgekommen wäre. Aber sie ertappte sich bei dem Gedanken, dass dieser neue Staat auf dem richtigen Wege sein musste, wenn sich all diese Menschen an einem Donnerstagvormittag im Botanischen Garten aufhielten. Wo immer sie ein Zeichen von Fortschritt zu entdecken meinte, hielt sie sich daran fest, um nicht ständig die Bilder der Townships vor Augen zu haben.

Sie schlug ihren *Cape Argus* auf, informierte sich über die neuesten Entwicklungen im Kapstädter Taxikrieg und nahm nur ungern zur Kenntnis, dass schon wieder ein deutscher Tourist am helllichten Tag mitten in der Stadt überfallen und ausgeraubt worden war. Die Namen der verschiedenen Politiker und Provinzen verwirrten sie; da war die Rede von Korruption und

Inkompetenz, von Eitelkeit und Machtstreben. Stand es wirklich so schlimm um den ANC, oder hatte sie sich nur in der Wahl ihrer Zeitung vergriffen?

Pia hatte erst vor ein paar Jahren damit begonnen, regelmäßig Berichte über Südafrika zu lesen; genau genommen war es die Freilassung Nelson Mandelas, die den Anfangspunkt dieses neuen Interesses markierte. Es war zwar auch früher nie vorgekommen, dass ihr ein Artikel über die Brutalität der Apartheid-Verfechter nicht aufgefallen wäre, aber sie hatte meistens nur die ersten Zeilen überflogen und dann schnell weitergeblättert, als hätte sie Angst davor, dass eine intensivere Beschäftigung mit diesem Thema Konsequenzen für sie haben müsste. Sie erinnerte sich, wie sonderbar ihr zumute war, als irgendwann Mitte der achtziger Jahre zwei Vertreter der deutschen Anti-Apartheid-Bewegung in der Hamburger Mensa um neue Mitglieder warben. In Südafrika war gerade der Notstand ausgerufen worden. Die Bevölkerung lebte in Angst und Schrecken; täglich wurden unzählige Menschen verhaftet, gefoltert oder gleich umgebracht. Aus vielen Ländern der Welt kamen starke Proteste; die Vereinten Nationen beschlossen einen Wirtschaftsboykott. Und dennoch war sie nicht in der Lage gewesen, dieser Bewegung beizutreten. Ihr Engagement beschränkte sich darauf, keine südafrikanischen Weintrauben zu kaufen.

Politischer Aktivismus hatte ihr immer widerstrebt; ihr reichte es, sich in ihrem Beruf zu engagieren. Aber in diesem Fall kam noch die Scham dazu, aus einem Land zu stammen, das zu Recht von der Welt verurteilt wurde. Es war etwas, woran sie nicht ständig erinnert werden wollte, schon gar nicht durch die Zugehörigkeit zu einer politischen Organisation. Als ihr jedoch eines Tages bewusst wurde, dass Jahre vergangen waren, ohne dass sie auch nur die geringste Spende überwiesen oder irgendeinen Aufruf unterschrieben hatte, schämte sie sich plötzlich dafür, so lange tatenlos zugesehen zu haben. Sie begann ernsthaft zu überlegen, in welcher Weise sie aktiv werden wollte, doch bevor sie eine endgültige Entscheidung fällen konnte, wurde Mandela freigelassen, und ihre Gewissensbisse verschwanden wieder. Erleichtert verfolgte sie, wie sich dieses Land ohne Bürgerkrieg seiner Diktatur entledigte, und sie konnte nicht umhin, beim Klang der neuen Nationalhymne eine gewisse Rührung zu empfinden. War sie eine Heuchlerin?

Viertel vor eins. Pia faltete die Zeitung zusammen und stand auf. Sie würde sich ein Sandwich besorgen und zum Hotel zurückfahren.

Auf dem Weg zu ihrem Wagen betrachtete sie die orangefarbenen Papageienblumen, die hier im Überfluss gediehen. Ihr Vater hatte diese Blumen geliebt, und sie hatte ihm oft welche geschenkt. Hatte er bei ihrem Anblick an Zoë gedacht?

Eine halbe Stunde später saß sie in ihrem Zimmer, aß ihr Sandwich und überlegte, wie viel Zeit sie Charlie Rive und Sophie Davies geben wollte. Es war kaum zu erwarten, dass sie Zoë innerhalb von zwei oder drei Tagen finden würden. Vielleicht sollte sie von Durban aus nicht nach Hamburg zurückfliegen, sondern zunächst nach Kapstadt zurückkehren, wenigstens für ein paar Tage.

Plötzlich dachte sie an Jonathan, mit dem sie sich dann auch noch einmal verabreden könnte, je nachdem, wie der Abend heute verlaufen würde. Den ganzen Vormittag hatte sie versucht, ihre Vorfreude auf das Treffen mit ihm zu unterdrücken. Sie war vorsichtig geworden, weil sie Angst hatte, enttäuscht zu werden.

Und heute Nachmittag? Sie konnte nicht hier herumsitzen und auf einen Anruf vom District-Six-Museum warten. Sollte sie durch die Straßen von Kapstadt fahren und wildfremde Leute fragen, ob ihnen eine gewisse Zoë Shenton bekannt sei?

Sie ging zur Rezeption, um sich zu erkundigen, ob es in diesem Land Einwohnermeldeämter gäbe. Auf den erstaunten Blick der Hotelangestellten erklärte sie, dass sie eine Frau suche, die in den sechziger Jahren im District Six gewohnt habe.

»So ein Amt existiert bei uns nicht«, lautete die Antwort. »Am besten schauen Sie im Telefonbuch nach.«

Unter dem Namen Shenton fanden sich zwei Einträge: B. Shenton und M. Shenton. Beide wohnten in der Riebeeck Street, Gdwd., allerdings nicht im selben Haus.

»Was bedeutet Gdwd.?«

»Goodwood.«

»Wo liegt das?«

»Nördlich vom Flughafen.«

»Kennen Sie die Gegend?«

Die Hotelangestellte schüttelte den Kopf.

»Meinen Sie, ich kann allein dorthin fahren?«

»Davon würde ich Ihnen abraten. Goodwood gilt als nicht besonders sicher.«

Pia notierte sich die Telefonnummern und ging in ihr Zimmer zurück.

Wer auch immer B. Shenton sein mochte, am Apparat meldete sich ein Mann, der noch nie von einer Zoë Shenton gehört hatte. Bei der zweiten Nummer nahm eine alte Frau den Hörer ab und legte wortlos wieder auf, nachdem Pia ihr Anliegen vorgebracht hatte.

Auf ihrem Stadtplan war Goodwood nicht verzeichnet. Sie setzte sich in ihren Wagen und fuhr nach Rondebosch, um sich im dortigen Schreibwarengeschäft einen ausführlicheren Plan zu kaufen.

»Ist Goodwood mit drauf?«, fragte sie die Verkäuferin.

»Goodwood?« Sie sah sie an, als hätte sie sich verhört.

»Ja, ich suche die Riebeeck Street.«

Es dauerte eine Weile, bis sie die Straße gefunden hatten. Offensichtlich gab es in Kapstadt eine ganze Reihe von Riebeeck Streets.

»Kein guter Stadtteil für Touristen«, murmelte die Verkäuferin. »In der letzten Woche ist dort ein Taxifahrer erschossen worden.«

»Danke für den Hinweis.« Pia nahm ihren Stadtplan und ging zum Wagen zurück.

Es wäre übertrieben, wenn sie behauptet hätte, dass ihr die Warnungen der Verkäuferin und der Hotelangestellten gleichgültig gewesen wären. Aber da die Riebeeck Street im Augenblick das Einzige war, was sie Zoë näher bringen konnte, beschloss sie, das Risiko auf sich zu nehmen und nach Goodwood zu fahren.

Sie kam durch Salt River, das sie an das Industriegebiet erinnerte, in dem sie sich am Tag ihrer Ankunft verfahren hatte. Oder war dies doch eine andere Gegend? Die riesigen Container-Abstellplätze, die zum Hafen gehören mussten, wären ihr bestimmt aufgefallen. Eine der Aufschriften, die sie immer wieder las, lautete P & O. Sie wusste, dass sie diese Buchstabenkombination schon oft gesehen hatte, aber sie brauchte eine gewisse Zeit, bis ihr einfiel, dass es sich dabei um die Schiffslinie handelte, mit der sie während ihres Studiums viele Male von Calais nach Dover gefahren war. Nichts lag ihr im Augenblick ferner als eine Kanalüberquerung auf einer Fähre der P & O.

Es folgten mehrere Schrottplätze, die nicht den Eindruck machten, als ob sich auf ihnen noch irgendetwas Brauchbares finden ließe, dennoch waren dort unzählige Menschen unterwegs. Rechts und links der Straße türmte sich immer mehr Müll.

An einer Ampel kam eine Frau auf sie zu, deren verfilzte Haare bis über die Taille reichten. Pia drückte ihren Türknopf herunter und hoffte, dass die Ampel auf Grün springen würde.

Die Frau klopfte an ihre Windschutzscheibe, sie war höchstens zwanzig, hatte kaum noch Zähne und eine große Wunde auf der Wange. Ihre Augen starrten sie an, sie streckte ihre beiden Hände aus, doch da setzte sich zum Glück der Wagen vor ihr in Bewegung.

Pia hatte gerade begonnen zu überlegen, ob sie umkehren sollte, als sie an einem blau-weißen Schild mit der Aufschrift *Goodwood* vorbeifuhr. Hier gab es keine Schrottplätze, sondern Geschäfte und Kaufhäuser, die genauso trostlos aussahen wie die in Bellville, mit dem einzigen Unterschied, dass auf Goodwoods Haupteinkaufsstraße überwiegend Weiße unterwegs waren, verarmte Weiße, die auch in Wilhelmsburg oder Georgswerder hätten wohnen können.

Ihr kamen Zweifel, ob es Zweck hatte, in dieser Gegend nach einer Farbigen zu suchen, aber da sie schon mal so weit gekommen war, würde sie es sich nicht entgehen lassen, sich die Riebeeck Street etwas näher anzusehen.

Es überraschte sie, von der schmutzigen Hauptstraße in eine kleinbürgerlich saubere Vorortstraße abzubiegen, in der lauter einstöckige Häuser standen, deren Besitzer sich darin einig zu sein schienen, dass sie beige gestrichene Fassaden, braune Fenstereinfassungen und ordentliche Vorgärten bevorzugten. M. Shenton, die die Nummer 15 bewohnte, machte dabei keine Ausnahme.

Pia parkte ihren Wagen am Straßenrand und stieg aus. Für den Bruchteil einer Sekunde meinte sie, ein Gesicht hinter der weißen Wohnzimmergardine zu bemerken, aber vielleicht hatte sie sich auch getäuscht.

Niemand reagierte auf ihr wiederholtes Klopfen und Klingeln. Sie riss einen Zettel aus ihrem Notizbuch, schilderte kurz, dass sie auf der Suche nach Zoë Shenton sei, und notierte die Telefonnummer ihres Hotels.

Kaum hatte sie den Zettel durch den Briefschlitz geworfen, als die Tür aufgerissen wurde und eine alte Frau sie anfauchte, was ihr einfiele, hier vor ihrer Tür herumzulungern. Sie solle sich gefälligst zum Teufel scheren.

Erschrocken lief Pia zu ihrem Wagen zurück und beeilte sich, wieder auf die Hauptstraße zu kommen. Erst als Goodwood längst hinter ihr lag, wurde ihr bewusst, dass die Frau, die sie verscheucht hatte, eine Farbige gewesen war. Sie kehrte nicht um; die Frau war zu alt, sie war siebzig oder älter. Dennoch wurde Pia den Gedanken nicht los, dass es sich bei jener hässlichen Alten um Zoë gehandelt haben könnte.

In Rondebosch parkte sie ihren Wagen und rief Charlie Rive von einer Telefonzelle aus an. Sie erzählte ihm von ihren Telefonaten, ihrer Fahrt zur Riebeeck Street und der alten Frau in der Nummer 15.

»Goodwood? Das ist sehr unwahrscheinlich. Ich kenne niemanden, der von hier nach Goodwood gezogen ist. Die Behörden hätten das gar nicht erlaubt, weil Farbige und Weiße nicht mehr zusammenleben sollten. Schon seit Jahrzehnten wohnen in Goodwood fast nur Weiße, arme Weiße, Hafenarbeiter, Fabrikarbeiter.«

Genau das hatte Pia hören wollen. Sie verabschiedete sich von Charlie, der ihr den Rat gab, bei ihren Recherchen vorsichtig zu sein und sich vorher zu informieren über die Gegenden, in die sie fahren wolle. Kapstadt sei ein gefährliches Pflaster.

»Ich weiß«, murmelte Pia.

»Sie müssen Ihre Nanny sehr geliebt haben, wenn es Ihnen so wichtig ist, sie wiederzufinden.«

Es lag ein fragender Ton in seiner Stimme, als wolle er sagen, dass da noch etwas anderes sein müsse, was die Suche für sie so dringend mache.

»Ja, das habe ich«, sagte Pia. »Sie hat mir mehr bedeutet als meine Mutter.« Dann legte sie auf.

Den Rest des Nachmittags verbrachte sie damit, durch Rondebosch zu laufen. Es war der Klang des Wortes Rondebosch, der sie immer wieder stutzig machte. War es möglich, dass das Haus, in dem sie damals mit ihren Eltern gelebt hatte, in diesem Stadtteil lag?

Da war tatsächlich der eine oder andere Treppenaufgang, der ihr weniger fremd vorkam, eine Veranda, ein Dachfirst, ein Zaun. Doch sie konnte sich an keines dieser Häuser wirklich erinnern. Wie sollte sie auch ohne nähere Hinweise ein Haus wiederfinden, das sie zuletzt im Alter von vier Jahren gesehen hatte?

Auf dem Rückweg zum Hotel hörte sie in den Nachrichten, dass die Regierung jetzt verstärkt gegen Korruption innerhalb der Polizei vorgehen wolle, damit Verbrechen aller Art in Zukunft erfolgreicher bekämpft werden könnten. Die Vorwürfe der Opposition, dass nicht genug unternommen werde, um das Gewaltproblem in den Griff zu bekommen, weise die Regierung auf das entschiedenste zurück. Man dürfe nicht vergessen, dass in diesem Land jahrzehntelang eine Diktatur geherrscht habe, deren Auswirkungen sich nicht in ein oder zwei Jahren beseitigen ließen.

Gleich halb sieben. Sie musste sich beeilen, wenn sie vor Jonathans Ankunft noch duschen wollte.

Als sie an der Rezeption um ihren Schlüssel bat, überreichte man ihr ein Fax. Pias Herz sank. Jonathan sagte ab. Sie hatte es gewusst, sie hatte es die ganze Zeit gewusst. Er habe gerade erfahren, dass er heute Abend arbeiten müsse. Es täte ihm leid. Ob sie morgen Zeit habe. Wenn ja, solle sie eine Nachricht auf seinem Anrufbeantworter hinterlassen.

Wie benommen stand sie da und starrte auf ein deutsches Ehepaar im Golfdress, das hilflos zusah, wie sich sein blondgelockter Sprössling mitten in der Empfangshalle auf den Boden warf, mit Armen und Beinen strampelte und so zu schreien begann, dass er innerhalb von wenigen Sekunden puterrot anlief.

»Ist Ihnen nicht gut?«, fragte die Hotelangestellte und blickte sie besorgt an.

»Doch, doch«, antwortete Pia und griff nach ihrem Schlüssel. Das Schreien des Kindes begleitete sie bis zu ihrem Zimmer.

Dort schenkte sie sich als Erstes einen Whiskey ein und trat ans Fenster. Der dunkle Garten hatte etwas Unheimliches an sich. Warum machte es ihr so viel aus, dass aus dieser Verabredung nichts geworden war? Weil sie sonst mit niemandem über die Anhörungen und ihre Suche nach Zoë sprechen konnte? Weil sie sich auf die Ablenkung gefreut hatte? Weil Jonathan ihr gefiel?

Sie zog die Gardinen zu und setzte sich in einen Sessel. Sollte sie ihn zurückrufen und sagen, dass sie morgen den ganzen Tag Zeit hätte? Oder hatte er es mit seinem Vorschlag womöglich gar nicht so ernst gemeint? Zögernd wählte sie seine Telefonnummer, aber sie schaffte es nicht, auf sein Band zu sprechen.

Nach dem zweiten Whiskey setzte sie sich an den Schreibtisch und machte sich Notizen von dem Gespräch mit Charlie Rive und Sophie Davies. Einen Moment lang wünschte sie, sie könnte ihren Vater anrufen, um ihm vom Stand der Dinge zu berichten und ihn zu fragen, wie sie weiter vorgehen solle.

Wie beschwipst sie schon war, merkte sie erst, als sie unter der Dusche stand. Sie trank sonst nie viel Alkohol; heute jedoch war ihr alles egal.

Im *Courtyard Restaurant* herrschte Hochbetrieb. Nachdem sie sich für Fisch entschieden hatte, sah sie sich unter den anderen Hotelgästen um und stellte fest, dass niemand außer ihr allein speiste. Am Nachbartisch unterhielten sich zwei deutsche Ehepaare über die günstigen Immobilien in hervorragender Lage, die man hier am Kap erwerben könne, wenn man nur sicher wäre, dass das Land nicht doch irgendwann vom Kommunismus unterwandert würde, ganz abgesehen von der Gewalt, die immer mehr um sich greife, weil die Schwarzen sie ja nicht in den Griff bekämen.

Später, als sie an der Bar saß, setzte sich eine stark geschminkte Frau von Mitte fünfzig zu ihr, die ebenfalls zu viel getrunken hatte. Sie erzählte, dass sie in Johannesburg lebe, aber mindestens zweimal im Jahr nach Kapstadt käme, weil ihr das Klima hier so guttäte. Von Pia nahm sie wie selbstverständlich an, dass sie Touristin sei, und Pia beschloss, sie in diesem Glauben zu lassen.

»Pauline Smyth«, sagte die Frau und streckte Pia ihre Hand entgegen.

»Pia Lessing«, murmelte Pia und ergriff die Hand.

»Waren Sie schon am Kap?«

Pia schüttelte den Kopf.

Pauline lud sie zu einem Whiskey ein und begann, über ihre gescheiterte Ehe zu sprechen. Pia wusste, dass dieser Abend ein schlimmes Ende nehmen würde, wenn sie sich nicht bald in ihr Zimmer zurückzog, aber sie hatte nicht die Energie, sich von Pauline zu verabschieden.

»Von meinen beiden Söhnen kann ich auch keine Hilfe erwarten«, sagte Pauline, und ihr Gesicht verfinsterte sich noch mehr.

»Wo leben Ihre Söhne?«

»In Toronto.« Um Paulines Mundwinkel herum zuckte es, dann hatte sie sich wieder unter Kontrolle.

»Sie vermissen sie sicherlich sehr.«

»Meine Söhne hassen dieses Land. Sie haben es früher gehasst, und sie hassen es immer noch.«

In ihrer Stimme lag so viel Bitterkeit, dass Pia darauf verzichtete, sie zu fragen, was ihre Söhne so hassenswert fanden an dem neuen Südafrika.

»George ist 1986 nach London gegangen, weil er unsere damalige Regierung nicht ausstehen konnte.« Sie sah Pia an, als käme diese Haltung einem Verbrechen gleich. »1988 ist Thomas ihm gefolgt.« Paulines Augen wurden feucht. »Nach dem Ende ihres Studiums bekamen sie dann beide Jobs in Kanada angeboten. Sie wollten nur ein oder zwei Jahre bleiben und anschließend zurückkommen, denn sie gehörten zu denen, die große Hoffnungen in unsere neue Regierung gesetzt hatten. Ich habe sie von Anfang an davor gewarnt, und leider habe ich recht behalten. Wir haben hier nämlich keine Demokratie, wie uns der ANC glauben machen will. Wir haben das, was man als umgekehrte Apartheid bezeichnet. Haben Sie schon mal von *affirmative action* gehört?«

Obwohl Pia nickte, ließ Pauline es sich nicht nehmen, ihr zu erklären, dass Schwarze und Farbige bei Einstellungen jetzt immer bevorzugt würden, selbst wenn sie schlechter qualifiziert seien. Pia wusste, dass es keinen Zweck hatte, mit jemandem wie Pauline über dieses Thema zu diskutieren. Trotzdem rutschte ihr die Frage heraus, ob es nicht an der Zeit sei, dass die Weißen in Südafrika sich wie der Rest der Welt an eine härtere Konkurrenz gewöhnten. Jahrzehntelang hätten sie wie die Maden im Speck gelebt.

Pauline starrte sie entgeistert an. »Finden Sie es etwa richtig, dass unsere Kinder in ihrer Heimat keine Arbeit mehr finden können?«

»Nein«, antwortete Pia und spürte, wie ihr das Blut in den Kopf stieg, »aber dafür sind die Kinder anderer Leute wahrscheinlich die ersten in ihrer Familie, die einen richtigen Beruf erlernen, in dem sie nicht mehr für einen Hungerlohn arbeiten müssen.«

»Was interessieren mich denn die anderen?«

»Vor allem, wenn sie schwarz sind.«

»Wie bitte?«

Pia stand auf. »Es tut mir leid, Pauline. Es tut mir leid, dass Sie Ihre Kinder an ein anderes Land verloren haben.«

Pauline fing an zu weinen. Pia versuchte, eine Hand auf ihren Arm zu legen, doch sie zog ihn weg und riss dabei ihr Whiskeyglas herunter.

»Das haben Sie nun davon«, zischte Pauline. »Sie mit Ihren … Ihren kommunistischen Ansichten.«

»Das hat mit Kommunismus überhaupt nichts zu tun.« Pia holte tief Luft. »Vielleicht einigen wir uns darauf, dass wir unterschiedlicher Meinung sind.«

»Unterschiedlicher Meinung?« Pauline spuckte ihr beinahe ins Gesicht.

»Bitte, meine Damen«, sagte der Barkeeper und runzelte die Stirn.

»Ihr in Europa habt ja keine Ahnung, was sich hier abspielt«, rief Pauline. »Wenn jemand wie die Made im Speck lebt, dann seid ihr das, ihr Deutschen, mit euren BMWs, euren Zweithäusern und Luxusurlauben.«

Pia griff nach ihrer Tasche und verließ die Bar. Es kostete sie einige Mühe, geraden Schrittes zu ihrem Zimmer zurückzulaufen. Dort fiel sie auf ihr Bett und schlief ein, ohne ihre Schuhe ausgezogen zu haben.

7

Sie träumte, dass es klingelte. Die Pause war zu Ende, und alle Kinder mussten sich paarweise vor der Treppe aufstellen, die zur Eingangstür der Schule führte. Niemand wollte neben Pia stehen. Die Lehrerin schimpfte, weil ihr das alles nicht schnell genug ging. Pia fing an zu weinen. Das Klingeln wurde immer lauter und lauter …

Pia richtete sich auf. Ihr Kopf fühlte sich dumpf und wattig an, wie nach einer tiefen Narkose. Es dauerte eine Weile, bis sie begriff, dass sie nicht in ihrem eigenen Bett lag, sondern in einem Hotelbett in Kapstadt. Neben ihr auf dem Nachttisch klingelte das Telefon.

Sie nahm den Hörer ab und ließ sich wieder auf ihr Kissen fallen. »Hallo?«

Ein Herr Samuels wünsche sie zu sprechen, sagte die Dame an der Rezeption. Ob sie das Gespräch durchstellen solle?

»Ja …« Pias Blick fiel auf den Wecker. Gleich halb zehn.

»Pia?«, hörte sie Jonathan sagen. »Habe ich Sie geweckt?«

»Es wird höchste Zeit, dass ich aufstehe …«

»Haben Sie gestern mein Fax bekommen?«

»Ihr Fax? Ja… Tut mir leid, ich bin noch nicht ganz bei mir …«

Sie schwiegen beide einen Moment lang, dann ertönte ein Räuspern am anderen Ende der Leitung.

»Ich wollte Sie fragen, ob Sie Lust haben, mit mir die Küstenstraße entlang nach Hout Bay zu fahren. Wir könnten uns dort am Hafen etwas umsehen und anschließend am Noordhoek Beach spazieren gehen.«

»Gern … Müssen Sie heute nicht arbeiten?«

»Nein. Ich hatte gestern einen Sechzehnstundentag … Ein Kollege war krank geworden …«

»Wann wollen Sie mich abholen?«

»Gegen elf?«

»Bis dann.«

Pia beeilte sich, unter die Dusche zu kommen. Aber auch mit frisch gewaschenen Haaren sah sie noch sehr mitgenommen aus. Rückblickend war es ihr völlig unverständlich, wie sie wegen eines abgesagten Abendessens so viel Alkohol in sich hineinschütten konnte.

Beim Frühstück war sie eine der Letzten. Sie bestellte sich einen großen Milchkaffee, Toast mit Butter und Honig und eine Flasche Wasser. Wenn sie zwei Aspirin schluckte, würde sie hoffentlich bald ihre Kopfschmerzen los sein. Pauline war zum Glück nirgendwo zu sehen.

Jonathan wartete schon, als sie in die Hotelhalle kam. Er trug, genau wie sie, Jeans und Turnschuhe.

»Entschuldigen Sie noch mal, dass ich Sie geweckt habe«, sagte er und lächelte.

»Ich stehe sonst nie so spät auf, aber gestern Abend bin ich versackt«, rutschte es Pia heraus, obwohl sie genau das nicht hatte sagen wollen.

Jonathan schaute sie überrascht an, als hätte er ihr so etwas nicht zugetraut.

»Eine gewisse Pauline aus Johannesburg hat mir an der Hotelbar ihr Leid über ihre Ehe geklagt, und dann haben wir uns über die Politik der *affirmative action* gestritten. Es war grässlich.«

In dem Augenblick sah sie, wie Pauline um die Ecke bog. Sie hatte einen kleinen Mops auf dem Arm.

»Kommen Sie«, sagte Pia und griff nach Jonathans Arm. »Sonst geht's gleich wieder los.«

Jonathan ging auf einen leicht zerdellten grünen Toyota zu und schloss als Erstes die Beifahrertür auf. Pia musste unwillkürlich an Klaus denken, der dies in sieben Jahren kein einziges Mal geschafft hatte.

Im Wagen roch es nach Pfeifentabak. Merkwürdig. Pia wäre nie auf den Gedanken gekommen, dass Jonathan Raucher war. Nach ein paar Minuten öffnete sie das Fenster, weil sie Angst hatte, dass ihr von dem Geruch schlecht werden könnte. Ihr Magen war immer noch etwas angegriffen.

»Ich teile mir ein Haus mit jemandem, der leider nicht vom Rauchen abzubringen ist, auch nicht in meinem Wagen«, erklärte Jonathan, als hätte er ihre Gedanken erraten.

»Stört Sie das nicht?«

»Doch, aber wir verstehen uns sonst sehr gut. Da nehme ich das Rauchen in Kauf. Ich wohne nicht gern allein.«

Einen Moment lang war Pia versucht zu sagen, dass sie seit fünfzehn Jahren, seit dem Auszug aus ihrem Elternhaus, allein wohnte.

»Mein Beruf bringt gewisse Gefahren mit sich. Ich habe in der letzten Woche meine erste Morddrohung erhalten …«

»Was?«

»Ein paar Kollegen von mir geht es genauso. Es gibt hier nach wie vor eine Menge Leute, denen es nicht passt, dass die Presse eine dubiose Geschichte nach der anderen ans Tageslicht bringt.«

»Zum Beispiel?«

»Drogenhandel, Waffengeschäfte, Bestechung von Politikern … Korruption ist das Thema Nummer eins.«

»Wollen Sie nach New York zurückgehen?«

»Nein …«

Sie verließen die Stadtautobahn und bogen in eine schmale, steile Straße ein. In der Ferne sah Pia die Seilbahn, die zum Tafelberg hinaufführte. Nachdem sie einen kleinen Pass überquert hatten, lag plötzlich vor ihnen das Meer und eine türkisfarbene, von Palmen gesäumte Bucht, die Pia bekannt vorkam.

»Das ist Camps Bay«, sagte Jonathan.

»Da war ich an meinem ersten Abend«, rief Pia.

»Es ist einer der bevorzugten Wohnorte der Weißen, wie Sie sich vorstellen können.« Jonathans Stimme klang auf einmal bitter. »Ich weiß, wovon ich rede; ich bin dort aufgewachsen.«

Pia erwartete, dass er weitersprechen würde, aber er schwieg. Da erzählte sie ihm von der wehklagenden Frau, die sie am Sonntagabend in Camps Bay am Strand gesehen hatte. »Im Nachhinein denke ich, dass es keine passendere Einführung in dieses Land hätte geben können.«

»Stimmt«, murmelte Jonathan.

Nachdem sie die Serpentinenstraße hinuntergefahren waren, ging es weiter am Meer entlang in Richtung Süden. In den Parkbuchten wurden hölzerne Giraffen, Vögel aus buntbemaltem Metall und allerlei Kleinkram zum Verkauf angeboten. Die Händler saßen apathisch auf ihren Stühlen, als erwarteten sie schon lange nicht mehr, dass irgendjemand anhalten und sich ernsthaft für ihre Ware interessieren könnte.

»Ich war übrigens gestern im District-Six-Museum«, sagte Pia nach einer Weile.

»Und? Was halten Sie davon?«

»Es ist ein sehr besonderer Ort.«

»Ja ...«

»Ich hatte nicht erwartet, dass es so vieles gibt, was an das Leben der Menschen im District Six erinnern würde.«

»Das hat viele weiße Südafrikaner auch überrascht. Sie hatten gedacht, sie hätten alles mit ausgerottet.«

»Charlie Rive hat sich viel Zeit genommen und mir ausführlich geschildert, wie diese Zwangsumsiedlung vonstattengegangen ist.«

»Leider neigen Charlie und seine Kollegen dazu, ihr Leben im District Six im Nachhinein zu verklären. Sie wollen nicht wahrhaben, dass es ein Slum-Gebiet war, in dem es neben der guten Nachbarschaft auch sehr viel Elend und Gewalt gab.«

»Aber es ist doch furchtbar, dass sie gezwungen wurden, ihren Stadtteil zu verlassen.«

»Natürlich ist das furchtbar …«

»Vielleicht muss man nach so einer Erfahrung seine Vergangenheit verklären, um überhaupt irgendwas zu haben, woran man sich festhalten kann.«

Jonathan antwortete nicht. Pia blickte ihn von der Seite an, doch er starrte weiter geradeaus auf die Straße.

»Charlie Rive war sehr hilfsbereit, als ich ihm gesagt habe, dass ich jemanden suche«, fuhr sie fort. »Er hat mich einer Frau namens Sophie Davies vorgestellt. Die beiden wollen sich bei ehemaligen District-Six-Bewohnern umhören. Außerdem gibt es im Museum eine Stoffrolle, auf der sich schon viele Leute mit ihren alten und neuen Anschriften und mit Kommentaren über ihr Leben im District Six eingetragen haben. Die wollen sie alle genau durchsehen.«

»Sagen Sie mir noch mal den Namen der Frau, die Sie suchen.«

»Zoë Shenton.«

»Wenn Sie wollen, kann ich auch meine Kollegen befragen.«

»Danke, gern … ich möchte nichts unversucht lassen … Mein Problem ist, dass ich nicht mehr lange hier bin. Ich fliege am Sonntagabend nach Durban weiter …«

»Werden Sie über die Anhörungen dort berichten?«

»Ja … und eigentlich wollte ich am Donnerstag von Durban aus nach Hamburg zurückfliegen …«

»Das wäre wirklich ein großer Zufall, wenn Sie die Frau in der kurzen Zeit finden würden.«

»Ich weiß …«

Pia schaute aus dem Fenster. Die Wellen schlugen mit voller Wucht gegen die Felsen, und manchmal spritzte das Wasser bis auf die Straße. Die Strecke, die Jonathan ausgewählt hatte, war wunderschön: rechts das Meer und links die vielen Gipfel des Tafelbergmassivs. Es war aus einem rötlich gelben Gestein, das aus unzähligen Schichten bestand und in dem hier und da etwas Silbriges in der Sonne aufblitzte. Die Felswände waren so schroff, dass Pia auf einmal schwindelig wurde. *Ich laufe und falle, falle in ein Loch. Das Loch hat keinen Boden. Ich falle und falle in das dunkle Loch. Zoë!, schreie ich. Zoë! Zoë! Das Licht geht an. Mein Kopf ist heiß. Was ist das für ein Zimmer? Was ist das für ein Bett? Eine Frau kommt auf mich zu. Sie schüttelt den Kopf. Graue Locken wippen auf und ab. Das ist aber nicht lieb, bei der Oma so zu schreien. Die Frau greift nach den Bändern an meiner Decke. Immer strampelst du dich los. Die Frau bindet die Bänder an den Stäben fest. Ich mag das Bett mit den Stäben nicht. Ich mag die Frau mit den Locken nicht. Ich will meine Zoë.*

»Was ist mit Ihnen?«

Jonathans Stimme schien von weit her zu kommen.

»Ich glaube, es liegt an den Kurven …«

»Soll ich anhalten?«

»Ja, bitte …«

Jonathan bog in die nächste Parkbucht ein und stellte den Motor ab. Pia öffnete die Tür und stieg aus. Sie holte tief Luft, und nach ein paar Sekunden war das Schwindelgefühl verschwunden.

Es fing an, sich zu bewölken. Am Horizont waren schemenhaft die Umrisse eines Schiffes zu erkennen. Jahrelang hatte sie diesen Traum vom Fallen gehabt. Aber ihr war nicht bewusst gewesen, dass das schon angefangen hatte, als sie noch so klein war. Wie unwohl sie sich bei der Großmutter gefühlt hatte.

»Geht es Ihnen besser?«, fragte Jonathan.

Pia nickte.

»Hoffentlich gibt's keinen Regen.«

»Und selbst wenn. Ich gehe auch gern bei Regen spazieren.«

Sie fuhren weiter bis zum Hafen von Hout Bay, wo sie den Wagen abstellten und sich auf die Mole setzten. Hier wurden Netze geflickt und Hummerreusen mit frischen Ködern gefüllt. Zwischen den Booten tummelten sich zwei Seehunde.

»Wo leben die Fischer?«

»In ihrer Township. Wo sonst?«

»Bisher habe ich keine gesehen.«

»Sie liegt etwas abseits, damit die Idylle nicht getrübt wird.«

Neben ihnen waren zwei ältere Amerikaner stehen geblieben und fotografierten die Seehunde. Sie unterhielten sich darüber, wie billig alles sei in diesem Land. Ja, selbst wenn man den Flug mitrechne, komme das Ganze nicht viel teurer als ein Florida-Urlaub.

»Und warum macht deine Frau dann seit Tagen so ein Gesicht?«

»Zu viele Schwarze. Das geht ihr auf die Nerven. Mir übrigens auch. Im nächsten Jahr fahren wir wieder nach Miami.«

»Das ist auch besser so«, rief Jonathan ihnen zu. »Meinen Sie, wir haben hier auf Leute wie Sie gewartet?«

»Hey, was fällt Ihnen ein, uns so anzupöbeln?«

Jonathan griff nach Pias Arm. »Kommen Sie, wir gehen.«

Pia sah, dass er bleich war vor Wut. Es überraschte sie, dass die Bemerkungen zweier wildfremder Männer ihm so viel anhaben konnten.

Als sie wieder im Wagen saßen, fuhr Jonathan sich mit beiden Händen durch die Haare und entschuldigte sich für seinen Ausbruch.

»Sie werden die Haltung dieser Menschen nicht verändern können.«

»Ich weiß … trotzdem musste ich etwas sagen … ich kann solche dummen Sprüche einfach nicht ertragen!«

Jonathan ließ den Motor an und fuhr langsam über den Parkplatz, vorbei an den zwei Amerikanern, die hinter ihnen her schimpften.

Nachdem sie Hout Bay verlassen hatten, stieg die Küstenstraße immer steiler an. Pia blickte hinunter auf die von Bergen umgebene Bucht, in die noch ein Strahl Sonne fiel. Vor ihnen jedoch wurde der Himmel immer dunkler.

»Warum ist es Ihnen so wichtig, diese Zoë Shenton zu finden?«, fragte Jonathan plötzlich.

»Ich bin neugierig.«

»Ja, natürlich. Aber das Maß an Unbequemlichkeiten, die man aus Neugier auf sich nimmt, ist doch begrenzt.«

»Das bezweifle ich. Ganz im Gegenteil: Wenn die Neugier groß genug ist, tut man alles, um sie zu stillen. Eine bessere Motivation kann es gar nicht geben.«

»Ich habe mir allzu viel Neugier abgewöhnt, weil ich zu oft Dinge herausgefunden habe, auf deren Entdeckung ich lieber verzichtet hätte.«

»Was für Dinge?«

»Mit fünf habe ich der von mir über alles geliebten Hausangestellten nachspioniert und festgestellt, dass sie mittags in ihrem Schuppen manchmal einen Mann empfing. Das war verboten, was ich aber nicht wusste. Mein Ausplaudern am Abendbrotstisch führte dazu, dass sie nicht nur ihre Stelle verlor, sondern auch ins Gefängnis kam. Mit acht habe ich meiner

Mutter erzählt, dass mein Vater sie mit einer ihrer Freundinnen betrog. Daraufhin hat er monatelang nicht mit ihr gesprochen. Nur einmal hat mich meine Neugier gerettet. Das war in London, als ich entdeckt habe, dass einer von uns als Spitzel arbeitete und schon zwei unserer besten Leute an die südafrikanische Geheimpolizei verraten hatte, die damals in England sehr aktiv war. Beide waren bei Verkehrsunfällen ums Leben gekommen, Unfälle, die nie aufgeklärt wurden.«

»Was haben Sie mit ihm gemacht?«

»Wir haben ihn zur Rede gestellt. Er hat alles abgestritten, war aber am nächsten Tag verschwunden. Vor ein paar Monaten habe ich gehört, dass er damals umgehend nach Südafrika zurückgekehrt ist und jahrelang einen wichtigen Posten beim Geheimdienst innehatte. Auch heute sitzt er noch nicht im Knast.«

Pia schloss einen Moment lang die Augen. Was wäre, wenn es ihr ähnlich erginge wie Jonathan und sie bei ihren Nachforschungen etwas entdecken würde, was sie unglücklich machte, weil es vielleicht das Bild, das sie zeit ihres Lebens von ihrem Vater gehabt hatte, zerstörte? Würde sie es bereuen, sich überhaupt auf die Suche begeben zu haben? Nein, selbst eine Wahrheit, die sie erschüttern würde, war besser als diese quälende Ungewissheit. Außerdem hatte sie sich schon viel zu weit vorgewagt, um wieder umkehren zu können. Sie musste in Erfahrung bringen, was es mit diesen Bildern auf sich hatte, die in den letzten Tagen auf einmal in ihr aufgetaucht waren. Wie oft hatte sie versucht, sich an irgendetwas zu erinnern, was mit ihrem Leben in Kapstadt zu tun hatte, aber es war ihr nie gelungen. Diese Zeit war wie ausgelöscht gewesen, bis jetzt, bis zu ihrer Ankunft in Kapstadt. Sie spürte, dass es einen Zusammenhang gab zwischen diesen Bildern und der Tatsache, dass ihr Vater im Sterben an Zoë gedacht hatte.

»Chapman's Peak«, hörte sie Jonathan da sagen.

»Wie bitte?«

Er zeigte auf die Felsen rechts und links der Straße, zwischen denen kaum zwei Wagen Platz hatten. »Dies ist ein berühmter Pass, eine gefährliche Stelle, wie Sie sehen können.«

Von nun an ging es in engen Kurven bergab. Nach ein paar Minuten wurde der Blick auf eine Ebene frei. Unter ihnen erstreckte sich ein breiter weißer Strand, der durch eine große Lagune beinahe vom Festland abgetrennt wurde.

»Das ist Noordhoek Beach«, sagte Jonathan. »Mein Lieblingsstrand.«

»Er sieht wunderschön aus.«

»Ja ...« Er zögerte. »Sie ... Sie sind so still.«

»Was Sie gesagt haben, hat mich sehr nachdenklich gemacht. Aber ich muss die Wahrheit herausfinden, egal, wie bitter sie sein mag.«

Jonathan nickte. »Ich will Sie nicht davon abbringen. Im Gegenteil. Ich ... würde mich freuen, wenn Sie noch etwas hierbleiben ...«

»Ich auch.«

In dem Augenblick fuhr von rechts ein kleiner roter Opel aus einer Parkbucht heraus.

»Verflucht!«, rief Jonathan und trat mit voller Wucht auf die Bremse.

Es fehlten nur ein paar Zentimeter, und sie wären direkt auf den Wagen geprallt.

»Der muss uns doch gesehen haben«, sagte Pia, während der Opel mit hoher Geschwindigkeit davonfuhr.

»Eigentlich ja ...«

»Ich meine, er hatte ein Kapstädter Kennzeichen, aber den Rest hab ich so schnell nicht erkennen können.«

»Ich auch nicht.«

»Glauben Sie, dass das Absicht war?«

»Wie? Dass der Fahrer es auf mich abgesehen hatte?«

»Ja.«

Jonathan schüttelte den Kopf. »Die Leute werden nicht so dumm sein, ihren eigenen Wagen zu ruinieren, wenn sie einen Anschlag auf jemanden verüben wollen.«

»Ja, aber nachdem Sie vorhin die Morddrohung erwähnt haben …«

»Denken Sie nicht mehr dran. Mir wird schon nichts passieren.«

Pia sah noch ein paarmal etwas Rotes aufblitzen, dann war der Wagen verschwunden.

Sie schwiegen beide, bis sie den Parkplatz unten erreicht hatten. Weit und breit war kein roter Opel zu sehen.

Jonathan zeigte auf die dunklen Wolken, die sich über dem Meer zusammenballten. »Wollen wir's riskieren?«

»Ja.«

Über einen schmalen Weg entlang der Lagune erreichten sie den Strand. Pia hockte sich hin und ließ den feinen, weißen Sand durch ihre Finger gleiten.

»Wie war das damals, 1976, als Sie von hier weggegangen sind?«

»Es war eine Befreiung, und gleichzeitig war es … ein Fluch …«

Pia stand auf. »Wieso ein Fluch?«

Anstatt zu antworten, begann Jonathan loszulaufen. »Kommen Sie, das Wetter wird nicht besser.«

Es herrschte Ebbe. Zum Wasser hin war der Sand feucht und fest. Die Wellen hatten hier ihr eigenes Muster hinterlassen. Pia wunderte sich, dass es fast keine Muscheln gab, nur ab und zu ein Stück Holz und Algen, die so dick waren wie Unterarme.

In der Ferne war eine Gruppe von Reitern unterwegs. Sie fielen plötzlich in einen Galopp und waren kurz darauf verschwunden. Pia schaute sich um. Zum Glück waren sie nicht die Einzigen an diesem einsamen Strand. Hinter ihnen führten mehrere Leute ihre Hunde spazieren.

»Es ist ein schwieriges Thema«, sagte Jonathan nach einer Weile.

»Ich verstehe, wenn Sie nicht darüber sprechen wollen.«

»Doch, doch ... Meine Eltern haben sich von mir losgesagt, als ich das Land verlassen habe. Sie wollen bis heute nichts von mir wissen, weil ich für sie ein Verräter bin.«

Pia musste an Pauline und ihre verlorenen Söhne denken. Wie viele Familien mochte es in diesem Land geben, die durch die Apartheid zerstört worden waren? Auf die eine oder andere Weise.

»Ich habe lange um Versöhnung gekämpft. Ich habe versucht, sie nicht blindlings zu verurteilen, sondern ihren Standpunkt aus ihrer Geschichte heraus zu verstehen. Ich habe ihnen unzählige Briefe geschrieben, in denen ich immer wieder beteuert habe, wie wichtig es mir sei, dass wir wieder miteinander reden, aber sie haben mir nie geantwortet.«

Jonathan blieb stehen und blickte aufs Meer hinaus. Sein Gesicht war starr.

»Vor ein paar Monaten hat ein Nachbar meiner Eltern mir ausrichten lassen, ich solle sie in Ruhe lassen. Sie hätten keinen Sohn mehr, mit dem es irgendetwas zu bereden gäbe. Da habe ich es aufgegeben.«

»Haben Sie Geschwister?«

»Ja ... drei ältere Schwestern ...«

»Können die nicht versuchen, zwischen Ihnen und Ihren Eltern zu vermitteln?«

»Nein ... Meine Schwestern haben nie verstanden, warum ich weggegangen bin, anstatt, wie sie, das schöne Leben hier zu genießen. Morgens Tennis, nachmittags Golf, abends eine

Runde segeln, Gin und Tonic am Pool, ein paar Steaks auf dem Grill, und am Wochenende faulenzen im Ferienhaus am Indischen Ozean, knapp anderthalb Stunden von Kapstadt entfernt …«

»Haben Sie Kontakt mit ihnen?«

»Kaum … Sie schicken mir jedes Jahr eine Weihnachtskarte.«

»Leben Ihre Eltern noch in Camps Bay?«

»Ja … Wir sind vorhin fast an ihrem Haus vorbeigefahren.«

»Was ist Ihr Vater von Beruf?«

»Arzt.«

Jonathans Stimme war auf einmal so voller Verachtung, dass Pia unwillkürlich an Wendy Orr denken musste, jene Ärztin, die heute Mitglied der Wahrheitskommission war. War Jonathans Vater womöglich einer dieser Ärzte gewesen, gegen die Wendy Orr protestiert hatte, weil sie sich zu Handlangern des Regimes machen ließen und damit die Berufsethik der Ärzte mit Füßen traten?

»Er war Chef einer großen Klinik. Eine Koryphäe auf dem Gebiet der inneren Medizin. Inzwischen ist er wohl pensioniert.«

»Er hat also diesem Land seine Karriere zu verdanken.«

»Das habe ich mir auch immer wieder gesagt. Aber so einfach ist die Sache nicht. Er war kein unpolitischer Mensch, der nur für die Medizin lebte. Im Gegenteil. Er hat wirklich an die Politik der Apartheid geglaubt. Anders als diese Weißen, die permanent ein schlechtes Gewissen hatten, weil es ihnen so gutging, während der größte Teil der südafrikanischen Bevölkerung in Armut und Elend lebte. Er war Rassist. Für ihn waren die Schwarzen minderwertige Menschen.«

»Können Sie sich vorstellen, dass er damals seine medizinischen Kenntnisse der Polizei zur Verfügung gestellt hat?«

»Ich weiß es nicht … Mein Vater war immer ein großer Ästhet. Ein schmutziges Gefängnis zu betreten hätte ihm sicher widerstrebt.«

Es war ein starker Wind aufgekommen, und Pia wickelte sich ihren Schal um den Kopf. Bald würde es anfangen zu regnen.

»Als ich mit dreizehn, vierzehn anfing, gegen seine Haltung zu rebellieren, gab es bei uns zu Hause schlimme Szenen. Mein Vater drohte mir damit, mich nach Johannisburg, in ein strenges Internat, zu schicken.«

»Und Ihre Mutter?«

»Sie ist meinem Vater bedingungslos ergeben. Ich kann mich nicht erinnern, dass sie ihm jemals widersprochen hätte.«

»Aber es muss doch schwer für sie sein, ihren einzigen Sohn zu verlieren.«

»Hm ...« Jonathan blieb plötzlich stehen und blickte sich um. »Ich habe gar nicht gemerkt, dass wir schon so weit gegangen sind. Lassen Sie uns lieber umkehren.«

Kurz darauf setzte der Regen ein. Sie versuchten, schneller zu laufen, aber da sie jetzt den Wind gegen sich hatten, war es schwer, voranzukommen. Das Wasser peitschte ihnen ins Gesicht, und nach wenigen Minuten waren sie völlig durchnässt.

Es dauerte fast eine Dreiviertelstunde, bis sie den Wagen erreichten. Sie zitterten beide, weil es auf einmal kalt geworden war.

»Fahren wir zu mir nach Hause?«, fragte Jonathan.

Pia nickte. Vielleicht würde er ihr ein paar trockene Sachen leihen können.

Sie fuhren eine andere Strecke als auf dem Hinweg. Die Straße war viel breiter, und trotzdem kam Pia die Fahrt sehr gefährlich vor, weil es immer noch in Strömen goss.

»Wie heißt der Stadtteil, in dem Sie wohnen?«

»Observatory.«

»Ist das weit von Rondebosch entfernt?«

»Nein. Wieso?«

»Das Wort Rondebosch hat irgendwas an sich, was mir bekannt vorkommt.«

»Haben Sie als Kind dort gelebt?«

»Ich weiß es nicht …«

Sie hielten vor einem viktorianischen Cottage, das etwas verfallen aussah.

»Mein Mitbewohner Nicolas und ich haben das Haus vor sechs Monaten gemietet. Es müsste dringend renoviert werden.«

Im Flur hingen Plakate von englischen und amerikanischen Kunstausstellungen, William Turner und Francis Bacon neben Edward Hopper und Jasper Johns. Südafrika hingegen war nicht mit Kunst, sondern mit dem Foto einer Elefantenherde vertreten.

»Soll ich uns einen Tee machen, oder wollen Sie zuerst ein Bad nehmen?«

»Ein heißer Tee wäre gut.«

Während Jonathan Wasser aufsetzte, schaute Pia sich in der Küche um. Hier sah es so aus, als würde jemand regelmäßig exquisite Mahlzeiten zubereiten. Selten hatte sie in einer privaten Küche eine solche Auswahl an Pfannen, Töpfen, Messern, Brettern, Sieben, Kochlöffeln, Schöpflöffeln, Suppenkellen, Schaumschlägern und anderen Gerätschaften gesehen, deren Namen sie nicht einmal kannte. Auf dem Gewürzbord, das sich über die gesamte Längswand des Raumes zog, standen unzählige kleine Glasbehälter, die alle fein säuberlich beschriftet waren. Von der Decke hingen Körbe mit Kartoffeln, Zwiebeln, Schalotten, Knoblauch, Ingwer und allerlei Gemüse, das aussah, als sei es gerade frisch geerntet worden. Auf der Fensterbank reihte sich ein Kräutertöpfchen ans nächste: Schnittlauch, Dill, Petersilie, Basilikum, Estragon, Majoran, Salbei, Zitronenmelisse und ein halbes Dutzend andere, die in der feinen Küche offensichtlich unentbehrlich waren.

»Was ist das?«, fragte sie und zeigte auf ein kleinblättriges Kraut.

»Keine Ahnung«, antwortete Jonathan und schenkte den Tee ein. »Nicht dass Sie denken, ich könnte gut kochen. Das alles hier gehört Nicolas.«

Er reichte ihr einen Becher. »Nehmen Sie Milch oder Zucker?«

»Viel Milch, bitte.«

Sie überlegte, ob sie sich mit ihren nassen Sachen an den Küchentisch setzen sollte, blieb dann aber lieber stehen.

»Nicolas betreibt eine Art edlen Partyservice und schreibt außerdem an einem Kochbuch.«

»Da haben Sie ja Glück.«

»Wieso?«

»Fällt bei der Kocherei nicht das eine oder andere für Sie ab?«

»Selten. Außerdem mag ich die halbrohen Sachen nicht, die er für sein Kochbuch fotografiert.«

Pia blickte in den verwilderten Garten, durch den eine schwarze Katze streifte.

»Gehört die Ihnen?«

»Nein, hier gibt's viele wilde Katzen. Anfangs habe ich sie regelmäßig gefüttert, aber dann wurden es immer mehr.«

»Als Kind war es mein größter Wunsch, eine Katze zu haben, aber meine Mutter wollte nichts davon wissen.«

»Haben Sie jetzt eine?«

»Nein, ich bin zu viel unterwegs.« Pia trank ihren Tee aus und stellte den Becher ab. »So, ich glaube, ich bin reif für ein Bad.«

»Wenn Sie wollen … kann ich Ihnen eine Jeans und einen Pulli leihen.«

»Danke.«

Sie rührten sich beide nicht von der Stelle, obwohl das Wasser aus ihren Jacken und Hosen tropfte und sich schon kleine Pfützen um ihre Schuhe herum gebildet hatten. Die Zeit schien plötzlich stillzustehen. Pia dachte an den Moment, als sie Jonathan zum ersten Mal gesehen hatte. Wie er dastand und den weinenden Mann nicht fotografieren konnte.

»Pia?«

»Ja?«

Er legte seine Arme um sie und zog sie zu sich heran. Pia sah ihn an und strich über sein blasses Gesicht und seine nassen Locken. Dann küsste sie ihn. Ihr wurde beinahe schwindelig, weil sie sich ihm so nah fühlte.

Später, als sie gebadet hatte und in Jonathans Jeans und Pulli auf dem Sofa saß, fragte er sie, ob sie ihre Abreise nach Hamburg nicht verschieben könne. Und auf einmal wusste sie, dass sie auf jeden Fall in der nächsten Woche nach Kapstadt zurückkehren würde.

8

Pia saß in ihrem Hotelzimmer und dachte an den gestrigen Tag. Sie hatten plötzlich Hunger bekommen, und Jonathan hatte einen großen Topf Nudeln mit Tomatensauce gekocht. Nach dem Essen schien es für sie beide selbstverständlich zu sein, dass sie blieb. Irgendwann war Nicolas aufgetaucht und hatte sie verblüfft angesehen. Offenbar kam es nicht so oft vor, dass Jonathan mit einer Frau im Wohnzimmer saß. Sie wusste es nicht. Sie wusste überhaupt nichts über diese Seite seines Lebens. Später hatten sie miteinander geschlafen, und wieder hatte sie diese Nähe zu ihm gespürt.

Für heute Abend waren sie zum Essen in einem Restaurant in Tamboerskloof verabredet. Pia breitete ihren Stadtplan aus und suchte diesen Stadtteil, von dem Jonathan gesagt hatte, dass hier traditionell die Deutschen ansässig seien. Wenn sie Südafrika nicht 1966 verlassen hätten, wäre sie ein Jahr später in die deutsche Schule in Tamboerskloof eingeschult worden. Sie wusste nicht, ob ihr diese Vorstellung gefiel oder nicht. Merkwürdigerweise hatte sie nie darüber nachgedacht, wie es gewesen wäre, in Südafrika aufzuwachsen.

Um kurz nach elf rief Charlie Rive an, um zu sagen, dass Sophie Davies gestern Abend eine Frau ausfindig gemacht habe, die vor dreißig Jahren Nachbarin der Shentons im District Six gewesen sei.

Pia merkte, wie ihr Herz schneller schlug.

»Können Sie heute Nachmittag um zwei ins Museum kommen?«

»Ja, natürlich!«

»Die Frau heißt Ruth Dreyer. Sie ist schon über achtzig und ziemlich schwerhörig.«

»Wie hat Sophie sie gefunden?«

»So wie sie immer alle findet: Indem sie möglichst vielen Leuten erzählt, wen sie sucht. Sophie kennt die halbe Stadt.«

Die Zeit bis zum Nachmittag kam Pia endlos lang vor. Sie griff zu ihrem Reiseführer und versuchte vergeblich, sich auf die Beschreibung diverser Ausflugsmöglichkeiten an der Südküste zu konzentrieren. Nach einer halben Stunde gab sie es auf.

Sie schlenderte durch das benachbarte Einkaufszentrum, erstand ein teures Uhrarmband, das sie gar nicht brauchte, und kaufte sich ein Stück lauwarme Pizza. Schließlich ging sie in ein Café und trank einen Cappuccino. Immer wieder sagte sie sich, dass jene Ruth Dreyer möglicherweise nichts zu berichten hatte, was für sie von Bedeutung war, und sie sich somit keine falschen Hoffnungen machen durfte. Vielleicht würde sie nur in Erinnerungen schwelgen wie jene zwei alten Frauen, die auf der Stoffrolle vermerkt hatten, dass sie nie wieder so glücklich gewesen seien wie damals im District Six. Als Pia in ihr Auto stieg, um zum Museum zu fahren, war sie sich fast sicher, dass sie nichts anderes zu hören bekommen würde als anekdotenhafte Schilderungen einer vergangenen Welt.

Charlie Rive führte sie in ein kleines Hinterzimmer, in dem eine weißhaarige Frau saß, die sie skeptisch von oben bis unten betrachtete.

»Das ist Ruth Dreyer.«

»Mein Name ist Pia Lessing«, sagte sie und streckte ihr die Hand entgegen.

Pias Gegenüber ergriff ihre Hand, sagte aber nichts.

»Sie müssen lauter sprechen«, rief Charlie ihr zu, »Ruth hat kein Hörgerät.«

Es fiel Pia schwer, so zu schreien, weil sie nicht wollte, dass das ganze Museum mithörte. Also schrieb sie den Namen Zoë Shenton auf einen Zettel und reichte ihn Ruth. Sie schaute ihn sich an, sagte aber nichts.

»Was kann ich jetzt noch tun?«

»Abwarten. Wollen Sie Kaffee oder Tee?«

»Kaffee.«

Nachdem Charlie das Zimmer verlassen hatte, sah Pia, wie Ruth langsam den Zettel zerknüllte. Sie verstand nicht, wieso man sie zu einem Treffen mit dieser senilen Frau bestellt hatte.

Charlie kam mit einem Tablett zurück, auf dem drei Becher standen. Schweigend tranken sie ihren Kaffee und blickten auf ihre Füße.

»Woher kennen Sie Zoë?«, fragte Ruth da plötzlich mit einer merkwürdig schnarrenden Stimme.

»Sie war meine Nanny. Ich muss sie wiederfinden.«

Ruth sah Charlie an und zuckte mit den Achseln.

»Ich habe Ihnen doch gesagt, Sie müssen lauter sprechen.«

Jetzt war Pia das Museum egal. Sie stand auf und schrie Ruth ins Ohr, weshalb sie Zoë Shenton suche.

»Warum schreit sie so?«, fragte Ruth.

Erschöpft fiel Pia auf ihren Stuhl zurück. Charlie nickte ihr aufmunternd zu, doch sie schüttelte nur den Kopf. Lange würde sie nicht mehr bleiben.

»Zoë hat damals viel geweint.«

»Wann?«

Ruth sah sie mit ihren strengen Augen an. »Als sie das Kind erwartete.«

Pia erstarrte. »Ich wusste nicht, dass sie ein Kind …«

»Jeden Tag hat sie im Hinterhof gesessen und geweint.«

»Warum? Weil sie das Kind nicht wollte?«

»O nein.«

Wieder versank Ruth in Schweigen. Pia warf Charlie einen fragenden Blick zu. Sollte sie glauben, was Ruth sagte? Charlie machte den Eindruck, als ob er auch seine Zweifel habe.

»Sie hat geweint, weil er sich davongemacht hat.«

»Wer?«

»Der Vater ihres Kindes.«

»Und wer war der Vater?«

»Ein Weißer.«

Pia spürte, wie ihr schwindelig wurde. »Wissen Sie noch den Namen des Mannes?«

»Ja … warten Sie … sein Name … er wird mir gleich einfallen …« Ruth zog ein Taschentuch aus ihrem Ärmel und wischte sich über die Stirn.

»Hieß er Anthony?«

»Nein, nein. Er hieß …«

»John?«

»Nein.« Ruth drehte nervös das Taschentuch zwischen ihren Fingern hin und her.

»Ist der Name so wichtig?«, fragte Charlie. »Sie sollten Ruth nicht so quälen. Immerhin ist sie eine sehr alte Frau.«

»Es ist wichtig für mich zu wissen, ob ich mich auf ihre Aussagen verlassen kann. Sie sehen doch, wie senil sie schon ist.«

»Aber ich dachte, es ginge um Zoë Shenton und nicht um irgendeinen Mann.«

»Er hieß Dieter«, rief Ruth triumphierend. »Und er kam aus Deutschland.«

Pia war plötzlich, als hätte jemand sie in einen luftleeren Raum gesperrt. Sie hörte nichts als ein Rauschen in ihren Ohren, das immer stärker wurde. Ihre Finger waren eiskalt. Ruth griente sie an mit ihrem zahnlosen Mund. Sie schien ihre Hilflosigkeit zu genießen.

»Pia, was ist los?«, rief Charlie. »Soll ich Ihnen ein Glas Wasser bringen?«

»Nein, es … geht schon wieder.«

»Kennen Sie diesen Dieter?«

»Er war mein Vater.«

»Kann ich noch einen Kaffee haben?«, rief Ruth und hielt Charlie ihren Becher hin.

»Soll das bedeuten, dass Ihr Vater auch der Vater jenes Kindes war?«, fragte Charlie und griff nach dem Becher.

»Ich wusste bisher nichts von einem Kind …«

»Sophie und ich haben von vornherein den Eindruck gehabt, dass es Ihnen nicht nur um Ihre Nanny geht.«

»Aber ich sagte Ihnen doch, dass ich …«

»Wo bleibt mein Kaffee?«, rief Ruth.

»Kommt sofort.« Charlie verschwand.

Pia war es fast unheimlich, dieser fremden alten Frau gegenüberzusitzen, die sich zu einer so grotesken Behauptung verstiegen hatte. Oder war dies gar nicht ihre Erfindung? Hatten Zoës Eltern die Geschichte in die Welt gesetzt, um die Ehre ihrer Tochter zu retten?

Pia stand auf, um nicht länger Ruths Finger sehen zu müssen, die wieder das Taschentuch bearbeiteten. Sie holte tief Luft. Alles war möglich. Es war sogar möglich, dass Ruth die Wahrheit sagte und ihr Vater Zoë tatsächlich sitzengelassen hatte.

»Ruth?«

Ruth hob langsam den Kopf.

»Sie sagten, der Mann aus Deutschland habe sich davongemacht.«

Sie nickte.

»Sind Sie sich da ganz sicher?«

Wieder nickte sie.

»Ist es nicht auch möglich, dass alles ganz anders war?«

Ruth runzelte die Stirn und stopfte das Taschentuch in ihren Ärmel zurück.

»Vielleicht wollte Zoë gar nicht mit ihm gehen. Vielleicht ...«

»Charlie?«, rief Ruth mit ihrer schnarrenden Stimme.

»Hören Sie mich, Ruth?«

»Charlie, wo sind Sie?«

»Hat Zoë jemals gesagt, dass sie ihre Eltern nicht verlassen könne?«

»Kommen Sie, Charlie ... bitte.«

»Was ist passiert?« Charlie stand mit dem Kaffeebecher in der Tür und sah Pia erschrocken an.

Tränen liefen über Ruths Gesicht. Sie zeigte auf Pia, als hätte sie sie geschlagen.

»Wir sollten das Gespräch beenden«, sagte Charlie. »Ruth wirkt schon sehr erschöpft.«

»Aber ich habe sie noch gar nicht gefragt, ob sie weiß, was später mit den Shentons passiert ist«, rief Pia und war jetzt selbst den Tränen nahe.

»Dann fragen Sie sie, aber machen Sie es kurz.«

Pia versuchte, Ruth eine Hand auf den Arm zu legen, doch sie zog ihn sofort weg und zischte ihr etwas zu, was sie nicht verstand.

»Am besten lassen Sie mich mit ihr allein«, sagte Charlie und deutete mit dem Kopf zur Tür. »Vielleicht beruhigt sie sich und erzählt mir noch was über die Shentons.«

»Auf Wiedersehen, Ruth«, rief Pia ihr ins Ohr. »Danke, dass Sie gekommen sind.«

Ruth sah sie nicht einmal an, sondern griff mit zitternden Händen nach ihrem Kaffeebecher, um gleich darauf die Hälfte zu verschütten.

»Das macht nichts«, hörte Pia Charlie sagen, »wir wischen es später weg.«

Pia schloss die Tür hinter sich und lief ziellos durch das Museum. Mit ihrem Zweifel hatte sie sich selbst den Weg verbaut. Anstatt Ruth ständig mit derselben Frage zu traktieren, hätte sie das Thema wechseln sollen.

»Na, wie ist es gelaufen?«

Sie drehte sich um und blickte in das Gesicht von Sophie Davies.

»Haben Sie etwas über Zoë Shenton herausfinden können?«

»Nein ... das heißt, doch, aber ich ... ich bin nicht mehr zu dem gekommen, was ich eigentlich von Ruth wissen wollte. Ich habe völlig versagt, obwohl ich in meinem Beruf schon so viele Menschen interviewt habe ...«

»Ruth ist sehr alt. Es kann sein, dass sie einfach überfordert war.«

»Charlie spricht jetzt allein mit ihr. Meine wichtigste Frage war natürlich, ob Ruth sich erinnert, wohin die Shentons umgesiedelt wurden.«

In diesem Moment ging die Tür des Hinterzimmers auf, und Charlie kam heraus. Er sah sich suchend um, entdeckte Sophie und gab ihr ein Zeichen.

»Wahrscheinlich soll ich Ruth jetzt nach Hause bringen. Wenn es Charlie nicht gelungen ist, irgendetwas Neues in Erfahrung zu bringen, werde ich es auf der Fahrt nach Mitchell's Plain noch mal versuchen.«

»Dort also wohnt sie.«

»Ja. Ich übrigens auch. Ein Großteil der ehemaligen District-Six-Bewohner lebt heute in Mitchell's Plain.«

»Könnten die Shentons dort wohnen, ohne dass Sie es wüssten?«

»Aber ja. Es ist ein riesiges Gebiet, das niemand mehr überblickt und in dem es kaum noch so etwas wie Nachbarschaft gibt.«

»Charlie sagt, Sie kennen die halbe Stadt.«

»Der übertreibt gern.«

Jetzt kam Ruth, auf Charlies Arm gestützt, auf sie zu. Sie keifte Sophie an, dass sie zum letzten Mal in diesem Museum gewesen sei und ihr die gesamte District-Six-Bewegung gestohlen bleiben könne. Sophie strich ihr beruhigend über den Rücken, Charlie jedoch zog hörbar die Luft zwischen den Zähnen ein und zündete sich eine Zigarette an.

»Charlie, nicht hier drinnen«, rief Sophie ihm im Weggehen zu.

Gereizt drückte er die Zigarette wieder aus und steckte sie zurück in die Schachtel.

»Haben Sie noch was aus ihr herausbekommen?«

Er schüttelte den Kopf. »Sie hat mich nur beschimpft. Aber das sollten wir nicht zu persönlich nehmen. Ruth war angeblich schon immer eine sehr schwierige Frau.«

Pia dankte ihm für seine Mühe und verabschiedete sich. Auf der Rückfahrt hatte sie nur einen einzigen Gedanken im Kopf: Dass sie niemals hätte versuchen sollen, dem letzten Wort ihres Vaters auf den Grund zu gehen.

Im Hotel legte sie sich auf ihr Bett und blickte an die Decke. Sie hatte ihrem Vater immer vertraut. Niemals hätte sie gedacht, dass er ein solches Geheimnis vor ihr hätte haben können. *In der Küche ist es still. Warum singt Zoë nicht? Ich öffne die Tür und blicke in Zoës verquollene Augen. Ich bin vier. Zoë hat noch nie geweint. Warum weinst du, frage ich. Zoë sieht mich an. Sie lächelt nicht. Meine Kehle wird rauh und heiß. Ich greife nach Zoës Hand. Ihre Finger sind kalt. Tut dir was weh? Tränen laufen über Zoës Wangen. Sie schaut auf ihre Füße und nickt. Tun dir die Füße weh? Zoë schüttelt den Kopf und läuft hinaus zu ihrem Schuppen am Ende des Gartens. Ich laufe nicht hinter ihr her. Ich klopfe nicht an ihre Tür. Ich schleiche die Treppe hinauf zu Mutters Schlafzimmer. Ich darf sie nicht stören, nicht zwischen zwei und vier. Aber Zoë hat geweint. Ich drücke die Klinke herunter. Im Zimmer ist es dämmerig. Mutter liegt im Bett. Auf ihrer Stirn klebt ein nasses Tuch. Ich wecke sie. Mutter ist böse. Sie braucht den Schlaf nach dem Essen. Ihre Hand streicht über das nasse Tuch. Immer hat sie Kopfweh. Immer muss sie schlafen. Zoë ist traurig, sage ich. Zoë weint. Mutter nimmt das Tuch von der Stirn und sieht mich an. Plötzlich ist sie nicht mehr müde. Sie steht auf und verschwindet im Badezimmer. Als sie wiederkommt, trägt sie das weiße Kleid mit den grünen Punkten. Sie duftet nach Honig. Die Augen hat sie hinter einer schwarzen Brille versteckt. Sie läuft aus dem Zimmer. Ich laufe ihr nach. Klack, klack machen ihre Schuhe auf der kalten Treppe. Klack, klack. Klack, klack. Vater mag keine lauten Schuhe. Mutter mag keine kalten Treppen. Sie dreht sich um. Ihre Stimme ist streng. Ich darf nicht mit. Die Tür fällt ins Schloss. Ich laufe zum Fenster. Mutter geht durch den Garten. Ihr Kleid weht im Wind. Vor dem Schuppen bleibt sie stehen. Sie klopft nicht, sie ruft. Sie ruft nach Zoë. Sie ruft einmal, zweimal, dreimal. Sie reißt die Tür auf und ruft. Sie zieht Zoë aus dem Schuppen. Zoë hält die Hand vor die Augen. Mutter greift nach der Hand. Zoë schaut auf die Füße. Mutter fasst unter Zoës Kinn. Zoë dreht den Kopf zur Seite. Mutter schlägt Zoë. Sie schlägt sie auf den Mund. Sie schlägt sie auf die Ohren. Zoë rennt nicht weg. Sie steht da und wird geschlagen. Ich will zu ihr laufen. Aber ich laufe nicht. Zoë wird geschlagen. Ich habe Zoës Tränen gesehen. Ich habe Mutter geweckt. Ich habe gesagt, Zoë weint. Mutter schlägt Zoë. Meine Zoë.*

Pia hatte die Szene genau vor Augen, aber sie wusste nicht, ob es ein Traum war, den sie irgendwann gehabt hatte, oder eine Erinnerung an etwas, was tatsächlich geschehen war. Hatte ihre Mutter Zoë wirklich geschlagen? Und wenn ja, warum? Weil sie wusste, dass sie ein Kind erwartete? Oder weil sie gerade erfahren hatte, wer der Vater war?

Das Klingeln des Telefons ließ Pia zusammenzucken. Es war Sophie, die ihr mitteilte, dass Ruth sich auf der Rückfahrt wieder etwas beruhigt habe.

»Es tut mir leid, dass ich ihr so zugesetzt habe.«

»Ruth hatte das Gefühl, Sie glauben ihr nicht.«

»Ich war so fassungslos, weil … weil das, was sie mir erzählt hat …«

»Ja, Charlie sagte mir eben, was Sie erfahren haben.«

»Ich habe heute zum ersten Mal von diesem Kind gehört.«

»Ich kann mir vorstellen, wie wichtig es für Sie ist, Zoë wiederzusehen. Beim Abschied hat Ruth irgendwas von Bonteheuwel gemurmelt. Wenn ich sie richtig verstanden habe, sind die Shentons Anfang der siebziger Jahre dort hingezogen.«

Pia richtete sich auf. Ihr Herz klopfte. »Bonteheuwel? Wo liegt das?«

»Nordwestlich vom Flughafen. Es ist eine der besseren Townships für Farbige.«

»Und hat Ruth noch Kontakt mit den Shentons?«

»Nein, sie hat sie damals aus den Augen verloren.«

»Hat es Sinn, in Bonteheuwel nach Zoë zu suchen?«

»Ganz bestimmt. Bonteheuwel ist viel kleiner als Mitchell's Plain.«

Es entstand eine Pause, in der Pia überlegte, ob es zu viel verlangt war, wenn sie Sophie bitten würde, sich in Bonteheuwel für sie umzuhören.

»Ich werde tun, was ich kann«, sagte Sophie, bevor Pia sie bitten konnte. »Das verspreche ich Ihnen.«

»Danke … Ich komme übrigens am nächsten Donnerstag auf jeden Fall nach Kapstadt zurück.«

»Und wie lange werden Sie dann bleiben?«

»Vielleicht eine Woche …«

»Sehr gut. Entweder finden wir Zoë Shenton in der Zeit, oder wir erfahren zumindest, warum wir sie nicht finden können.«

Sophies letzter Satz klang noch in Pia nach, als sie längst aufgelegt hatte. Sie musste an die Zeugen denken, die vor der Wahrheitskommission von ihren verschwundenen Männern, Frauen und Kindern berichteten. Hielt Sophie es für möglich, dass auch Zoë verschwunden war?

Der Gedanke, dass Zoë nicht mehr am Leben sein könnte, ließ Pia nicht los. Was würde sie tun, wenn sie erfahren sollte, dass Zoë während des Apartheid-Regimes von der Polizei ermordet worden war, während sie in Deutschland nicht mehr getan hatte, als auf die Weintrauben vom Kap zu verzichten?

Um sich abzulenken, beschloss sie, die Verlängerung ihres Aufenthaltes in Kapstadt zu organisieren. Sie rief ihren Redaktionsleiter an und bat um eine Woche Urlaub, den er ihr sofort bewilligte. Die Dame an der Rezeption fand für sie heraus, dass es bei dem Ticket, das sie hatte, kein Problem war, ihren Rückflug umzubuchen. Jetzt würde sie am Donnerstag, dem 22. August, abends um acht zurückfliegen. Das bedeutete, dass ihr noch elf Tage blieben.

Nachdem sie eine Mail an Britta geschickt hatte, ertrug sie es plötzlich nicht länger, im Hotel zu sitzen. Nach Bonteheuwel waren es höchstens zehn Kilometer, wie sie auf dem Stadtplan gesehen hatte, weniger als nach Goodwood.

Sie setzte sich in ihren Wagen und fuhr gen Norden. Als sie von der Autobahn abbog und den Hinweisschildern nach Bonteheuwel folgte, fiel ihr die Warnung in ihrem Reiseführer wieder ein, dass Townships für Weiße tabu seien, es sei denn, Schwarze oder Farbige würden sie begleiten. So wagte sie nicht anzuhalten, sondern fuhr zügig an den kleinen, teils verfallenen, teils frisch gestrichenen Häusern vorbei, durch Straßen, die nach Kastanien, Lärchen und Zedern benannt waren, als ob auf diese Weise darüber hinweggetäuscht werden könnte, dass hier kein einziger Baum stand.

Strawberry Street. War sie nicht eben schon mal in der Strawberry Street gewesen? Sie wusste es nicht. Sie wusste überhaupt nicht mehr, wo sie war. Ihren Stadtplan hatte sie vorsichtshalber nicht ausgebreitet, weil sie sich nicht als Fremde zu erkennen geben wollte, was geradezu lächerlich war angesichts ihrer Hautfarbe und der Tatsache, dass sie in einem nagelneuen weißen Opel saß, der hier so auffiel, dass sich jeder Zweite danach umdrehte. Sie beschloss, zu parken und Bonteheuwel, trotz aller Warnungen, zu Fuß zu erkunden.

Es fing an dunkel zu werden. Dünne, räudige Hunde streunten zwischen den Häusern umher und suchten im Müll nach etwas Essbarem. Zwei schmutzige Katzen mit zerbissenen Ohren kämpften um einen großen, grün angelaufenen Fischkopf, dem buchstäblich erst das eine und dann das andere Auge ausgekratzt wurde, bevor sich die größere Katze mit dem Rest davonmachte.

Jetzt trat eine junge Frau aus dem gegenüberliegenden Haus und rief einen der Hunde zu sich heran. Er hinkte und war so mager, dass sich die Knochen unter seinem grauen Fell abzeichneten. Die Frau kraulte ihn hinterm Ohr und ließ ihn etwas aus ihrer Hand fressen.

Vielleicht war es diese Geste, die Pia veranlasste, die Straße zu überqueren und auf die Frau zuzugehen.

»Entschuldigen Sie bitte ...«

Sie schaute zu ihr hoch, und erst da sah Pia, dass ihr schmales braunes Gesicht von unzähligen Narben überzogen war, Pockennarben, die sich tief in die Haut gegraben hatten.

»Darf ich Sie etwas fragen?«

Ihr Nicken kam so zögernd, dass Pia es schon bereute, sie angesprochen zu haben.

»Kennen Sie Zoë Shenton? Sie soll hier in Bonteheuwel leben.«

Die Frau schüttelte langsam den Kopf.

»Haben Sie den Namen noch nie gehört?«

Sie sah sie einen Moment lang an, ohne eine Miene zu verziehen, dann lief sie ins Haus zurück und schlug die Tür hinter sich zu.

Pia bog in die nächste Seitenstraße ab und fragte einen älteren Mann nach den Shentons. Der zuckte kaum merklich mit den Achseln und ließ sie stehen.

Was machte sie falsch? Gab es in Bonteheuwel ein ungeschriebenes Gesetz, das es einer Fremden verbot, sich nach jemandem zu erkundigen?

Ein Mädchen in einem leuchtendroten Pullover kam ihr entgegen; es war höchstens neun oder zehn, aber seine ursprünglich krausen Haare waren, wie bei vielen Frauen, schon so mit Lockenwicklern, Spray oder Gel bearbeitet worden, dass sie starr nach hinten abstanden.

»Hallo«, sagte Pia und lächelte sie an.

Das Mädchen strich sich über seine Hurrikanfrisur und lächelte ebenfalls.

»Ich suche eine Frau, die in Bonteheuwel leben soll.«

Wieder lächelte das Mädchen.

»Sie heißt Zoë Shenton.«

»Die kenne ich nicht.«

Immerhin spricht sie Englisch, dachte Pia und schöpfte Hoffnung.

»Wie alt ist sie?«, fragte das Mädchen.

»Anfang oder Mitte fünfzig.«

»Ich frage meine Mutter.« Das Mädchen winkte einer spindeldürren Frau zu, die mit schnellen Schritten näher kam. »Meine Mutter kennt hier fast jeden.«

Die Frau baute sich vor ihrer Tochter auf, und was folgte, war ein Wortwechsel auf Afrikaans, der darauf schließen ließ, dass diese Frau Pia keine Fragen beantworten würde.

Stattdessen spuckte sie ihr vor die Füße, griff nach dem Oberarm ihrer Tochter und zog sie mit sich fort.

Einige Leute waren stehen geblieben und sahen Pia an, als sei sie ihnen eine Erklärung schuldig.

»Ich … ich suche jemanden«, stammelte sie, »eine Frau … Zoë Shenton …«

Ein Mann mit einer Wollmütze zeigte in die Richtung, in der sie ihr Auto abgestellt hatte. »Ist das Ihr Wagen, der in der Strawberry Street parkt?«

Sie nickte.

»Fahren Sie nach Hause.«

»Aber ich …«

»Fahren Sie, bevor es Ärger gibt.«

Während sie langsam die Straße entlangging, spürte sie die Blicke der Leute in ihrem Nacken. An der Ecke fing sie an zu rennen. Zwei kleine Jungen schauten ihr zu, wie sie hastig ihren Opel aufschloss und einstieg.

Sie war erleichtert, dass ihr nichts passiert war, doch spätestens auf der Autobahn wich die Erleichterung einer hilflosen Wut. Es kam ihr beinahe wie eine Verschwörung vor, dass ihr niemand Auskunft geben wollte über Zoë Shenton.

Tamboerskloof war eine verwinkelte Gegend unterhalb des Tafelbergs. Die Straßen waren so schmal und so steil, dass Pia Mühe hatte, um die Kurven zu fahren. Ihr fiel auf, wie wenig Menschen hier unterwegs waren. Dabei war es erst kurz vor acht. An einer Ampel sah sie, wie ein Mann auf eine Frau einschlug; ein zweiter Mann stand daneben und trank sein Bier. Sie fuhr weiter, weil es dunkel war, weil sie allein im Auto saß und weil ihr auch in Deutschland ein Streit unter Pennern ziemlich gleichgültig gewesen wäre. Dennoch hatte sie das Gefühl, etwas falsch gemacht zu haben, was sie nur darauf zurückführen konnte, dass es schwarze Penner waren.

Das Restaurant, in dem sie mit Jonathan verabredet war, hieß *The Laughing Moon* und lag in einem kleinen viktorianischen Cottage. Die Wände waren pfirsichfarben und hier und da grün abgesetzt, eine Farbkombination, die sogar Klaus gefallen hätte. Klaus' Empfindlichkeit in Bezug auf Farben war so weit gegangen, dass er sich geweigert hatte, in blaudekorierten Räumen zu essen, weil ihm die Farbe angeblich den Appetit verschlug.

Alle Tische schienen besetzt zu sein. Pia sah sich suchend um; sie konnte Jonathan nirgendwo entdecken. Eine grauhaarige Frau mit langen Silberohrringen kam auf sie zu und fragte, ob sie reserviert habe. Pia nannte Jonathans Namen, und sofort breitete sich ein Lächeln auf ihrem Gesicht aus.

»Ja, der wartet schon auf Sie. Ich bringe Sie zu seinem Tisch.«

Sie stießen beinahe mit einer Kellnerin zusammen, die in der einen Hand zwei Fischpfannen und in der anderen eine große Schüssel mit Reis trug.

»Unsere Spezialität«, rief die Grauhaarige ihr zu und führte sie in einen Nebenraum, wo Jonathan in der Ecke saß und sich Notizen machte. »Ich komme gleich zu Ihnen.«

Jonathan war so ins Schreiben versunken, dass er sie noch nicht bemerkt hatte. Pia wartete einen Moment, bevor sie auf ihn zuging. Als sie seine Schulter berührte, zuckte er zusammen.

»Pia …«

»Hallo.«

Er stand auf und nahm sie in die Arme. »Ich habe dich gar nicht kommen sehen.«

Sie zeigte auf seine Notizen. »Führst du Tagebuch?«

»Ja …«

Jonathan wartete, bis sie sich gesetzt hatte, bevor er sich selbst wieder hinsetzte. »War es schwer, den Weg zu finden?«

»Es ging.«

Er griff nach ihrer Hand. »Ich habe mir hinterher gedacht, dass ich dich hätte abholen sollen.«

»Nein …«

»Schön siehst du aus.«

Sie spürte, wie ihr das Blut ins Gesicht stieg. In letzter Minute hatte sie beschlossen, heute Abend mal keine Jeans, sondern ihren schwarzen Hosenanzug aus Wildseide anzuziehen. Dazu einen langen, bunten Seidenschal. Jonathan hatte sich ebenfalls umgezogen. Er trug einen dunkelblauen Samtblazer und ein offenes weißes Hemd. Unter seinen Augen lagen dunkle Schatten.

»Isst du öfter hier?«

»Mindestens einmal in der Woche.« Jonathan deutete auf die grauhaarige Frau mit den Silberohrringen, die am Nebentisch stand und die Tageskarte erläuterte. »Joan ist eine alte Freundin von mir. Sie hat lange in New Orleans gelebt. Deshalb sind ihre Gerichte nicht so provinziell.«

»Eine Emigrantin, die zurückgekehrt ist?«

»Ja …«

»Wann ist sie weggegangen?«

»Vor zehn Jahren, kurz nachdem ihr Mann in einem Gefängnis in Johannesburg ermordet wurde. Dass sie ins Ausland entkommen konnte, grenzt an ein Wunder.«

»Ich habe dich vermisst.«

»Ich dich auch.«

Jetzt trat Joan an ihren Tisch. Sie war jünger, als ihre grauen Haare vermuten ließen.

»Wenn Sie Fisch mögen, empfehle ich Ihnen *Stumpnose* in Zitronenbutter. Der ist leicht bekömmlich und sehr lecker.

Dazu Gemüse aus dem Wok. Und als Wein einen Haute Cabrière.«

»Der Winzer ist der Nachfahre einer berühmten deutschen Dichterin«, sagte Jonathan. »Sein Name lautet Achim von Arnim.«

Pia blickte ihn verblüfft an. »Ich wusste nicht, dass es in diesem Land so viele Bezüge zu Deutschland gibt.«

Joan lächelte. »In Tamboerskloof können Sie sogar deutsche Bratwürste kaufen.«

»Wirklich?«

»Ja. Die deutsche Gemeinde hat hier eine lange Tradition. Sind Sie aus Deutschland?«

»Ja, aber ich bin in Kapstadt geboren.«

»Na, sehen Sie«, rief Joan und verschwand in Richtung Küche.

Pia lehnte sich zurück. Vielleicht hatten ihre Eltern in diesem Stadtteil ihre Lebensmittel eingekauft. Vor allem ihre Mutter hatte immer so viel Wert auf deutsche Produkte gelegt. Angefangen mit deutscher Zahnpasta. Pia hatte nie verstanden, wie ihr Vater es damals geschafft hatte, sie zu überreden, mit ihm nach Südafrika zu ziehen.

»Wie war dein Tag?«, fragte Jonathan.

»Anstrengend.«

»Hat Charlie Rive sich gemeldet?«

»Ja …« Und dann erzählte sie Jonathan von ihrer Begegnung mit Ruth Dreyer. Als sie das Kind erwähnte, schien er nicht besonders erstaunt zu sein.

»Hast du nie zuvor an diese Möglichkeit gedacht?«

»Nein …«

»Wenn die Frau so senil ist, kann das Ganze natürlich auch eine Erfindung sein.«

»Ja …«

»Trotzdem glaubst du ihr …«

Pia nickte. Ja, sie glaubte Ruth Dreyer. Ohne sagen zu können, warum.

»Und weiß sie, wo Zoë Shenton heute lebt?«

»Sie meint, dass die Familie Anfang der siebziger Jahre nach Bonteheuwel gezogen sei.«

»Bonteheuwel … Ja, das ist möglich, wenn sie nicht gerade zu den Ärmsten im District Six gehört haben … Kannst du dir vorstellen, dass dein Vater Zoë Geld gegeben hat?«

»Für das Kind?«

»Ja.«

»Es würde mich nicht wundern … Mein Vater war ein sehr verantwortungsbewusster Mensch. Er hätte eine Frau, die ein Kind von ihm erwartete, nicht einfach sich selbst überlassen.«

»An dem Punkt glaubst du Ruth Dreyer also nicht.«

»Ich glaube, dass sie nur das weitergibt, was sie gehört hat.«

»Wenn die Shentons heute noch in Bonteheuwel leben, müsste man sie finden können.«

»Ich war vorhin dort …«

»Mit Charlie Rive?«

»Nein, allein.«

Jonathan erschrak. »Pia, das ist gefährlich! Wusstest du das nicht?«

»Doch, aber ich war so neugierig.«

»Es gibt in diesem Land gewisse Regeln, an die Weiße sich halten müssen, wenn sie nicht in Gefahr geraten wollen.« Jonathan fuhr sich mit den Fingern durch die Haare. »Warum sollte ausgerechnet dir nichts passieren? Eine Weiße in den Townships ist nun mal eine Provokation.«

»Ja, aber …«

»1993 ist in Guguletu eine Amerikanerin von einer Gruppe von Jugendlichen in ihrem Auto gesteinigt worden.«

Pia schluckte. »Wo? In …«

»Guguletu. Das ist eine der Townships in Kapstadt.«

»Es war dumm von mir, und es hat auch überhaupt nichts gebracht …«

Jonathan hörte ihr gar nicht zu, sondern redete sich immer mehr in Rage. »Die Frau hatte die besten Absichten. Sie war eine engagierte Sozialarbeiterin. Glaubst du, das hat in dem Augenblick irgendjemanden interessiert? Nein, genauso wenig, wie es irgendwelche aufgebrachten Jugendlichen interessiert, wenn du ihnen erzählst, dass du nur auf der Suche nach deiner früheren Nanny bist. Pia, so naiv kannst du doch nicht sein! Oder haben die Leute vom District-Six-Museum dich etwa ermuntert, nach Bonteheuwel zu fahren?«

»Nein.«

»Du als Journalistin müsstest eigentlich …«

»Ist ja gut …«

»Überlass die Suche den Leuten, die sich hier auskennen.«

»Ich hab's begriffen.«

In diesem Moment wurde ihr Essen serviert, und sie verfielen beide in Schweigen.

Obwohl der Fisch sehr gut schmeckte, ebenso wie das Gemüse aus dem Wok und der Arnimsche Wein, hatte Pia kaum noch Appetit. Nicht nur, weil sie im Nachhinein über ihren eigenen Leichtsinn erschrocken war, sondern auch, weil Jonathans Heftigkeit sie gekränkt hatte.

»Vielleicht verstehst du nicht, wie wichtig es mir ist, Zoë zu finden«, sagte sie nach einer Weile.

»Doch …«

»Schließlich geht es um die Geschichte meiner Familie, die vermutlich ganz anders war, als ich bisher gedacht habe.«

»Es tut mir leid«, murmelte Jonathan. »Ich fand die Vorstellung unerträglich, dass dir …«

»Was?«, fragte Pia.

»Dass dir jemand etwas antut.«

»Ist das ein Grund, mich so runterzuputzen wie ein ungezogenes Kind?«

»Nein, natürlich nicht … Es hat mich selbst überrascht, dass ich auf einmal solche Angst um dich hatte.« Er griff wieder nach ihrer Hand. »Ich hatte es mir eigentlich abgewöhnt, mir um andere Menschen Sorgen zu machen.«

»Wieso?«

»Weil …« Er brach ab und sah sie hilflos an. »Das ist eine lange Geschichte … ich werde sie dir irgendwann erzählen … aber nicht jetzt … nicht heute Abend …«

Erst nachdem sie miteinander geschlafen hatten, sagte er ihr, dass er am nächsten Morgen um sieben Uhr nach Johannesburg fliegen würde, weil er dort einen Auftrag habe.

Pia spürte, wie sich eine große Enttäuschung in ihr ausbreitete. »Ich hatte so gehofft, dass wir den Tag noch zusammen verbringen könnten.«

Er strich ihr über die Stirn und küsste sie.

»Bist du am Donnerstagabend hier, wenn ich aus Durban zurückkomme?«

»Ja.«

»Ich habe meinen Rückflug nach Hamburg um eine Woche verschoben.«

»Wegen Zoë?«

»Auch.«

Wieder küsste er sie. Und als sie schon beinahe schlief, hörte sie ihn flüstern, dass sie gut auf sich aufpassen solle.

9

Es war noch früh, als Pia ihr Hotelzimmer räumte und ihren Koffer an der Rezeption abstellte. Sie hatte beschlossen, an einer Township-Tour teilzunehmen, von der Jonathan ihr heute Morgen erzählt hatte und die, wie man ihr am Telefon sagte, auch durch Bonteheuwel führte. Angeblich war dies die sicherste Möglichkeit für Weiße, die Townships kennenzulernen. Vielleicht würde sie auf dem Weg etwas über Zoë in Erfahrung bringen. Jedenfalls konnte und wollte sie die Suche nicht allein Sophie und Charlie überlassen.

Pünktlich um zehn hielt ein Minibus der *One City Tours* vor der Kapstädter Touristenzentrale in der Adderley Street. Außer Pia stieg nur ein Ehepaar aus Stuttgart mit ein; der Mann berichtete sofort, sie seien von ihrem Pensionsinhaber eindringlich vor dieser Fahrt gewarnt worden.

»Kein Wunder«, sagte Cathy, ihre schwarze Begleiterin, »die weißen Südafrikaner meiden die Townships. Wir haben höchstens alle vier bis sechs Monate mal einen dabei.«

Nachdem sie zehn Minuten lang vergeblich auf den vierten angemeldeten Teilnehmer gewartet hatten, verkündete Cathy, dass es jetzt losgehe. Hinter dem Steuer saß Tony, der kaum Englisch, dafür umso schneller Xhosa sprach.

Als Erstes fuhren sie zum District-Six-Museum, was den Stuttgartern nur recht war, in Pia jedoch eine gewisse Ungeduld hervorrief, weil sie diesen Ort nun mittlerweile zur Genüge kannte.

Sophie war nirgendwo zu sehen, aber Charlie stand, wie gewohnt, hinter seinem Tisch, auf dem Bücher, Plakate und Postkarten ausgelegt waren.

»Ich stelle fest, Sie machen eine Township-Tour«, bemerkte er mit leicht ironischem Lächeln. »Seien Sie auf einiges gefasst.«

»Hat Sophie Ihnen erzählt, dass die Shentons nach Bonteheuwel umgesiedelt wurden?«

Er nickte. »Aber das war vor fünfundzwanzig Jahren.«

»Sehen Sie keine Chance, dass sie noch dort wohnen?«

»Ich kann es Ihnen beim besten Willen nicht sagen«, seufzte Charlie und wandte sich einem Kunden zu. »Warten Sie es ab.«

Obwohl Pia seinen Überdruss verstehen konnte, kränkte es sie, dass er offensichtlich schon nach drei Tagen Suche all seine Zuversicht verloren hatte.

Auf dem Rückweg zum Bus wurde Cathy von der Stuttgarterin gefragt, wie die Bewohner der Townships darauf reagierten, dass immer mehr Touristen bei ihnen auftauchten, um ihre Armut zu betrachten, eine Frage, die Pia ihr gar nicht zugetraut hätte.

»Sie freuen sich«, antwortete Cathy und grinste, als sie ihre erstaunten Gesichter sah. »Sie freuen sich, weil sie die Hoffnung haben, dass es ihnen nur nützen kann, wenn Ausländer sehen, wie ein Großteil der südafrikanischen Bevölkerung lebt.«

Sie fuhren nach Langa, eine der ältesten Townships der Stadt. Zwischen den verfallenen Wohnheimen türmte sich der Müll, Frauen mit Säuglingen auf den Rücken standen Schlange an den Wasserstellen, Hunde schnupperten an den mit Fliegen übersäten Schafsköpfen, die hier und da von alten Frauen an Ständen feilgeboten oder in Riesentöpfen auf offenen Feuern zu Suppe verarbeitet wurden. Die Stuttgarter hielten alles erbarmungslos mit ihrer Kamera fest. Pia hatte dazu nicht den Mut; außerdem kämpfte sie ununterbrochen gegen eine leichte Übelkeit an.

Barfüßige Kinder in Lumpen liefen hinter ihrem Minibus her, eine Gruppe junger Frauen winkte ihnen zu und lachte, ein Mann bat Tony um eine Zigarette. Tony grüßte nach rechts und nach links, hielt hier und da einen kurzen Schwatz, dann ging es weiter. Er schien ganz Langa zu kennen, dieser Tony, und erst jetzt begriff Pia, dass er mehr war als nur ein Fahrer. Tony öffnete ihnen den Weg in die Township. Weil Tony am Steuer saß, wurden sie begrüßt und nicht mit Steinen beworfen.

Sie stiegen aus und kletterten die Eisentreppe zum ersten Stock eines der Wohnheime hinauf. Es fiel Pia schwer, sich nicht die Nase zuzuhalten, so unerträglich war der Gestank. Überall wurde gehustet und geschnieft; eine Frau spuckte ihren Schleim beinahe in den Topf mit der Schafskopfsuppe. Wer nicht wusste, dass in den Townships die Tuberkulose grassierte, kam spätestens an einem Ort wie diesem ganz von selbst auf den Gedanken. Pia hatte nie dazu geneigt, sich vor Ansteckung zu fürchten, hier jedoch fielen ihr unzählige Möglichkeiten ein, womit sie sich infizieren könnte.

Ob die drei kinderreichen Familien, die sich in diesem Wohnheim ein Zimmer teilen mussten, tatsächlich über ihre Anwesenheit so erfreut waren, wie Cathy vorhin behauptet hatte, wagte Pia zu bezweifeln. Schüchtern beobachteten die Bewohner, wie sie einen Blick in die dunkle Kochecke und das sogenannte Bad warfen, in dem ein alter Duschkopf aus der Wand ragte und ein Loch als Toilette diente.

»Immerhin haben die Leute hier Strom und fließend Wasser«, sagte Cathy. »Diejenigen, die sich draußen einen Schuppen bauen, weil sie die Enge nicht ertragen, müssen ohne auskommen.«

Die Stuttgarterin wollte wissen, ob es bei diesem Gedränge nicht ständig Streit gäbe, was Cathy verneinte. Schließlich sei dies eine Xhosa-Township, und die Xhosas verstünden sich untereinander, weil sie aus demselben Kulturkreis stammten. Schwieriger wäre es, wenn hier auch Zulus, Inder oder Farbige leben würden. Da käme es mit Sicherheit sofort zu gewaltsamen

Auseinandersetzungen. Pia sah die Stuttgarter an und versuchte sich vorzustellen, wie es wäre, wenn sie auf Dauer mit ihnen ein Zimmer teilen müsste. Der gemeinsame Kulturkreis würde ihnen keine große Stütze sein.

»Als Nächstes fahren wir nach Bonteheuwel«, teilte Cathy ihnen mit. »Dort wohnen ausschließlich Farbige.«

Pias Hände wurden feucht. »Sehen wir uns da auch ein Haus an?«

Cathy schüttelte den Kopf.

»Ich habe mich vorher extra erkundigt, ob die Tour auch durch Bonteheuwel führt.«

»Wir fahren durch, aber wir steigen nicht aus, weil wir niemanden so gut kennen, dass wir sein Haus betreten könnten. Die Xhosa-Townships Langa, Guguletu und Khayelitsha sind uns sehr vertraut, weil wir selber Xhosas sind.«

An ihrer unendlichen Enttäuschung spürte Pia, wie hoch ihre Erwartungen an diese Fahrt gewesen waren. Hatte sie etwa geglaubt, dass die *One-City-Tours* sie direkt zum Haus von Zoë Shenton bringen würden?

»Ist Ihnen nicht gut?« Die Stuttgarterin beugte sich besorgt zu ihr herüber.

»Doch, es … es ist alles in Ordnung«, antwortete Pia und putzte sich die Nase.

»Ich könnte Ihnen ein Velemint anbieten.«

»Nein danke.«

Die Fahrt durch Bonteheuwel dauerte höchstens fünf Minuten und führte durch einen Teil, den sie gestern nicht gesehen hatte. Hier standen die Häuser längst nicht so dicht gedrängt, manche hatten sogar einen Vorgarten, von Müll keine Spur.

»Sie sehen, die Farbigen leben deutlich besser als wir«, sagte Cathy.

»Aber es gibt auch Ecken in Bonteheuwel, in denen es ganz

anders aussieht«, wandte Pia ein. »Waren Sie schon mal in der Strawberry Street?«

»Nein, war ich noch nicht. Mir geht es letztlich auch nur um die allgemeine Tendenz«, antwortete sie mit leicht gereizter Stimme und wechselte das Thema.

Während Cathy sie auf ihre nächste Etappe vorbereitete, schweiften Pias Gedanken ständig ab. Sie wusste nicht, warum es ihr so viel ausmachte, dass Cathy diese Hierarchie der Armut aufstellte. Vermutlich hatte sie sogar recht, wenn sie behauptete, dass die Farbigen etwas weniger schlecht dran seien als die Schwarzen, dennoch ärgerte es Pia, dass sie sich zum Beweis ihrer These diese Vorzeigestraße in Bonteheuwel ausgesucht hatte.

Als sie Guguletu erreichten, zuckte Pia kurz zusammen, weil sie an die Amerikanerin denken musste, die an diesem Ort umgebracht worden war. Ihr Blick glitt über die erbärmlichen Schuppen, in denen unzählige Menschen auf engstem Raum hausten, und plötzlich merkte sie, dass ihr Interesse an dieser Tour vollends erloschen war. Die Stuttgarter stellten eine Frage nach der anderen. Wie viele Arbeitslose es gäbe, wie hoch die Kindersterblichkeit sei und ob es stimme, dass sich in den Township-Schulen über hundert Kinder einen Lehrer teilen müssten. Unter normalen Umständen hätte Pia genauso gefragt wie sie, aber dies war kein normaler Umstand. Sie wollte sich nicht allgemein über die Lebensbedingungen der Menschen in diesem Land informieren. Sie wollte Zoë Shenton finden.

In Khayelitsha stieg sie schon gar nicht mehr aus dem Bus aus. Die Stuttgarterin interpretierte das anscheinend als Ausdruck tiefster Erschütterung, denn sie versicherte ihr, dass auch sie der Anblick dieses Elends sehr mitnähme. Ob sie zum ersten Mal in einem Dritte-Welt-Land sei? Pia schüttelte den Kopf.

»Wir waren letztes Jahr in Indien«, warf der Stuttgarter ein. »Ich kann Ihnen sagen …«

»Zwei Wochen lang sind wir unseren Durchfall nicht losgeworden.«

»Da lag das rohe Fleisch einfach so am Straßenrand, ungekühlt und voller Fliegen.«

»Hier ist es ja auch nicht anders. Denk doch nur an diese widerlichen Schafsköpfe.«

»Man könnte glatt zum Vegetarier werden.«

»Das musst gerade du sagen. Keinen Tag würdest du es ohne deinen geliebten Parmaschinken aushalten.«

Das Gespräch verstummte. Die Stuttgarterin strich ihrem beleidigt dreinblickenden Mann ein paarmal über die Hand, als wolle sie sich dafür entschuldigen, einer Fremden gegenüber etwas so Persönliches preisgegeben zu haben.

Die Rückfahrt zur Adderley Street dauerte über eine Dreiviertelstunde. Cathy und Tony unterhielten sich auf Xhosa; Pia lauschte den Klicklauten und fragte sich, wie sie den Rest des Tages verbringen sollte. Beinahe wünschte sie sich, die Stuttgarter würden sie zu einer gemeinsamen Unternehmung einladen.

Stattdessen nickten sie ihr nur kurz zum Abschied zu und gingen ihrer Wege.

»Sie waren nicht zufrieden, stimmt's?«, fragte Cathy, als sie ihr ihre neunzig Rand in die Hand drückte.

»Es hat nichts mit Ihnen zu tun. Ich … ich bin auf der Suche nach jemandem und hatte gehofft, auf dieser Tour neue Anhaltspunkte zu finden.«

»Wen suchen Sie?«

»Eine Farbige namens Zoë Shenton.«

»Kenne ich nicht.«

»Zoë Shenton?«, fragte Tony und drehte sich zu ihnen herum.

Es folgte ein kurzer Wortwechsel auf Xhosa, den Cathy ihr anschließend so übersetzte, dass Tony vor mehr als dreißig Jahren einen Harry Shenton gekannt habe, der aus Calvinia stammte. Aber er vermute, dass Harry längst tot sei.

»Wo hat er ihn kennengelernt?«

Wieder wurde hin- und herübersetzt.

»Sie haben beide auf derselben Baustelle am Hafen gearbeitet. Viel mehr kann er leider nicht sagen. Harry war ein sehr verschwiegener Mensch.«

»Weiß er, wo er gewohnt hat?«

Sie sah, wie Tony überlegte und dann mit den Achseln zuckte.

»Vermutlich irgendwo im District Six«, sagte Cathy. »Das ist die Gegend, in der damals die meisten Farbigen gewohnt haben.«

Pia nickte resigniert. Sie hatte plötzlich das Gefühl, dass sie sich mit ihren Nachforschungen im Kreis drehte.

Cathy lächelte sie an. »Tut mir leid, dass wir Ihnen nicht weiterhelfen konnten.«

Erst jetzt sah Pia, wie viele Zähne ihr fehlten.

»Sagen Sie mir noch, wo Calvinia liegt.«

»Etwa vierhundert Kilometer nördlich von Kapstadt.«

»Wie groß ist der Ort?«

Cathy beriet sich mit Tony. Pia verstand nur so viel, dass sie sich nicht einig waren.

»Tony meint, Calvinia sei eine Kleinstadt. Aber ich glaube, dass die Township ziemlich groß ist.«

Pia verabschiedete sich und ging zu ihrem Wagen zurück. Nein, es hatte keinen Sinn, über eine Fahrt nach Calvinia nachzudenken, nur weil Zoës Vater dort geboren war. Ihr eigener Vater kam aus einem winzigen Ort im Sauerland, in dem sie nie gewesen war. Warum sollte es Zoë nach Calvinia verschlagen haben?

Es fing an zu regnen, dennoch wollte sie nicht ins Hotel zurück. Die Autobahn gen Süden war fast leer. An einem solchen Tag zog es offenbar niemanden ans Kap der Guten Hoffnung.

Als sie das Naturschutzgebiet erreichte, regnete es so stark, dass sie Meer und Himmel nicht mehr unterscheiden konnte. Außerdem fegte ein böiger Wind über die baumlose Landschaft. Der Mann an der Kasse fragte sie, ob sie bei diesem Wetter wirklich weiterfahren wolle.

»Verstecken sich die Tiere bei Regen?«

»Das nicht unbedingt. Aber unterschätzen Sie den Sturm nicht.«

Sie parkte an einer niedrigen Mauer, zog ihr Regenzeug an und stieg aus. Der Wind peitschte ihr ins Gesicht, und einen Moment lang überlegte sie, ob sie wieder umkehren sollte, zumal sie jetzt entdeckte, dass nur wenige Meter von ihr entfernt zwei Paviane saßen, die gierig auf ihren Rucksack starrten, als wüssten sie genau, dass sich darin ein Käsebrot verbarg. Vor Pavianen wurde in ihrem Reiseführer ausdrücklich gewarnt, weil sie zu aggressiven Übergriffen neigten, vor allem, wenn sie gefüttert wurden. Vermutlich spürten die beiden ihre Unentschlossenheit, denn sie kamen langsam näher und sahen sie mit schräg gestelltem Kopf an. Pia drehte sich um und lief los in Richtung Leuchtturm. Sie folgten ihr bis zur ersten Bank, dann verschwanden sie kreischend im Gebüsch.

Hoch oben auf der Aussichtsplattform stürmte es so sehr, dass sie sich kaum halten konnte. Unter ihr toste das Meer, doch sie sah fast nichts; sie hörte nur das Donnern der Wellen. *Die Wellen rauschen. Die Wellen singen. Unter den Füßen brennt der Sand. Ich springe auf und ab, auf und ab, auf und ab. Mutter liegt in der Sonne. Auf ihrer Nase klebt ein Hut. Mama, es ist heiß, viel zu heiß. Komm, ruft Zoë, komm her zu mir. Wo ist sie? Wo ist Zoë? Ich sehe sie nicht. Ich springe auf und ab, auf und ab, auf und ab. Da winkt Zoë. Sie steht auf den Felsen. Sie hat uns ein Häuschen gebaut. Ein Häuschen aus Tüchern. Ein schattiges Häuschen. Wir sitzen im Häuschen und hören die Wellen. Warum sind die Wellen so laut? Damit wir wissen, wie mächtig sie sind.*

Was war das für ein Strand, an dem sie gesessen hatten? Zwei gleich hohe Felsen, dazwischen die von Zoë gespannten Handtücher, blau-weiß-rot, blau-weiß-rot.

Ihre Füße waren nass, und die Kälte kroch ihr in den Körper. Sie fing an zu laufen, lief im Zickzack den steilen Weg hinunter und hatte gerade ihren Rhythmus gefunden, als sie ins Rutschen geriet. Sie fiel auf die Hände und spürte einen stechenden Schmerz im rechten Ellbogen. Während sie sich langsam wieder aufrichtete, sah sie, dass sie auf einer dieser fetten Nacktschnecken ausgerutscht war, die jetzt den ganzen Weg überzogen. Jahrelang hatte ihr Vater in seinem Garten gegen solche Schnecken angekämpft, hatte Bier in kleinen Näpfen aufgestellt und sie darin ertränkt. Und dennoch hatten sie manchmal in einer einzigen Nacht alle seine Lobelien aufgefressen.

Ihr Ellbogen ließ sich noch bewegen; nur die Handballen waren aufgeschürft und brannten, so wie sie früher immer gebrannt hatten, wenn sie beim Rollschuhlaufen gestürzt war.

Im Lokal neben dem Parkplatz saß eine Gruppe junger Deutscher und spielte Doppelkopf. Wieder einmal bestätigte sich Pias These, dass sie fahren konnte, wohin sie wollte, immer waren schon ein paar Deutsche da und hatten es sich gemütlich gemacht, selbst wenn dieser Ort am anderen Ende der Welt lag und dort ein Unwetter tobte.

Sie setzte sich an einen Tisch am Fenster und bestellte eine Fischsuppe mit Baguette, dazu ein Glas Weißwein. Draußen heulte der Wind, der Regen schlug gegen die Scheiben, ihr war, als säße sie in den Wolken. Sie bedauerte nur, dass sie kein Buch mitgebracht hatte.

Ohne dass sie darum gebeten hätte, brachte ihr der Kellner eine frische Stoffserviette, damit sie den Dreck aus ihren Wunden abtupfen konnte.

»Darf ich fragen, woher Sie kommen?«

»Aus Deutschland«, antwortete Pia leise, weil sie nicht wollte, dass die Kartenspieler auf sie aufmerksam wurden.

»Wir haben viele deutsche Gäste. Die jungen Leute da hinten sind auch aus Deutschland.« Er machte eine einladende Geste, als wolle er sie miteinander bekannt machen.

»Ich weiß. Es ist nicht zu überhören.«

Als sie später nach dem Bezahlen ihr Portemonnaie im Rucksack verstauen wollte, blieb sie am Reißverschluss hängen und ratschte sich den rechten Handballen wieder auf. Sie fluchte, weil das Blut auf ihre Hose tropfte.

»Vor den Deutschen ist man aber auch nirgendwo sicher«, rief eine der jungen Frauen.

Pia drehte sich zu ihr um. »Meinen Sie, ich habe mir vorgestellt, ausgerechnet hier auf eine Gruppe deutscher Doppelkopfspieler zu treffen?«

»Was haben Sie gegen Doppelkopf?«, fragte einer der Männer.

Pia zuckte nur mit den Achseln und verließ das Lokal.

Der Sturm hatte nachgelassen, dafür regnete es umso mehr. Obwohl sie sehr langsam fuhr, sah sie die drei Zebras erst, als sie direkt vor ihr über die Straße liefen. Das kleine war höchstens ein paar Wochen alt; ängstlich drückte es sich an den Leib seiner Mutter, während der Vater wie angewurzelt stehen blieb und sie anschaute. Pia überlegte noch, ob sie trotz des schlechten Wetters fotografieren sollte, doch da verschwanden die Tiere bereits im Regen. Wenn Klaus jetzt neben ihr säße, würde sie ihn fragen, ob sie diesen Anblick vielleicht nur geträumt habe. Nein, würde er sagen. Wir haben in der Tat soeben drei Zebras gesehen, zwei große und ein kleines. Und was ist schon dabei? Zebras gibt es in jedem Zoo.

Im Radio wurde eine Klaviersonate von Schubert gespielt. Pia drehte die Lautstärke hoch. Sie verstand nicht, warum ihr in einem solchen Moment ausgerechnet Klaus mit seinem Zynismus einfallen musste.

10

Die Maschine nach Durban war voll besetzt, überwiegend mit Europäern und Amerikanern. Pia wunderte sich, dass an einem Sonntagabend mitten im südafrikanischen Winter so viele Touristen unterwegs waren.

Sie lehnte sich in ihrem Sessel zurück und schloss die Augen. Seit einer Woche war sie jetzt in diesem Land, und es kam ihr so vor, als seien es mindestens vier. Hamburg war fern wie noch nie – ihre Dachgeschosswohnung in der Eppendorfer Landstraße, ihr Schreibtisch in der Redaktion, sogar die Gespräche mit Britta. Sie hatte nicht auf ihre Mail geantwortet. Vielleicht war sie unterwegs auf Archivreise, oder sie hatte es nicht für nötig gehalten, auf eine Mail zu reagieren, die nur das verkündete, was sie Pia schon am Hamburger Flughafen prophezeit hatte: dass sie länger in Südafrika bleiben würde.

Selbst der Tod ihres Vaters, der sie in den letzten Monaten ununterbrochen beschäftigt hatte, rückte immer mehr in den Hintergrund, obwohl es doch sein Tod war, der sie letztlich in dieses Land hatte reisen lassen.

Am Flughafen in Durban verzichtete Pia darauf, sich einen Mietwagen zu nehmen, sondern ließ sich von einem Taxi direkt zum Hotel bringen. Morgen, wenn es hell war, würde sie sich immer noch einen Wagen mieten können.

Während Pia in Kapstadt anfangs ein schlechtes Gewissen gehabt hatte, in einem Luxushotel abzusteigen, war sie in Durban nur erleichtert, dass es sich beim *Royal Hotel* ebenfalls um ein solches handelte.

Sie war sehr müde und gleichzeitig viel zu unruhig, um schlafen zu können. Außerdem wurde im Nebenzimmer laut geschnarcht. Nachdem Pia ein paarmal gegen die Wand geschlagen hatte, brach das Schnarchen kurzfristig ab, setzte jedoch gleich darauf mit unverminderter Lautstärke wieder ein. Als sie die Rezeption anrief, teilte man ihr mit, dass das Management sich leider nicht in der Lage sehe, etwas gegen Schnarcher zu unternehmen.

Pia musste an die Nacht in Kapstadt denken, in der das Gackern der Perlhühner sie aus ihrem Traum vom Findbuch geweckt hatte. Sie neigte sonst nicht dazu, Träume besonders ernst zu nehmen, aber die ungeöffneten Päckchen in diesem Buch hatten etwas an sich, was ihr keine Ruhe ließ.

Findbücher seien eine Art Schlüssel zur Vergangenheit, hatte der Kollege von Britta gesagt. Pia kam es so vor, als ob sich alles, was mit Zoë Shenton zu tun hatte, in einem besonders fest verschnürten Päckchen befand. Wie eine dunkle Wolke hatte diese Geschichte über ihrer Familie gehangen, obwohl oder gerade weil niemals darüber gesprochen worden war.

Wenn Pia hätte beschreiben sollen, was sie am stärksten mit ihrer Kindheit verband, dann war es dieses undurchdringliche Schweigen, das sich immer wieder auf sie herabgesenkt hatte. Ihre Mutter schien in solchen Momenten nichts als Verachtung für ihren Vater zu empfinden; ihr Vater schwieg, weil er sich gegen diese Verachtung nicht zur Wehr setzen konnte; und Pia schwieg, weil sie ahnte, dass Fragen alles nur noch schlimmer machen würden. Aber war es nicht schon so schlimm genug gewesen? Hatte sie nicht bereits im Alter von vierzehn Jahren beschlossen, dass sie niemals heiraten würde, weil sie mit Ehe und Familie nichts anderes als unendliche Einsamkeit verband? Hatte sie Klaus nur deshalb so lange ertragen, weil sie meinte, die Unverbindlichkeit ihrer Beziehung könnte sie davor schützen, in eine ähnliche Falle zu geraten wie ihre Eltern?

Erst gegen Morgengrauen gelang es Pia einzuschlafen. Beim Aufwachen schwirrten Bilder von Hurrikanfrisuren, pockennarbigen Gesichtern und Schafsköpfen voller Fliegen durch ihren Kopf. »Entweder finden wir Zoë Shenton, oder wir erfahren zumindest, warum wir sie nicht finden können«, hatte Sophie gesagt. Sophie war Optimistin, und sie hatte Geduld. Pia hatte keine Geduld. Sie brauchte dringend neue Anhaltspunkte, nachdem ihre Suche in den Townships so erfolglos gewesen war. Auch auf die Gefahr hin, dass sie den Leuten im District-Six-Museum allmählich lästig wurde, würde sie spätestens morgen dort anrufen, um zu fragen, ob es etwas Neues gab.

Es war kurz nach acht, als Pia einfiel, dass sie noch keinen Leihwagen hatte. Die Anhörungen begannen um neun. Vorher würde sie es nicht mehr schaffen, sich einen Wagen zu mieten. Also bat sie die Dame an der Rezeption, ihr ein Taxi zu bestellen.

Der Taxifahrer war ein Farbiger. Er sah sie mürrisch an, als sie ihm ihr Ziel genannt hatte.

»Ist irgendwas?«, fragte Pia.

»Diese Wahrheitskommission kann mir gestohlen bleiben«, antwortete er und fuhr los.

»Wieso?«

»Was soll das ganze Gerede?«

»Es geht darum, die Vergangenheit aufzuarbeiten.«

»Für uns wird sich sowieso nichts ändern.«

»Die Zeit der Apartheid ist vorbei. Es hat demokratische Wahlen gegeben …«

»Die meisten von uns haben immer noch keine richtigen Häuser, keine Jobs.«

»Aber viele Townships haben jetzt wenigstens Wasser und Strom.«

»Es sind trotzdem noch Townships.«

»Und was ist mit den anderen Reformen, die der ANC durchgeführt hat? Krankenversorgung, Betreuung von schwangeren Frauen, Schulspeisungen ...«

»Der ANC?« Der Taxifahrer drehte sich zu ihr um und sah sie beinahe mitleidig an, als wolle er sagen, dass sie keine Ahnung habe, wovon sie rede.

»Sie sind also mit der Politik des ANC nicht einverstanden.«

»Wir Farbigen mögen den ANC nicht. Früher waren wir für die Weißen nicht weiß genug, jetzt sind wir für die Schwarzen nicht schwarz genug.«

»Haben Sie denn nicht die Hoffnung, dass es der nächsten Generation bessergehen wird, den Kindern, die jetzt zur Schule gehen?«

»Ja, vielleicht. Vielleicht werden die es besser haben.« Seine Stimme klang alles andere als überzeugt.

Pia hatte nicht den Mut, ihn zu fragen, ob er Kinder habe. Nachdem sie bezahlt hatte, sah er sie einen Augenblick lang schweigend an, dann ließ er den Motor an und fuhr davon.

Ob Zoë eine ähnlich fatalistische Einstellung hatte wie der Taxifahrer, fragte sich Pia, als sie den Schildern folgte, die den Weg zu den Anhörungen wiesen. Hatte Zoë womöglich sogar aus Enttäuschung über den ANC die *National Party* gewählt?

Pia erinnerte sich, dass sie nach den Parlamentswahlen vor mehr als zwei Jahren einen Zeitungskommentar gelesen hatte, in dem es darum ging, dass der ANC trotz seines landesweiten Sieges die Wahl in der westlichen Kap-Provinz verloren hatte. Die Niederlage war darauf zurückgeführt worden, dass am Kap so viele Farbige lebten, die sich von der Politik des ANC ausgegrenzt fühlten.

Nein, Pia konnte und wollte sich nicht vorstellen, dass Zoë ihr eigenes Volk verriet, indem sie die weißen Rassisten unterstützte. Vermutlich war sie eine völlig unpolitische Frau, die genug mit ihrem Beruf und ihrem Privatleben zu tun hatte. Nicht anders als sie selbst.

Die Anhörungen fanden unter erhöhten Sicherheitsvorkehrungen statt, was in diesem Gebäude nicht besonders schwierig war, denn es handelte sich um ein Gefängnis. Die drei Männer, die heute hier aussagen würden, waren wegen ihrer Taten zunächst zum Tode verurteilt worden. Später hatte man dieses Urteil in dreißig- beziehungsweise fünfundzwanzigjährige Haftstrafen umgewandelt.

Der Redaktionsleiter hatte Pia vor ihrer Abreise erklärt, dass die Anhörungen in Durban weltweit besondere Beachtung finden würden, weil sie zu den ersten gehörten, in denen nicht die Opfer im Mittelpunkt stünden, sondern die Täter.

»Wenn sie ihre Verbrechen öffentlich eingestehen, können sie Amnestie beantragen. Allerdings nur unter einer Bedingung …«

»Ja, ich weiß«, hatte Pia ihn unterbrochen. »Sie müssen glaubhaft nachweisen können, dass ihre Tat politisch motiviert war.«

»Was in manchen Fällen sehr schwierig sein dürfte …«

»Allerdings. Die Bewilligung von Amnestie bei schweren Straftätern könnte dazu führen, dass die ganze Wahrheitskommission nicht mehr ernst genommen wird.«

»Trotzdem ist die Idee, die dahintersteckt, nicht schlecht …«

»Aber was hindert einen abgebrühten Mörder daran, im Nachhinein eine politische Motivation für das zu erfinden, was er verbrochen hat?«

»Diese Gefahr besteht natürlich. Und deshalb müssen die Anträge sehr genau untersucht werden.«

»Ich verstehe nicht, wie die Wahrheitskommission sich auf so was einlassen konnte.«

»Es geht den Leuten in der Kommission nicht nur um Wahrheit, sondern auch um Versöhnung. Unterschiedliche politische Gruppierungen sollen Frieden miteinander schließen, weil auf die Dauer nur so ein friedliches Zusammenleben in Südafrika möglich sein wird.«

»Um den Preis, dass zum Beispiel ein Kind mit ansehen muss, wie der Mörder seiner Mutter in der Nachbarschaft frei herumläuft?«

»Unter Umständen ja.«

»Das kann ich nicht begreifen.«

»Pia, Rache ist nicht das Ziel. Selbst die Opfer wollen meistens keine Rache.«

»Nein, aber Gerechtigkeit. Und dazu gehört auch eine gerechte Strafe.«

Pia hatte schon bei jenem Gespräch gedacht, dass es ihr schwerfallen würde, mit den drei Männern in einem Raum zu sitzen und sich anhören zu müssen, warum sie meinten, ein Recht auf Amnestie zu haben.

Als David Botha, Adriaan Smuts und Eugene Marais hereingeführt wurden, brach Pia der Schweiß aus. Sie wusste, dass die drei seit Jahren Mitglieder einer rechtsextremen Vereinigung waren, die die Buren als auserwähltes Volk ansah, das sich niemals unterwerfen würde, den englisch sprechenden Weißen nicht und den in ihren Augen minderwertigen Schwarzen schon gar nicht. Alle drei hatten einen Eid geschworen, dass sie für die Freiheit der Burennation kämpfen würden, selbst wenn sie dabei ihr eigenes Leben opfern mussten. Ihre Devise lautete, dass für jeden Weißen, der von einem Schwarzen umgebracht wurde, zehn Schwarze sterben mussten.

Nachdem im Oktober 1990 an einem Strand in Durban eine Gruppe von schwarzen Jugendlichen einige Weiße mit Messern angegriffen und dabei einen Weißen getötet hatte, handelten die drei Männer genau nach diesem Prinzip. Gleich am nächsten Tag attackierten sie einen mit Schwarzen besetzten Bus, indem sie ihn mit Maschinengewehrsalven durchlöcherten. Sie töteten sieben Menschen und verletzten siebenundzwanzig zum Teil schwer.

»Es war eine Kriegserklärung an die *National Party* und ihre Verbündeten, den ANC und die Kommunisten«, sagte David Botha, der in dieser Gegend der Anführer der Vereinigung gewesen war. »Wir mussten zum Gegenangriff übergehen, um ihnen zu zeigen, dass wir Übergriffe wie den am Strand nicht dulden würden.«

Pia war es ein Rätsel, wie man glauben konnte, die *National Party* und der ANC seien Verbündete. In ihren Augen war dies nur ein weiterer Beleg dafür, dass Leute wie David Botha einen völlig gestörten Realitätssinn hatten.

Eugene Marais begann nun wortreich zu erklären, dass er nach seiner Verhaftung eingesehen habe, was für ein furchtbares Verbrechen sie begangen hätten. Er versuchte, seiner Stimme einen reumütigen Klang zu geben, aber es gelang ihm nicht.

»Wir sollten die Vergangenheit vergessen. Was vorbei ist, ist vorbei. Das hat schon Präsident Nelson Mandela gesagt.«

Es ging ein Raunen durch den Raum. Der Mann neben Pia fluchte, dass dieser Verbrecher da vorne kein Recht habe, den Namen Mandela in den Mund zu nehmen.

»Gewalt kann die Probleme unseres Landes nicht lösen«, fuhr Eugene Marais fort, »weil Gewalt letztlich zum Untergang aller Menschen führt, nicht nur zur Auslöschung der Buren.«

Pia schrieb und schrieb. Keines dieser Wörter sollte ihr entgehen. Selten hatte sie es erlebt, dass sich jemand so schlecht verstellen konnte.

»Die Wahlen 1994 haben mich einsehen lassen, dass jedem Südafrikaner ein Platz in diesem Land zusteht.«

Am liebsten wäre Pia aufgestanden und hätte Eugene Marais ins Gesicht geschrien, was für ein Heuchler er sei. Er sprach die Sätze, die von ihm erwartet wurden, und gleichzeitig blickte er voller Verachtung auf seine schwarzen Wärter.

Die drei Verbrecher sahen sich an, und ein kaum merkliches Grinsen breitete sich auf ihren Gesichtern aus. Später würden David Botha und Adriaan Smuts ihrem Freund Eugene Marais vermutlich sagen, dass er seine Sache gut gemacht habe. Und dann würden sie weiter in ihrem Rassenhass schwelgen, dessen war Pia sich sicher.

Es war schon spät, als sie Jonathan endlich in seinem Hotel in Johannesburg erreichte. Er klang müde. Sein erster Fototermin gestern Morgen war geplatzt.

»Eine Ausstellungseröffnung, die verschoben wurde. Wenn ich das gewusst hätte, wäre ich mit einer späteren Maschine geflogen, und wir hätten wenigstens noch zusammen frühstücken können.«

»Schade ...«

»Ja.«

Sie schwiegen beide einen Moment lang. Pia schaute auf die Wand ihr gegenüber, eine weiße Wand, ohne Bild, ohne Fenster. *Mutter sitzt auf dem Sofa. Sie guckt auf die Wand. Groß und rund sind ihre Augen. Was ist da, Mama? Was siehst du auf der Wand? Sie sagt nichts. Sie guckt nur. Warum sagst du nichts, Mama? Ich will auch was sehen. Komm, ruft Zoë, komm, wir gehen in den Garten.*

Was sollten diese Bilder? Das vollgespuckte Bad, die weiße Wand. Sie erinnerte sich an nichts; sie sah nur plötzlich diese Bilder.

»Pia?«, hörte sie Jonathan rufen.

»Ja ...«

»Ich dachte schon, die Leitung sei unterbrochen worden.«

»Nein, entschuldige … ich … was hast du heute gemacht?«

»Ich habe bei den Anhörungen der Kommission in Pretoria fotografiert … Irgendwann werde ich das nicht mehr können …« Er brach ab.

Pia wusste nicht, ob er weinte.

»Wie war dein Tag?«, fragte er nach einer Weile.

Sie berichtete ihm von dem Auftritt der drei Männer. Jonathan erinnerte sich, dass er im Herbst 1990 sogar in New York von dem Angriff auf den Bus und den Morden an den Schwarzen gehört hatte.

»Meiner Meinung nach dürften sie niemals Amnestie bekommen«, sagte Pia.

»Werden sie auch nicht.«

»Woher weißt du das?«

»Die drei haben aus ihrem Rassismus nie ein Hehl gemacht, sie sind sogar stolz darauf; das ist allgemein bekannt. Niemand wird ihnen abnehmen, dass sie sich plötzlich zu demokratisch denkenden Menschen entwickelt haben.«

»Hoffentlich behältst du recht.«

Als Jonathan aufgelegt hatte, fiel Pia ein, dass sie ihm weder von der Township-Tour noch von den drei Zebras erzählt hatte.

Wieder schlief sie erst gegen Morgen ein und wachte anderthalb Stunden später schon wieder auf. Es war immer noch dunkel. Nachdem sie eine weitere Stunde damit verbracht hatte, sich von einer Seite auf die andere zu rollen, hielt sie es im Bett nicht mehr aus und stand auf. Beim Frühstück war sie so nervös, dass sie als Erstes die Blumenvase umstieß und anschließend Mühe hatte, ihren Tee zu trinken, ohne die Hälfte zu verschütten.

Was war es, was ihr so zusetzte?, fragte sich Pia, als sie in dem Toyota saß, den sie gestern Abend gemietet hatte, und zu den Anhörungen fuhr. Ging es ihr wie Jonathan, dass die Zeugenaussagen sie zermürbten? Im Vergleich zu ihm, der seit Monaten bei der Wahrheitskommission fotografierte, hatte sie noch nicht sehr viel aushalten müssen. Und in drei Tagen würde sie ihren letzten Anhörungsbericht schreiben. Dann war es für sie vorbei.

Nein, dachte Pia, nichts war für sie vorbei. Wenn Zoë noch lebte und sie sie finden würde, musste sie darauf gefasst sein, dass sie eine weitere Geschichte von Unterdrückung und Erniedrigung, von Hunger und Armut, vielleicht sogar von Gewalt und Mord erfuhr. Eine Geschichte, die sie nicht als Journalistin in einem Artikel zusammenfassen müsste, sondern eine, die sich in ihr eigenes Leben mischen würde, ob sie es wollte oder nicht. Zoë hatte ein Kind, eine Tochter oder einen Sohn, und das hieß, sie, Pia, hatte eine Halbschwester oder einen Halbbruder. Zum ersten Mal wagte sie es, diese Wörter zu denken, die so fremd waren und die ihre ganze bisherige Existenz ein Stück weit in Frage stellten.

Dies war der Tag der Opfer. Nacheinander traten sie vor und berichteten, wie ihr Bus von David Botha, Adriaan Smuts und Eugene Marais angegriffen worden war und welche Verletzungen sie erlitten hatten. Hinterbliebene sprachen von den Angehörigen, die sie bei dem Anschlag verloren hatten. Pia fiel auf, dass fast alle Zeugen es vermieden, den drei Männern, die ihr Leben zerstört hatten, in die Augen zu sehen.

»Es war Mord, nichts als Mord«, rief einer der Zeugen, der bei dem Angriff seinen rechten Arm verloren hatte. »Unschuldige Menschen zu töten hat nichts mit Politik zu tun.«

In der Mittagspause versuchte Pia vergeblich, in dem Gefängnisgebäude ein Telefon zu finden. Sie lief nach draußen auf die Straße und entdeckte schließlich nach zehn Minuten eine Telefonzelle, die sogar funktionierte.

Die Nummer vom District-Six-Museum kannte sie mittlerweile auswendig. Zum Glück war Sophie gleich am Apparat.

»Nein, wir haben bisher nichts Neues über Zoë Shenton herausfinden können.«

»Aber Sie haben doch gesagt, dass Bonteheuwel viel kleiner sei als Mitchell's Plain ...«

»Ja, sicher, nur wenn sie nicht mehr in Bonteheuwel lebt, können wir sie dort auch nicht finden.«

»Nein ... natürlich nicht ...«

»Melden Sie sich, wenn Sie wieder in Kapstadt sind. Vielleicht wissen wir ja dann mehr.«

»Ja ... danke.«

Pia legte auf und ging langsam zu dem Gefängnisgebäude zurück. Sie würde Zoë nicht finden. Es war alles umsonst gewesen.

Wie durch einen Schleier nahm sie den Anwalt der drei Männer wahr, der erklärte, seine Mandanten seien Mitglieder einer politischen Vereinigung und hätten die Tat aus einer politischen Überzeugung heraus begangen.

»Es handelte sich nicht um einen blindwütigen Akt, sondern um die Reaktion auf einen Anschlag, den Schwarze am Tag zuvor auf eine Gruppe von unschuldigen Weißen begangen hatten. Dabei kam ein Weißer ums Leben.«

»Und wir? Sind wir schon deshalb nicht unschuldig, weil wir Schwarze sind?«, rief einer der Zeugen.

In Pias Kopf begann sich alles zu drehen. Ihr war plötzlich heiß, und sie spürte, wie ihr Puls immer schneller ging.

»Entschuldigen Sie ... mir ist nicht gut«, sagte sie zu der Frau neben ihr, einer jungen Inderin, die sie nach der Pause freundlich angelächelt hatte.

»Soll ich Ihnen ein Glas Wasser holen?«

Pia nickte.

Nach wenigen Minuten war die Inderin wieder da. Sie reichte ihr das Wasser. »Vielleicht gehen Sie besser einen Moment nach draußen. Hier ist es sehr stickig.«

»Nein, ich ... ich darf nichts verpassen.«

»Schreiben Sie für eine Zeitung?«

»Ja ...«

Pia trank das Wasser in einem Zug aus und machte die Augen zu. Es ging ihr schon wieder besser. Sie hätte in der Mittagspause etwas essen sollen, anstatt nach einer Telefonzelle zu suchen.

»Jetzt kommt der Anwalt der Opfer«, flüsterte die Inderin ihr zu.

Er plädierte dafür, dass David Botha, Adriaan Smuts und Eugene Marais keine Amnestie gewährt werden dürfe, weil es sich nicht um eine politisch motivierte Tat gehandelt habe. Die drei Männer seien von einem Hass auf Schwarze erfüllt, und dieser Hass habe sie dazu veranlasst, auf einen Bus mit Schwarzen zu schießen.

»Sie haben sie nicht getötet, weil sie ein politisches Ziel verfolgten. Sie haben sie getötet, weil sie schwarz waren.«

Als Pia später zum Hotel zurückfuhr, fragte sie sich, inwieweit sich das überhaupt voneinander trennen ließ. Ein rechtsextremer Bure, der an die Überlegenheit seiner Rasse glaubte, würde sein Verständnis von Politik doch gerade darüber definieren, dass die Schwarzen ausgerottet oder zumindest unterworfen werden müssten.

Am nächsten Morgen verließ Pia Durban schon um halb sieben. Heute fanden Anhörungen in Port Shepstone statt, etwa hundert Kilometer südlich von Durban.

Ihr Redaktionsleiter hatte es ihr freigestellt, ob sie die Fahrt nach Port Shepstone auf sich nehmen oder die Zeit dazu nutzen wollte, ihren Bericht über die zweitägigen Anhörungen in Durban zu schreiben. Aber sie war noch in der Nacht mit ihrem Artikel fertig geworden. Und da sie wieder nicht länger als ein paar Stunden schlafen konnte, hatte sie morgens um fünf kurzerhand beschlossen, nach Port Shepstone zu fahren.

An der breiten Küstenstraße reihte sich ein Urlaubsort an den nächsten. In der Morgendämmerung hatten die verlassenen Strände etwas Gespenstisches an sich.

Gestern Abend hatte sie mehrmals versucht, Jonathan in seinem Hotel zu erreichen; sie hatte sogar eine Nachricht für ihn hinterlassen, aber er hatte nicht zurückgerufen. Vielleicht hatte er sehr lange arbeiten müssen oder war mit seinen Kollegen essen gegangen, oder er hatte nicht das Bedürfnis gehabt, schon wieder mit ihr zu telefonieren. Schließlich war er ihr gegenüber keine Rechenschaft schuldig, wie er seine Abende in Johannesburg, Pretoria oder sonst wo verbrachte.

Warum hatte sie ihn bisher nicht gefragt, ob er in einer festen Beziehung lebte? Weil er sie auch nicht gefragt hatte und sie sich keine Blöße geben wollte? Warum interessierte es ihn nicht, ob sie verheiratet war oder einen Partner und möglicherweise sogar ein Kind hatte? Weil es ihm entgegenkam, nichts darüber zu wissen? Weil es auf diese Weise leichter war, die Unverbindlichkeit zwischen ihnen aufrechtzuerhalten?

Sie musste aufpassen, dass sie nicht zu große Erwartungen in Jonathan setzte. Von daher war es gut, dass sie in diesen Tagen in verschiedenen Städten zu tun hatten und nicht zusammen sein konnten, sosehr sie das auch bei ihrem Abschied am Sonntagmorgen bedauert hatte. Von jetzt an würde sie sich etwas vorsichtiger verhalten, um gegen eine mögliche Enttäuschung gewappnet zu sein.

Es waren Frauen, die an diesem Mittwoch in Port Shepstone vor der Wahrheitskommission aussagten. Sie beklagten den Tod ihrer Söhne und Männer, die wegen ihrer ANC-Mitgliedschaft ermordet worden waren, nicht von den Todesschwadronen der Apartheid-Regierung und auch nicht von rechtsextremen Buren, sondern von Schwarzen, die der Inkatha-Freiheitspartei unter Chief Buthelezi angehörten. Angeblich hatten die Täter die Waffen von der Regierung bekommen.

Wie sollte dieses Land jemals in Frieden leben können, dachte Pia auf dem Rückweg nach Durban. Es gab so viele unterschiedliche politische Gruppierungen, die seit Jahrzehnten miteinander verfeindet waren und sich durch Attentate und Massaker schuldig gemacht hatten. Auch wenn die Wahrheitskommission noch so sehr um Versöhnung bemüht war, die Auswirkungen dieser Taten würden in zukünftigen Generationen fortleben, wenn nicht als offene Wunden, dann als Narben, die einen Verlust markierten und immer wieder Schmerzen verursachten.

An der Rezeption überreichte man ihr eine Mitteilung von Jonathan. Er dankte ihr für ihre Nachricht und kündigte an, dass er zwischen acht und neun wieder anrufen würde.

Pia nahm den Zettel und ging auf ihr Zimmer. Sie war erleichtert, dass Jonathan sich gemeldet hatte, und gleichzeitig dachte sie an das, was ihr morgens auf der Fahrt nach Port Shepstone durch den Kopf gegangen war. So schwer es ihr auch fiel, sie würde zwischen acht und neun im indischen Hotelrestaurant essen. Morgen Abend war sie zurück in Kapstadt. Da hatte sie immer noch Zeit genug, um mit Jonathan zu sprechen.

Er versuchte es wieder um kurz nach elf. Pia lag im Bett und blickte an die Decke. Sollte Jonathan denken, was er wollte. Dass sie einen festen Schlaf hatte oder noch in der Stadt unterwegs war oder an der Hotelbar stand und sich Lebensgeschichten von Menschen wie Pauline anhörte.

Als das Klingeln aufhörte, hatte sie das vage Gefühl, etwas falsch gemacht zu haben. Wahrscheinlich war er jetzt besorgt, weil sie sich nicht meldete.

Warum gelang es ihr nicht, sich vorbehaltlos auf eine Beziehung einzulassen? Es war in ihrem Leben immer dasselbe gewesen. Jedes Mal, wenn sie sich verliebt hatte, waren ihr nach kurzer Zeit Bedenken gekommen, ob der andere es wirklich ernst mit ihr meinte. Bevor sie Klaus begegnet war, hatte sie fast die Hoffnung aufgegeben, dass sie jemals einen Partner finden würde. Vielleicht war das der Grund gewesen, warum sie sich mit allem, was Klaus verlangte, arrangiert hatte.

Sie schlief ein, wachte aber schon um Viertel nach zwei wieder auf. Während sie sich ein Mineralwasser aus ihrer Minibar holte, sah sie Jonathan vor sich, wie er sie fragte, ob sie ihre Abreise nach Hamburg nicht verschieben könne. Und da bereute sie es, dass sie den Hörer nicht abgenommen hatte.

Am nächsten Morgen rief sie um halb acht in seinem Hotel in Johannesburg an, doch er hatte es bereits verlassen.

Es gelang Pia nur mit Mühe, dem Fall zu folgen, der an diesem Vormittag vor dem Gericht in Durban verhandelt werden sollte. Dirk Coetzee, ehemaliger Kommandeur einer Todesschwadron, war kurz zuvor verhaftet worden und wurde an diesem Tag, zusammen mit zwei Kollegen, des Mordes an einem schwarzen Anwalt angeklagt. Nach Verlesen der Anklageschrift wurde der Fall sofort vertagt, weil Coetzee den Mord gestanden und dafür Amnestie beantragt hatte. Der Vorsitzende des

Gerichts verkündete, dass das Verfahren erst am 2. Dezember, nach einer Amnestie-Anhörung, wiederaufgenommen werde.

»Wenn Coetzee Amnestie bekommt, wird ein Aufschrei durch das ganze Land gehen«, sagte der Journalist, der neben Pia saß. »Er hat unzählige Menschen auf bestialische Weise ermordet.«

Pia nickte. Sie hatte die Berichte über Coetzees Folter- und Tötungsmethoden gelesen. Am liebsten röstete er seine Opfer am Spieß, während auf dem Grill daneben seine Steaks brieten.

Sie war erschöpft und hätte das Schreiben ihres Artikels gern auf morgen verschoben, aber sie wusste, dass die Redaktion dringend auf den Coetzee-Bericht wartete.

Nachdem sie den Text nach Hamburg gemailt hatte, fuhr sie ans Meer und schaute aufs Wasser hinaus. Ihr Flug nach Kapstadt ging in zwei Stunden. Wenn sie dort ankam, blieb ihr noch genau eine Woche in diesem Land. Eine Woche, in der sich vieles entscheiden würde.

11

Die Maschine landete pünktlich um zwanzig Uhr fünfzig in Kapstadt, und diesmal war Pia die Erste, die ihren Koffer vom Band zog.

Sie wollte gerade an den Schalter der Autovermietung gehen, als sie Jonathan auf sich zulaufen sah. Einen Moment lang war sie so überrascht, dass sie sich nicht vom Fleck rühren konnte.

»Wie gut, dass du wieder da bist«, sagte er und küsste sie. »Ich habe mir solche Sorgen um dich gemacht.«

»Woher wusstest du, mit welcher Maschine ich zurückkommen würde?«

»Du hattest gesagt, dass du abends wieder in Kapstadt wärst. So viele Flüge aus Durban gibt es nicht.«

Er nahm sie in die Arme und drückte sie. Pia spürte, wie sich etwas in ihrem Innern zusammenzog. Hätte sie nur gestern Abend den Hörer abgenommen.

»Ich habe dich vermisst«, flüsterte er. »Hast du wenigstens meine Nachrichten erhalten?«

»Ja, aber …«

»Ich hatte so gehofft, dass du dich melden würdest …«

»Als ich heute Morgen in deinem Hotel in Johannesburg angerufen habe, warst du schon weg. Und gestern Abend … habe ich in der Hotelbar gesessen und noch was getrunken … es war ein sehr anstrengender Tag … und dann war es irgendwann zu spät, dich zurückzurufen …«

Warum log sie ihn an? Warum sagte sie ihm nicht einfach, dass sie auf der Hut war, weil sie Angst hatte, enttäuscht zu werden?

Pia versuchte zu lächeln. Jonathan lächelte zurück, aber in seinem Blick lag etwas Zögerndes. Ob er ihr glaubte? Sie war sich nicht sicher.

Als Pia am nächsten Morgen um sechs Uhr aufwachte, schlief Jonathan noch. Die Stirnfalten, die sie vor dem Einschlafen bei ihm bemerkt hatte, waren verschwunden.

Sie hatten noch lange in seiner Küche zusammengesessen und Wein getrunken. Er hatte ihr von den Anhörungen in Pretoria erzählt und sie ihm von ihren Erfahrungen in Durban und Port Shepstone. Sie hatten einander sehr genau zugehört, und trotzdem war es Pia so vorgekommen, als ob sich zwischen ihnen etwas verändert hatte. Vielleicht war ihnen die Nähe verlorengegangen.

Als er sie gefragt hatte, ob sie für die Zeit bis zu ihrem Abflug nach Hamburg bei ihm wohnen wolle, statt ins Hotel zu ziehen, hatte sie sofort abgewunken. Sie brauchte einen Raum, um sich zurückzuziehen.

Nach dem Frühstück schlug Jonathan vor, nachmittags eine Fotoausstellung in der South African National Gallery zu besuchen. Den Fotografen Jürgen Schadeberg, einen Berliner, der unter anderem in Hamburg unterrichtet hatte, seit Anfang der fünfziger Jahre in Südafrika lebte und dessen Fotos das Land in all seinen Facetten widerspiegelten, kannte Pia nicht, aber sie war erleichtert über die Aussicht, sich gemeinsam etwas anzusehen und nicht einfach nur zu reden.

Eine halbe Stunde später parkte Pia ihren Wagen vor dem *Vineyard Hotel*. Sie hatte beschlossen, hier wieder ein Zimmer zu beziehen, obwohl sie die Kosten von jetzt an selbst tragen musste und sonst nie in so teuren Hotels wohnte. Aber sie hatte nicht die Kraft, sich eine andere Unterkunft zu suchen; außerdem fühlte sie sich sicher an diesem Ort.

Auch ihr neues Zimmer hatte einen Blick auf den Tafelberg. Pia zog die Schuhe aus und warf sich auf ihr Bett. Dann wählte sie die Nummer des District-Six-Museums, um sich zu erkundigen, ob es etwas Neues gab. Charlie teilte ihr in ziemlich barschem Ton mit, dass er es nicht wisse.

»Hat Sophie nichts zu Ihnen gesagt?«

»Hören Sie, ich habe auch noch was anderes zu tun, als mir über Ihre Zoë Shenton Gedanken zu machen.«

»Natürlich.« Es fiel Pia schwer, Charlie gegenüber freundlich zu bleiben.

»Rufen Sie aus Kapstadt an?«

»Ja … Bitte sagen Sie Sophie, dass sie mich jetzt wieder im *Vineyard Hotel* erreichen kann.«

»Wie lange noch?«

»Eine knappe Woche …«

»Machen Sie sich keine allzu großen Hoffnungen.«

»Bestimmt nicht.«

Als Pia aufgelegt hatte, fühlte sie sich ungeheuer erschöpft und leer. Sie hatte keinen Job mehr zu erledigen, die Suche nach Zoë stagnierte, ihr Treffen mit Jonathan war erst in fünf Stunden. Einen Augenblick lang wünschte sie, sie wäre in Hamburg und nicht in dieser fremden Stadt.

Wie fremd sie ihr war, merkte sie wieder, als sie eine Stunde später ziellos am Fuße des Tafelbergs entlangfuhr. Sie hatte nicht die geringste Erinnerung an diesen Berg mit seinem langgestreckten Plateau, den schroffen Felswänden und den vereinzelten Pinien.

Sie stellte ihren Wagen auf dem Parkplatz am Rhodes Memorial ab und ging zur Aussichtsplattform hinüber. Lange stand sie da und blickte auf die Häuser und die beiden Meere hinunter. Sie erkannte nichts wieder, absolut nichts. Alles, was sie wusste über diese Stadt, hatte sie in den letzten zwölf Tagen erfahren. In der Ferne, unter einer dunstigen Glocke, lag Mitchell's Plain, wo Sophie Davies lebte; Observatory, wo sie die Nacht verbracht hatte, war vergleichsweise nah; Bonteheuwel lag irgendwo dazwischen.

Pia machte die Augen zu, weil sie plötzlich den Anblick dieser unvertrauten Weite nicht mehr ertragen konnte. Und da hörte sie es wieder, das Gurren der Tauben. Immer dieselbe Tonfolge, immer derselbe jazzige Rhythmus. Als wollten die Tauben sie darauf hinweisen, dass sie sehr wohl etwas erinnerte vom Leben in dieser Stadt.

Sie setzte sich in den nahe gelegenen Teegarten und bestellte Stachelbeerkuchen. Die Stachelbeeren waren nicht grün, sondern gelborange, ihre Haut war nicht pelzig, sondern glatt, und sie schmeckten auch nicht wie europäische Stachelbeeren. Ihre Zunge prüfte die Säure der Haut, das Bittere der Kerne und die gleichzeitige Süße im Saft. Sie kannte nichts Vergleichbares. Stachelbeeren vom Kap waren bei ihr zu Hause nicht serviert worden.

Am Nebentisch wurden Stimmen laut. Ein jüngerer Weißer warf einem älteren vor, immer noch nichts begriffen zu haben vom Wandel in Südafrika, wenn er die Politik der *affirmative action* als umgekehrten Rassismus bezeichne.

»Was soll es denn sonst sein?«

»Hier geht es um Gerechtigkeit.«

»Gerechtigkeit für wen?«

»Für die Mehrheit der Bevölkerung.«

»Du weißt überhaupt nicht, wovon du sprichst«, sagte der ältere und zündete sich eine Zigarette an.

»Wird es nicht allmählich Zeit, dass du dich an den neuen Status quo gewöhnst?«

»Lieber wandere ich aus.«

»Eines verstehe ich nicht«, sagte der Jüngere und versuchte zu lächeln. »Es müsste dich doch auch erleichtern, wieder Bürger eines Landes zu sein, das aufgrund seiner demokratischen Regierung von der Welt akzeptiert wird.«

»Weißt du, was du bist?«, sagte der Ältere und legte einen Geldschein auf den Tisch. »Ein Verräter bist du.«

Dann stand er auf und verließ den Teegarten, ohne sich noch einmal umzusehen.

»Vater!«, rief der Jüngere hinter ihm her, aber er folgte ihm nicht.

Die zwei schwarzen Kellnerinnen sahen sich an, ohne eine Miene zu verziehen.

Pia zahlte und ging zu ihrem Wagen zurück. Der ältere Mann saß in seinem Range Rover und telefonierte bei laufendem Motor. Ihre Blicke trafen sich; er war der Erste, der wegsah.

In diesem Augenblick kam der Sohn auf ihn zugelaufen und wollte auf der Beifahrerseite einsteigen. Doch bevor er die Tür öffnen konnte, fuhr der Vater los.. Der Sohn schaute fassungslos hinter ihm her.

»Kann ich Sie irgendwohin mitnehmen?«, fragte Pia.

»Danke, nicht nötig«, antwortete er kühl und setzte sich zu Fuß in Bewegung.

»Wie Sie wollen«, murmelte sie und legte den Rückwärtsgang ein.

Der Wortwechsel zwischen Vater und Sohn ging Pia noch durch den Kopf, als sie schon längst wieder die Hauptstraße erreicht hatte. Für den Bruchteil einer Sekunde sah sie ihren Vater und sich in diesem Teegarten sitzen und streiten über richtige und falsche Wege im neuen Südafrika. Was sie erschreckte, war, dass sie nicht wusste, ob sie selbst die Position des Sohnes einnehmen könnte. Vielleicht würde sie, wenn sie hier aufgewachsen wäre, zur Gruppe der ewig gestrigen Weißen gehören, die zu nichts anderem in der Lage waren, als den Verlust ihrer Privilegien zu betrauern. Oder sie wäre ausgewandert, so wie Jonathan, und hätte es in Kauf nehmen müssen, dass ihre Eltern nichts mehr von ihr wissen wollten. Oder das Leben hier hätte sie dazu motiviert, politisch aktiv zu werden und in ihrem Kampf für die Befreiung dieses Landes tatsächliche Risiken einzugehen. Als Folge davon hätte sie sich unter Umständen für immer von ihren Eltern getrennt, hätte sie als rassistische Ausbeuter verurteilt, die nichts anderes verdienten, als dass man sie schnitt.

Wieder kam sie durch Rondebosch. Pia zögerte, bevor sie beschloss, anzuhalten und noch einmal durch diesen Stadtteil zu laufen. Möglicherweise hatte sie bei ihrem ersten Versuch zu schnell aufgegeben. Wenn es etwas gab in Kapstadt, was ihr nicht völlig fremd war, dann das Wort Rondebosch.

Vom Parkplatz eines kleinen Supermarktes aus durchquerte sie ein Einkaufszentrum und bog in eine Seitenstraße ab, an der sie neulich, bei ihrem ersten Rundgang, vorbeigegangen war.

Nach ein paar Minuten sah sie eine kleine, geschwungene Holzbrücke, die über einen Kanal führte. Am Ufer stand eine Trauerweide, unter der zwei Perlhühner saßen und gackerten. Irgendetwas an der Brücke, dem Wasser und der Weide kam ihr bekannt vor.

Sie ging eine Weile am Kanal entlang; dann bog sie ein paarmal ab, bis sie wieder vor der Brücke stand. Sie schaute sich um und entdeckte hinter einer hohen Hecke ein altes, gelbgestrichenes Haus, das von einem Ahorn überragt wurde. Im ersten Stock stand eine junge Frau am offenen Fenster und schüttelte eine Tischdecke aus.

Das war es, das war das Haus, in dem sie vier Jahre lang gelebt hatte. Sie suchte nach einem Straßenschild, als ob sie sich durch einen Namen vergewissern wollte, dass ihre Erinnerung sie nicht trog. Roslyn Road las sie auf der gegenüberliegenden Straßenseite, und sofort fiel ihr Rosalind ein, ein Name, der ihr immer vertraut gewesen war, obwohl sie nie jemanden gekannt hatte, der so hieß. Roslyn, Rosalind.

Sie ging an der Hecke entlang, bis sie eine schmale Lücke entdeckte, die den Blick in den Garten freigab. Zoës Schuppen war verschwunden. An seiner Stelle stand jetzt eines dieser Holzhäuschen, die in jedem Gartenzentrum angeboten wurden.

»Suchen Sie jemanden?«, fragte eine Frauenstimme auf der anderen Seite der Hecke.

Pia zuckte zusammen. Ein Augenpaar in der Heckenlücke sah sie prüfend an.

»Nein, ich ... ich habe früher mal in diesem Haus gelebt.«

»Aha ...«

Das Augenpaar verschwand. Kurz darauf winkte ihr die junge Frau, die sie vorhin am Fenster gesehen hatte, vom Gartentor aus zu, dass sie näher kommen solle. Während sie auf die Frau zuging, wurde ihre Kehle plötzlich trocken.

»Entschuldigen Sie, dass ich hier einfach so auftauche und in Ihren Garten starre.«

Die Frau lächelte sie an. »Wollen Sie sich das Haus ansehen?«

Pia schluckte. Mit dieser Möglichkeit hatte sie nicht gerechnet.

»Nicola Saunders«, sagte die Frau und streckte ihr die Hand entgegen.

»Mein Name ist Pia Lessing.«

»Wann haben Sie hier gelebt?«

»Von 1962 bis 1966.«

»Kommen Sie.«

Als Erstes bemerkte sie die hellen Wände im Innern des Hauses. So hell war es damals nicht gewesen. Nicola Saunders führte sie in ein mit Rattanmöbeln eingerichtetes Wohnzimmer, das sie an nichts erinnerte, genauso wenig wie der Blick auf den Rasen, die Rosen und einen Magnolienbaum.

»Wir haben vor drei Jahren, als wir hier eingezogen sind, den ganzen Garten neu anlegen lassen.«

»Stand der alte Schuppen noch da?«

»Ja. Ein widerliches Ding. Die früheren Hausbesitzer haben dort anscheinend ihre Haushaltshilfe schlafen lassen. Der Boden war mit Zeitungen ausgelegt, die über zehn Jahre alt waren.«

Sie gingen in den Flur zurück, und erst jetzt sah Pia die weißgrau gemaserte Treppe.

Klack, klack machen ihre Schuhe auf der kalten Treppe. Klack, klack. Klack, klack. Vater mag keine lauten Schuhe. Mutter mag keine kalten Treppen.

»Die Marmortreppe haben wir drin gelassen. So was ist ja heute nicht mehr zu bezahlen.« Nicola Saunders zeigte nach oben. »Möchten Sie Ihr altes Zimmer sehen?«

Pia nickte und folgte ihr auf fast lautlosen Gummisohlen.

»Welches war's?«

»Die zweite Tür rechts.«

Sie öffnete die Tür, und Pia trat in einen sonnigen Raum, in dem eine Staffelei stand.

»Hier arbeite ich.«

Sie sah sich vorsichtig um, so, als müsste sie sich vor unerwünschten Entdeckungen schützen. Doch das einzig Bekannte in diesem Zimmer war der Blick auf die Brücke, das Wasser, die Weide.

Beim Hinuntergehen betrachtete sie die Maserung des Marmors und stutzte, als sie auf der vorletzten Stufe deutlich die Umrisse einer Katze erkannte. *Ich sitze auf der Treppe und streichele die Katze. Eine grauweiße Katze. Meine Katze. Zwi-*

schen den Augen hat sie einen Fleck, einen weißen Fleck. Ich streichele den grauen Kopf mit dem weißen Fleck. Ich streichele die grauweiß gestreiften Beine, die grauen Pfoten, den weißen Schwanz mit der grauen Spitze, den weißen Rücken. Meine Katze ist klein, ganz klein. Eine Babykatze, sagt Zoë. Wo ist eine Katze?, ruft Mutter und rümpft die Nase. Eine Katze kommt mir nicht ins Haus.

»Ist Ihnen nicht gut?«

Pia schaute hoch und blickte in das besorgte Gesicht von Nicola Saunders.

»Möchten Sie sich setzen?«

»Nein danke. Ich ... Ihr Haus hat mich gerade an etwas erinnert, was ich längst vergessen hatte.«

»Wie alt waren Sie, als Sie ausgezogen sind?«

»Vier.«

Nicola Saunders lächelte. »Ich war sechs, als wir Südafrika verlassen haben.«

»Wann war das?«

»1976.«

Dasselbe Jahr, in dem auch Jonathan ausgewandert war. Pia warf einen letzten Blick auf die Katze, bedankte sich dafür, eingelassen worden zu sein, und ging langsam zu ihrem Wagen zurück.

Auf der Fahrt zum Hotel fragte sie sich, warum sie nicht noch geblieben war. Nicola Saunders schien es nicht besonders eilig gehabt zu haben; sie hätte ihr vermutlich gern ihre Geschichte erzählt, eine weitere Rückkehrergeschichte. Aber Pia war zu sehr mit ihrer eigenen Geschichte beschäftigt, um fremde Geschichten hören zu können.

Als sie auf ihrem Bett lag, tauchte wieder das Bild der Marmorkatze vor ihren Augen auf. Jahrelang hatte sie als Kind in Hamburg darum gekämpft, eine Katze zu bekommen. Sie hatte Katzenjunge in ihr Zimmer geschmuggelt, eine verletzte Katze im Keller gepflegt und wilde Katzen im Garten gefüttert. Ihre Mutter hatte sie für jede Katze bestraft. Anfangs wurde ihr nur das Taschengeld gestrichen, dann ließ sie sie abends allein im Haus, wenn Pias Vater verreist war und sie ins Konzert ging; später hatte sie ihre Lieblingspuppe weggeworfen. Erst als sie Pia drohte, dass sie sie in ein Heim geben würde, wenn sie es wagte, noch einmal eine Katze anzuschleppen, hörte sie damit auf. Acht oder neun musste sie damals gewesen sein. Sie erinnerte sich, dass sie tagelang geweint hatte. Ihre Klassenlehrerin, Frau Schubert, fragte sie irgendwann nach der Stunde, was mit ihr los sei. Sie wusste nicht, was sie ihr antworten sollte, denn sie konnte ihr ja nicht erzählen, dass ihre Mutter sie in ein Heim geben wollte. Schließlich sagte sie, dass ihre Katze tot sei, was insofern richtig war, als ihr Traum von einer Katze gestorben war. Frau Schubert strich ihr über den Rücken und sagte, dass sie sich sehr gut vorstellen könne, wie traurig sie sei. Sie habe auch schon mal eine geliebte Katze verloren. Vielleicht würde ihr ja eines Tages jemand eine neue Katze schenken. Pia schüttelte den Kopf. Eine neue Katze würde es nie geben, und dabei war es bis heute geblieben. Seit fünfzehn Jahren hatte sie ihr eigenes Zuhause; in dieser Zeit hatte sie kein einziges Mal darüber nachgedacht, ob sie sich eine Katze anschaffen sollte. Da gab es keine traurige Erinnerung und keine Sehnsucht. Katzen gehörten nicht zu ihrer Welt. Erst jetzt begriff Pia, dass ihre Mutter damit genau das erreicht hatte, was sie erreichen wollte: die Abtötung eines Wunsches.

Warum war an diesem Punkt ihre Kühle Pia gegenüber in regelrechte Grausamkeit umgeschlagen? Weil sie es nicht ertrug, dass Pia etwas Warmes, Weiches in ihrer Nähe haben wollte und sie ihr all dies nicht geben konnte? Weil sie spürte, dass Pia Zoë nachtrauerte und alles, was mit Zoë zu tun hatte, ausgelöscht werden sollte?

Auf einmal schossen Pia Tränen in die Augen. Zoë war oft fröhlich gewesen. Wenn sie lachte, kamen lauter glucksende Laute aus ihrer Kehle. Ihre Mutter hatte nie gelacht.

Sie musste Zoë finden. Sie musste wenigstens einmal mit ihr sprechen. Aber die Chancen standen schlecht. Ihr blieb nichts anderes übrig, als abzuwarten und den Mut nicht zu verlieren. Und sie hatte bereits begonnen, ihn zu verlieren.

Wie würde es sein, wenn sie am nächsten Donnerstag ins Flugzeug stieg, mit dem Wissen, dass alles vergebens gewesen war? Würde sie versuchen, diese Wochen aus ihrem Gedächtnis zu streichen und so weiterzuleben, als sei nichts gewesen? Nein, der Drang, Zoë doch noch zu finden, würde sie immer wieder in dieses Land zurücktreiben. Sie sah sich schon in fünf, zehn, fünfzehn Jahren durch Kapstadt laufen und wildfremde Leute auf Zoë Shenton ansprechen. Man würde sich vielsagende Blicke zuwerfen, denn man kannte sie mittlerweile, diese besessene Deutsche, die ihre farbige Nanny suchte. Erst wenn sie sie gefunden hatte, würde sie in ihr Leben zurückkehren können. Doch was würde von diesem Leben noch übrig sein? Würde sie feststellen, dass die Suche ihr Leben geworden war?

Pia stand auf und öffnete die Terrassentür. Es wurde dringend Zeit, dass sie Distanz gewann zu dem, was sie hier tat. Wenn sie Zoë in den nächsten sechs Tagen nicht gefunden hatte, würde sie einen Schlussstrich unter die ganze Sache ziehen und ein für alle Mal nach Deutschland zurückkehren.

Ein für alle Mal? Pia holte tief Luft. Und Jonathan? Hatte sie sich innerlich schon so weit von ihm entfernt, dass er in ihren Überlegungen gar nicht mehr vorkam?

Er wartete vor dem Eingang zur South African National Gallery. Bereits von weitem sah sie seine dünne Gestalt, seine dunklen Locken und seine Kamera.

Als er sie entdeckt hatte, winkte er, kam ihr aber nicht entgegen.

Sie lief auf ihn zu, umarmte ihn und gab ihm einen Kuss. Sein überraschter Blick entging ihr nicht.

»Hast du nicht mit mir gerechnet?«

»Doch, doch …«

Er nahm ihren Arm, und gemeinsam betraten sie das Gebäude. Pia fiel sofort das Plakat ins Auge: ein Mann und eine Frau, die so wild tanzten, dass sie in der Luft zu schweben schienen. *Jürgen Schadeberg. Schwarz-Weiß-Fotos aus vier Jahrzehnten.* Die Ausstellung war erst gestern eröffnet worden.

»Kennst du ihn?«

»Ja … das heißt, ich bin ihm einmal begegnet, vor sechs Monaten, in Johannesburg. Er ist ein Mensch, der sehr genau hinsieht.«

Das Foto, das Pia traf wie ein Schlag, hing hinten links in der Ecke. Es zeigte endlose Reihen von ausgehobenen Gräbern, neben denen vereinzelte Gruppen von Menschen standen. Im Hintergrund näherten sich weiße Lastwagen, auf denen Särge gestapelt waren. *Sharpeville, 1960* lautete die Bildunterschrift. Es war das Jahr, in dem ihre Eltern nach Südafrika gezogen waren.

»An dem, was in Sharpeville geschehen ist, hat sich mein erster Streit mit meinem Vater entzündet«, hörte sie Jonathan leise hinter sich sagen. »Er fand die Erschießungen der Schwarzen gerechtfertigt, weil sie sich gegen das Tragen der Pässe aufgelehnt hatten. Als ich ihm sagte, dass die Pässe menschenunwürdig seien, weil darin festgelegt werde, wo sich jemand aufhalten dürfe und wo nicht, antwortete er, dass man die Schwarzen nur so in den Griff bekommen würde. ›Mit dieser Haltung unterstützt du eine Diktatur, in der Menschen gefoltert und getötet werden‹, schrie ich ihn an. ›Ich habe es nicht nötig, mich von dir beleidigen zu lassen‹, sagte er und ließ mich stehen. Nachdem er gegangen war, brach ich in Tränen aus, nicht, weil ich mich dafür schämte, dass mein Vater so wenig Einsicht zeigte, sondern weil wir uns zum ersten Mal in meinem Leben gestritten hatten.«

»Wann hast du aufgehört, deinen Vater zu lieben?«

»Ich weiß es nicht … vielleicht nie … trotz allem, was passiert ist …«

Sie gingen weiter, jeder für sich. Die Ausstellung war schlecht besucht. Ein paar Meter von Pia entfernt hockten zwei junge Japanerinnen und machten sich Notizen. Ab und zu tuschelten sie miteinander, so, als ob dies ein heiliger Raum sei, in dem sich ein Gespräch in normaler Lautstärke nicht gehörte.

Der einzige andere Besucher war ein alter Mann, der jetzt vor dem Foto von Sharpeville stand, das hieß, er stand schon länger dort, ohne sich zu rühren. Pia sah immer wieder zu ihm hin. Irgendetwas an seinem Gesichtsausdruck erinnerte sie an ihren Vater.

Er musste gemerkt haben, dass sie ihn beobachtete, denn er schaute plötzlich zu ihr herüber und nickte ihr zu, als würde er sie von irgendwoher kennen. Pia blickte auf ihre Füße und ging weiter zum nächsten Bild.

Als sie am Ende der Ausstellung angekommen war, kehrte sie noch einmal zu dem Sharpeville-Foto zurück. Eine unendliche Stille schien über diesen schwarzen, rechteckigen Löchern zu liegen, so als hätten all jene, die hier an einem Grab standen, ihre Sprache verloren.

Später, im Museumscafé, suchte Pia nach Worten für das, was sie in der Ausstellung empfunden hatte. Es fiel ihr schwer zu reden, weil Jonathan so abwesend wirkte.

»Danke, dass wir hierhergekommen sind … Ohne dich hätte ich diese Fotos bestimmt nicht gesehen.«

»Nein … wahrscheinlich nicht.«

»Schadeberg ist ein Künstler.«

»Ja … Nur wenige von uns bringen es so weit wie er.«

Danach verfiel er wieder in Schweigen. Pia hatte auf einmal Angst, dass Jonathan jeden Augenblick aufstehen und sich verabschieden könnte.

»Denkst du noch an deinen Vater?«

»Nein … nicht mehr …«

»Und warum bist du so … bedrückt?«

Er gab ihr keine Antwort, sondern sah sie nur traurig an.

»Es hat dich doch gekränkt, dass ich ins Hotel gezogen bin …«

»Nein …«

Wieder entstand eine Pause. Warum sagte sie nicht, was für Zweifel ihr in Durban gekommen waren? Warum ließ sie es darauf ankommen, dass sich Jonathan immer mehr von ihr entfernte?

Jetzt trank er seinen Kaffee aus und blickte verstohlen auf die Uhr.

»Vom District-Six-Museum gibt es immer noch nichts Neues«, sagte Pia schnell.

»Schade.«

»Ja …«

»Ich … habe gleich noch einen Termin …«

Pia spürte einen Stich im Bauch. »Wollen wir … uns danach irgendwo treffen?«

»Das ist schlecht, weil ich nicht weiß, wie lange es bei mir dauert.«

»Musst du fotografieren?«

»Nein«, sagte er und stand auf. »Ich … bin zu einem Fest eingeladen.«

»Soll ich dich morgen früh anrufen?«

»Okay.«

Er legte etwas Geld auf den Tisch und gab ihr einen flüchtigen Kuss auf die Wange.

»Bis dann.«

Pia wollte ihm noch nachrufen, dass er bleiben solle, weil sie ihm alles erklären könne, aber sie brachte kein Wort heraus. Sie schaffte es auch nicht, ihm nachzulaufen; sie war wie gelähmt.

Jonathan hatte sicherlich gehofft, dass dieser Nachmittag anders verlaufen würde, dass sie nicht so tun würde, als sei nichts geschehen. Und als er begriffen hatte, dass sie nicht bereit war zu reden, hatte er beschlossen zu gehen. Es war nur konsequent. Er würde seine Zeit nicht mit jemandem vergeuden, der ihn belog.

12

Im Hotel überreichte man ihr eine Nachricht von Sophie Davies. Pia solle sie so bald wie möglich zurückrufen; sie habe einen interessanten Hinweis erhalten.

Pias Hände zitterten, als sie die Nummer vom District-Six-Museum wählte. Sie ließ es mehrere Minuten lang klingeln, doch niemand nahm den Hörer ab. Es war halb sechs. War das Museum etwa nur bis fünf geöffnet? Sie schaute in ihrem Reiseführer nach. Es schloss bereits um vier.

Sophie hatte um Viertel nach drei angerufen, kurz nachdem Pia zur South African National Gallery aufgebrochen war. Wenn sie hiergeblieben wäre, schoss es ihr durch den Kopf, hätte ihre Suche jetzt vielleicht ein Ende. Sie würde Zoë gegenübersitzen und von ihr die Wahrheit erfahren: ob ihr Vater sie damals wirklich sitzengelassen hatte.

Nein. In Sophies Nachricht war von einem interessanten Hinweis die Rede; das hieß noch lange nicht, dass sie Zoë gefunden hatte.

Pia stand auf und blickte hinaus in den dunklen Garten. So schwer es ihr auch fiel, sie würde sich bis morgen früh gedulden müssen.

Einen Moment lang wünschte sie, Jonathan wäre bei ihr und sie würden sich gemeinsam ausmalen, was für einen Hinweis Sophie bekommen haben könnte. Sollte sie ihn anrufen und auf sein Band sprechen, dass sie dringend mit ihm reden müsse? Dass sie etwas getan habe, was sie sehr bereue? Vielleicht würde er sich melden, sobald er von dem Fest zurückgekommen war, zu dem er sie sicherlich mitgenommen hätte, wenn nicht diese Fremdheit zwischen ihnen aufgekommen wäre.

Sie hatte ihren Text in Gedanken schon entworfen, bevor sie zum Telefon ging. Aber als sie Jonathans Stimme auf dem Anrufbeantworter hörte, verließ sie der Mut. Sie warf den Hörer auf die Gabel und schloss die Augen. Warum schaffte sie es nicht, sich eine Blöße zu geben?

In dieser Nacht war an Schlaf nicht zu denken. Pia versuchte vergeblich, nicht ständig auf ihren Wecker zu blicken. Um vier stand sie schließlich auf und holte sich ein Glas Wasser aus dem Bad. War sie ihrem Ziel ganz nah? Oder würde Sophies Hinweis ins Leere führen?

Das Museum öffnete um zehn. Schon um neun saß sie auf ihrem Sofa und starrte auf das Telefon. Dann war es endlich so weit.

»Sophie ist bei ihrer Tochter im Krankenhaus«, hörte sie Charlie sagen. »Kommen Sie um zwölf. Dann müsste sie wieder hier sein.«

»Wissen Sie, was Sophie mir mitteilen wollte?«

»Ja. Sie hat eine Familie in Bonteheuwel ausfindig gemacht, die bis vor einigen Jahren neben den Shentons gewohnt hat.«

Pias Herz schlug schneller. »Und weiß die Familie auch, wo Zoë jetzt wohnt?«

»Das kann ich Ihnen nicht sagen. Da müssen Sie Sophie selbst fragen.«

»Ja ... Was ist denn mit ihrer Tochter?«

»Sie hat gerade ihr Kind verloren.«

Auch das noch, dachte Pia. Wer weiß, ob Sophie unter diesen Umständen in der Lage war, mit ihr nach Bonteheuwel zu fahren.

Um die Zeit bis zwölf zu überbrücken, fuhr Pia zur Waterfront und lief durch die Geschäfte. Sie kaufte sich einen beigen Wandbehang mit zimtfarbenen Mustern, den sie mit Sicherheit niemals in ihrer streng in Schwarz-Weiß eingerichteten Hamburger Wohnung aufhängen würde, genauso wenig wie das Plakat mit der Elefantenherde, das sie in einem dieser musikbeschallten Postkarten- und Geschenkeläden erwarb, in denen es nach Räucherstäbchen und parfümierten Kerzen roch. Erst als sie schon längst wieder draußen war, fiel ihr ein, dass Jonathan ein solches Plakat bei sich im Flur hängen hatte.

In einem Kunstgewerbegeschäft entdeckte sie einen Tortenheber aus poliertem Zinn, dessen klare Form ihr sofort ins Auge fiel. Sie wollte schon ihre Kreditkarte zücken, als sie innehielt, weil sie sich plötzlich nicht mehr sicher war, ob dieses Metall und diese Form zu ihrem Besteck passten. Selbst bei äußerster Konzentration gelang es ihr nicht, sich das genaue Aussehen ihrer Messer, Gabeln und Löffel vorzustellen, obwohl sie dieses Besteck seit mehr als einem Jahrzehnt besaß und tagtäglich damit aß. Überhaupt hatte der Gedanke an ihre Wohnung etwas merkwürdig Vages, Verschwommenes, so, als sei sie schon seit Monaten, ja seit Jahren nicht mehr dort gewesen.

»Haben Sie sich entschieden?«

»Wie bitte?«

Vor ihr stand die Verkäuferin und deutete auf den Tortenheber. »Wenn Sie ihn nicht haben wollen, hätte ich eine andere Interessentin. Sie müssen wissen, es handelt sich um ein Einzelstück.«

»Ich nehme ihn.«

Später stand sie mit ihren Päckchen am Hafen und kämpfte mit einem Gefühl des Verlorenseins, das sich nicht nur auf diese Stadt oder dieses Land bezog, sondern viel weiter ging. Es kam ihr vor, als habe sie die Gewissheiten, die bisher ihr Leben bestimmt hatten, unwiederbringlich verloren. Wenn sie nach Hamburg zurückkehrte, würde beinahe nichts mehr so sein, wie es einmal gewesen war, ganz unabhängig davon, was in den nächsten Tagen hier in Kapstadt geschah. Natürlich hatte sie ihren Beruf, aber im Augenblick entglitt ihr selbst dieser sonst so konkrete Teil ihrer Realität. Sie konnte sich nicht vorstellen, heute in einer Woche morgens um acht in ihrer Redaktion zu erscheinen. Nicht dass es ihr generell schwerfiel, sich nach einem Auslandsjob oder nach den Ferien wieder auf ihre Arbeit in Hamburg einzustellen. Ganz im Gegenteil. »Meine Tochter ist mit ihrem Beruf verheiratet«, hatte ihr Vater immer gesagt, und es stimmte, sie hatte sich mit ihrer Tätigkeit als Journalistin sehr identifiziert. Wenn sie vor kurzem jemand gefragt hätte, worüber sie sich als Person definieren würde, so hätte sie nichts anderes als den Beruf nennen können. Vielleicht war es das, was sich geändert hatte. Auf einmal schien es denkbar, dass sie sich von heute auf morgen von diesem Beruf verabschieden und etwas völlig anderes machen würde.

Um Viertel vor zwölf betrat sie das District-Six-Museum. Sophie war nirgendwo zu sehen, genauso wenig wie Charlie. Sie setzte sich auf einen Stuhl und versuchte, nicht an Bonteheuwel zu denken und an das, was sie dort möglicherweise erfahren würde.

»Kann ich etwas für Sie tun?«

Vor ihr stand ein alter Mann und lächelte. Pia erklärte, dass sie auf Sophie Davies wartete.

»Sind Sie die Deutsche mit der farbigen Nanny?«

Sie wusste nicht, ob es daran lag, wie er das Wort Nanny aussprach, aber plötzlich zog sich etwas in ihrer Kehle zusammen, und sie kämpfte mit den Tränen.

»Vielleicht wird noch alles gut«, sagte der Mann und legte ihr die Hand auf die Schulter.

Kurz darauf ging die Tür auf, und Sophie kam herein. Sie sah müde und blass aus. Pia putzte sich die Nase und stand auf. »Sophie, ich bin gekommen …«

»Ja, ja, ich weiß.«

»Wie geht es Ihrer Tochter?«

»Schlecht. Als sie sie aufgeschnitten haben, war das Baby schon tot.«

»Es tut mir so leid für Sie …«

Sophie wischte sich über die Augen und bat Pia in das kleine Hinterzimmer, in dem sie mit Ruth Dreyer gesessen hatte.

»Ich habe gestern mit einer Frau in Mitchell's Plain gesprochen, die mir sagte, dass die Familie ihrer Schwester eine Zeitlang neben den Shentons gewohnt habe. Sie erinnerte sich, dass der Name Zoë öfter gefallen ist.«

»Wenn Sie mir die Adresse geben, fahre ich gleich hin.«

»Nein, nein, das … ist zu gefährlich.«

Sophie ging zur Tür und besprach sich mit dem Mann, der vorhin so freundlich zu ihr gewesen war. Pia sah, wie er ein paarmal nickte und ihr dann zulächelte.

»Steve wird mich vertreten. Wir können sofort los.«

Pia dankte ihm, und er wünschte ihr Glück.

»Fahren wir mit meinem Auto?«, fragte sie, als sie das Museum verließen.

»Nein, lieber nicht. Meins fällt weniger auf.«

Sophie ging auf einen zerbeulten Wagen zu, dessen Marke Pia nicht kannte. Sie stieg ein und hielt einen Moment lang inne, weil es keine Sicherheitsgurte gab und der Wagen auch sonst nicht sehr sicher wirkte.

»Keine Angst«, sagte Sophie. »Sie werden es schon überleben.«

Pia wurde rot. Sie hatte gehofft, Sophie hätte ihr Zögern nicht bemerkt.

Auf dem Weg nach Bonteheuwel sagte Sophie kein Wort. Als Pia sie fragte, ob sie irgendetwas für ihre Tochter besorgen könnten, schüttelte sie den Kopf.

»Ivy braucht einen anderen Mann, einen, der sie liebt und sie nicht schlägt oder ihr in den Bauch tritt. Diesmal wäre sie beinahe verblutet …« Ihre Stimme brach ab.

»Aber bei so jemandem kann sie doch nicht bleiben!«

»Nein. Das sage ich ihr auch seit Jahren.«

Pia sah Sophie von der Seite an. Ihr Gesicht war starr.

In Bonteheuwel parkten sie in einer Straße, die Pia bekannt vorkam.

»Ist das nicht die Strawberry Street?«

»Waren Sie etwa schon mal hier?«

»Ja, heute vor einer Woche. Ich hatte die vage Hoffnung, dass ich Zoë hier finden könnte.«

»Das war sehr unvorsichtig.«

»Ich weiß.«

»Man empfindet es als Provokation, wenn Weiße in ihren neuen Autos durch die Straßen fahren, um die Armut der Farbigen zu begaffen.«

»Das war nicht der Grund, warum ich hierhergekommen bin.«

»Natürlich nicht. Aber woher sollen die Leute das wissen? Es kann ja schließlich niemand ahnen, dass Sie auf der Suche nach Ihrer Nanny sind.«

Sie stiegen aus und gingen schweigend an zwei verfallenen Häusern vorbei, vor denen sich der Müll türmte. In der Ferne meinte Pia das Mädchen mit der Hurrikanfrisur zu erkennen, aber vielleicht täuschte sie sich auch. Hier schien jedes dritte Mädchen seine Haare so zu tragen.

»Wie heißt die Familie, zu der wir gehen?«

»Coleman.«

Sie bogen ab in die Chestnut Road und blieben nach ein paar Minuten vor einem kleinen Haus aus Betonblöcken stehen, dessen Dach teilweise eingefallen war. Zwei der kaputten Fenster waren notdürftig mit Pappe und Plastikfolie zugeklebt; zwischen den Abfällen, die neben der Tür lagen, saß eine Ratte.

Während Sophie nach den Colemans rief, betrachtete Pia die Nachbarhäuser, die ebenso klein und baufällig waren. Alles in ihr wehrte sich gegen die Vorstellung, dass Zoë hier ein Kind großgezogen hatte.

Die Frau, die jetzt aus dem Haus trat, war etwa Anfang fünfzig. Sie hinkte und hatte offensichtlich starke Schmerzen, denn bei jedem Schritt verzog sie ihr Gesicht.

»Was wollen Sie?«, fragte sie mit heiserer Stimme und sah sie misstrauisch an.

»Mein Name ist Sophie Davies«, sagte Sophie. »Sind Sie Mrs. Coleman?«

»So ist es. Und wer ist das?« Sie zeigte auf Pia.

»Pia Lessing. Sie ist auf der Suche nach Zoë Shenton. Ihre Schwester in Mitchell's Plain hat mir erzählt, dass Sie und die Shentons eine Weile Nachbarn waren.«

Mrs. Coleman zeigte auf das linke Nachbarhaus. »Da haben sie gewohnt. Aber die sind schon lange weg.«

»Können Sie uns sagen, wo sie hingezogen sind?«, fragte Pia und versuchte zu lächeln.

»Warum wollen Sie das wissen?«

Es entstand eine Pause, in der sie jeden Augenblick damit rechnete, dass Mrs. Coleman in ihrem Haus verschwinden und die Tür hinter sich zuschlagen würde.

»Zoë Shenton war Pias Nanny«, sagte Sophie. »Pia ist extra aus Deutschland gekommen, um sie zu suchen.«

»Und das soll ich glauben?«

Mrs. Coleman lachte ein heiseres Lachen, das allmählich in Husten überging, bis ihr ganzer Körper geschüttelt wurde von diesem würgenden Husten.

Da tauchte plötzlich ein Mann hinter ihr auf und versuchte, sie ins Haus zu ziehen. »Was machst du auch hier an der Tür?«

Mrs. Coleman zeigte, immer noch hustend, auf sie beide und spuckte dann ihren Schleim aus. Sofort kam einer der räudigen Hunde herbeigelaufen und schnupperte interessiert daran. Pia machte die Augen zu und kämpfte gegen das Gefühl der aufsteigenden Übelkeit an.

»Wir wissen nichts«, rief der Mann. »Und nun verschwinden Sie.«

»Mr. Coleman«, sagte Sophie, »für Pia Lessing ist es sehr wichtig zu erfahren, wo die Shentons hingezogen sind.«

»Wir haben sie kaum gekannt. Die sind doch weg, kurz nachdem wir das Haus hier bekommen haben. Drei oder vier Monate später waren sie weg.«

»Sie sind dahin zurückgegangen, wo der Alte herkam«, sagte Mrs. Coleman. »Was weiß ich, wo das war.«

»Calvinia?«, fragte Pia vorsichtig.

»Kann sein.«

»Wie hieß er mit Vornamen, der alte Mr. Shenton?«

»Harry«, antwortete Mr. Coleman. »Er war in Ordnung, der alte Harry.«

Mrs. Coleman nickte. »Der hat wenigstens mal 'n Ton gesagt. Seine Tochter Zoë hat immer geschwiegen.«

»Hatte sie Familie?«, fragte Pia und hielt die Luft an.

»Würde mich wundern«, sagte Mr. Coleman. »Wir haben hier nie jemanden gesehen.«

In diesem Moment lugte ein abgerissen aussehender Junge von etwa vierzehn hinter dem Haus hervor und schaute sie neugierig an.

»Und Ihr Sohn? Weiß der vielleicht was?«

»Der weiß nichts«, fauchte Mrs. Coleman sie an. »Und jetzt lassen Sie uns in Ruhe.«

Sie verabschiedeten sich und gingen langsam zu Sophies Wagen zurück, vorbei an der pockennarbigen jungen Frau, die neulich vor Pia weggelaufen war. Sie schien sie nicht wiederzuerkennen.

»Tut mir leid für Sie, dass wir nicht mehr erfahren konnten.«

»Immerhin wissen wir, wo die Shentons hingezogen sind.«

»Wie kommen Sie auf Calvinia?«

»Ich habe in der letzten Woche an einer Township-Tour teilgenommen. Da habe ich zwar nicht viel von Bonteheuwel gesehen, wie ich eigentlich gehofft hatte. Aber ich habe immerhin erfahren, dass Tony, der Fahrer des Busses, vor mehr als dreißig Jahren mit einem Harry Shenton auf einer Baustelle am Hafen gearbeitet hat. Tony erinnerte sich, dass Harry aus Calvinia stammte.«

»Calvinia ist ziemlich weit von Kapstadt entfernt.«

»Etwa vierhundert Kilometer.«

»Ich sehe, Sie haben sich bereits informiert. Wenn Sie vorhaben, tatsächlich dort hinzufahren, besorgen Sie sich vorher eine Unterkunft.«

»Glauben Sie, dass Zoës Sohn oder Tochter noch lebt?«

»Aber ja. Warum denn nicht? Dass die Colemans in den paar Monaten, in denen sie Nachbarn der Shentons waren, niemanden zu Gesicht bekommen haben, hat ja nicht viel zu bedeuten. Es ist schließlich nichts Ungewöhnliches, dass ein erwachsener Mensch seine Mutter und seinen Großvater einige Monate lang nicht besucht. Wer weiß, vielleicht lebt Zoës Tochter oder Sohn in Johannesburg oder Port Elizabeth oder weiß der Himmel wo.«

Auf der Rückfahrt zum District-Six-Museum gerieten sie in einen Stau. Sophie schaute ungeduldig auf ihre Uhr. Ein Auto hatte sich überschlagen und war in Brand geraten. Es dauerte eine Dreiviertelstunde, bis sie an der Unfallstelle vorbeigeleitet wurden. Auf einer Trage lag ein Körper, der mit einem grauen Tuch bedeckt war.

»Hier sind erst in der letzten Woche zwei Menschen ums Leben gekommen«, sagte Sophie.

Pia dachte an den fehlenden Sicherheitsgurt und wünschte, sie wären schon am Ziel.

Als sie vor dem Museum hielten, war sie drauf und dran, Sophie ein paar Geldscheine für ihre Tochter in die Hand zu drücken, doch sie wusste, dass sie sie nicht nehmen würde.

Erst nachdem sie sich bei ihr bedankt hatte und Sophie im Gebäude verschwunden war, fiel Pia ein, dass sie dem Museum etwas spenden könnte.

Sophie schien nicht überrascht zu sein, als sie ihr sagte, warum sie noch einmal zurückgekommen sei. Sie deutete auf eine Metallkiste mit einem Schlitz, durch den Pia ihre sechs Scheine à hundert Rand schob. Angesichts dessen, was Sophie für sie getan hatte, waren knapp zweihundert Mark nicht gerade viel, aber mehr Bargeld hatte sie nicht dabei.

Sophie wünschte ihr viel Erfolg, und sie musste ihr versprechen, auf jeden Fall von ihrer Fahrt nach Calvinia zu berichten, egal wie sie ausgehen würde.

»Grüßen Sie Willem Basson von mir«, sagte Charlie. »Der arbeitet in der Leihbücherei in Calvinia. Wir haben uns 1985 hier im Gefängnis kennengelernt. Da waren wir gerade beide von der Sicherheitspolizei verhaftet worden. Willem hat nie seinen Humor verloren, wofür ich ihm noch heute dankbar bin.«

»Sie fahren nach Calvinia?«, fragte Steve. »Dann müssen Sie sich das Grab von Abraham Esau ansehen. Das war einer unserer großen Helden, der Anfang des Jahrhunderts im Kampf gegen die Buren gestorben ist.«

Pia nickte, obwohl sie kaum glaubte, dass ihr in Calvinia der

Sinn danach stehen würde, einen Friedhof aufzusuchen, es sei denn, Zoë oder ihr Kind wären dort beerdigt.

Für den Bruchteil einer Sekunde schoss es ihr durch den Kopf, dass sie auf die Fahrt nach Calvinia verzichten sollte, weil sie dort etwas erfahren könnte, was schmerzhafter war als alles, was sie sich bisher vorgestellt hatte. Aber sie schob den Gedanken schnell wieder beiseite; sie hatte nicht all die Anstrengungen der letzten Wochen unternommen, um so kurz vor dem Ziel aufzugeben.

An der Waterfront besorgte sie sich eine Straßenkarte von Südafrika und erkundigte sich beim Fremdenverkehrsamt nach Unterkunftsmöglichkeiten in Calvinia. Man empfahl ihr das *Dorphuis*, ein altes, restauriertes Gebäude in der Stadtmitte, wo sie sich telefonisch ein Zimmer bestellte. Auf die Bemerkung der Besitzerin hin, sie würde nur Doppelzimmer vermieten, kam Pia der Gedanke, dass sie Jonathan fragen könnte, ob er mit ihr käme.

Es war kurz nach zwei, als sie in seine Straße einbog. Der grüne Toyota stand direkt vor dem Haus.

Sie stieg aus und lief auf die Eingangstür zu. Diesmal würde sie nicht im letzten Moment einen Rückzieher machen.

Sie drückte auf die Klingel, und Jonathan öffnete beinahe sofort die Tür.

»Pia!«, rief er überrascht.

»Es tut mir leid, dass ich dich angelogen habe.«

»Angelogen?« Er runzelte die Stirn. »Wann?«

»Ich lag im Bett, als du spätabends in Durban angerufen hast … Ich hatte Zweifel … Ich wollte Abstand gewinnen, weil ich nicht wusste, ob du es wirklich ernst meinst …« Jetzt war es heraus. Mochte er sagen, was er wollte.

Er nahm sie in die Arme und drückte sie. »Du warst so merkwürdig, als du zurückgekommen bist.«

»Ich bin zu oft enttäuscht worden ... deshalb war ich auf der Hut.«

»Gestern, nach der Ausstellung, hatte ich eigentlich beschlossen, dich nicht wiederzusehen ...«

»Das habe ich gemerkt.«

»Ich konnte es kaum ertragen, wie du dich von mir ferngehalten hast.«

»Bitte verzeih mir ...«

Er nickte und küsste sie. Und dann fragte sie ihn, ob er sie begleiten würde auf ihrer Reise nach Calvinia. Und wieder nickte er.

Während er ein paar Telefonate erledigte, um eine Vertretung für einen Termin morgen Vormittag zu finden, saß Pia in seiner Küche und schmierte Brote für die Reise.

Eine Stunde später stiegen sie in ihren Wagen und fuhren gen Norden. Pia war, als sei ein unsichtbarer Panzer von ihr abgefallen. Diesmal hatte sie es gerade noch rechtzeitig geschafft, sich nicht selbst im Weg zu stehen.

13

Die Straße war kaum befahren. Rechts und links erstreckten sich Wiesen und Felder, zwischen denen hier und da kleine, kegelförmige Berge aufragten. Die Nachmittagssonne tauchte die Landschaft in ein weiches, orangefarbenes Licht.

Pia genoss die ungewohnte Gelassenheit, die sich in ihr ausgebreitet hatte. Dass Jonathan mitgekommen war, bedeutete ihr mehr, als sie sich jemals hätte vorstellen können. Sie hatten ihre Nähe zueinander wiedergefunden, und Pia wusste, dass sie auf dieser Fahrt auch über Dinge würden sprechen können, die bisher ungesagt geblieben waren.

Als es dann so weit war, kam es trotzdem für sie sehr unerwartet.

Es begann damit, dass sie einen riesigen, blaugrauen Vogel entdeckte, der reglos auf einer feuchten Wiese stand. Zuerst dachte sie, es sei ein Reiher, aber Reiher hatten längere Schnäbel und waren nicht so groß.

»Hast du den gesehen?«, fragte sie und fuhr an den Straßenrand.

»Ja …«, murmelte Jonathan.

»Was ist das?«

»Ein Paradieskranich.« Seine Stimme klang merkwürdig belegt.

Kaum war sie ausgestiegen, als der Kranich seine Schwingen ausbreitete und sich, wie in Zeitlupe, in die Luft erhob. Einen Moment lang sah es so aus, als sei er sich selbst zu schwer. Dann schien er seine Balance gefunden zu haben und flog mit schweren Flügelschlägen über die Wiese davon.

Jonathan war ebenfalls ausgestiegen, blieb jedoch an seiner Tür stehen.

Pia ging zu ihm hinüber und legte ihm den Arm um die Schultern. »Schön war der.«

Er nickte, ohne sie anzusehen.

»Was hast du?«, fragte sie und gab ihm einen Kuss. »Du siehst plötzlich so traurig aus.«

»Mein Sohn liebt Kraniche«, sagte er leise.

»Dein ... Sohn?« Ihr war, als habe sie sich verhört.

»Zumindest hat er sie früher geliebt. Er hatte ein Bilderbuch über Kraniche, aus dem ich ihm immer vorgelesen habe ...«

»Wie alt ist er?«

»Zehn ...« Jonathan blickte an ihr vorbei in eine unbestimmte Ferne. »Ich habe es bisher nicht über mich gebracht, dir von ihm zu erzählen.«

»Wenn du nicht über ihn sprechen willst ...«

»Doch ... aber lass uns dabei weiterfahren.«

»Es macht nichts, wenn wir etwas später ankommen. Heute werden wir sowieso nicht mehr nach Zoë suchen können.«

»Der Weg ist noch sehr lang, und es wird früh dunkel.«

»Na gut.«

Pia war erleichtert, als Jonathan anbot, das Steuer zu übernehmen. Mit allem hatte sie gerechnet, nur nicht damit, dass er ein Kind hatte.

Eine Zeitlang schwiegen sie beide. Dann fing Jonathan an zu reden. Dass Andrew bei seiner Mutter in New York lebe und er ihn seit fast sieben Jahren nicht gesehen habe. Deshalb sei ihm auch die Entscheidung, ob er die Stadt verlassen und nach Südafrika zurückkehren solle, so schwergefallen, und er habe sie immer wieder verschoben. Vor einem Jahr sei er dann schließlich gegangen, weil er Andrew sowieso nicht besuchen durfte.

»Warum nicht?«

»Ich habe keinerlei Rechte, weil Sally und ich nie verheiratet waren. Es liegt also in ihrer Macht, jeden Kontakt zwischen Andrew und mir zu unterbinden. Wann immer ich versucht habe, ihn zu treffen, hat sie sich quergestellt. Als ich irgendwann auf dem Schulhof auf ihn gewartet habe, in der Hoffnung, wenigstens für ein paar Minuten mit ihm reden zu können, wurde mir von einem Lehrer mitgeteilt, dass Andrews Mutter eine einstweilige Verfügung beantragen würde, wenn ich mich noch einmal dort blicken ließe.«

»Sie muss doch wissen, dass diese Trennung für euren Sohn nicht gut sein kann. Und wenn sie ihn liebt ...«

»Sie liebt ihn. Sie liebt ihn sogar abgöttisch. Aber sie hasst mich. Und deshalb hat sie alles getan, was in ihrer Macht steht, um Andrew und mich zu trennen.«

»Und wieso hasst sie dich?«

Jonathan zögerte mit seiner Antwort. Vielleicht hatte er Angst, zu viel von sich preiszugeben.

»Weil ich das symbiotische Leben mit ihr nicht ertragen konnte«, sagte er nach einer Weile.

Pia musste plötzlich an Klaus denken, der ihr auch einmal vorgeworfen hatte, sie wolle eine Symbiose, aber die sei mit ihm nicht zu haben.

»Wir kannten uns erst einen Monat, als sie vorschlug, dass ich zu ihr ziehen sollte. Ich war damals auf Wohnungssuche, und ihr Angebot kam mir sehr entgegen. Aber dann zog sie das Netz immer enger. Sie war unglaublich eifersüchtig, nicht nur auf Menschen, mit denen ich zu tun hatte, sondern auch auf Dinge, mit denen ich mich beschäftigte, auf Bücher, die ich las. Den ersten schlimmen Streit hatten wir, als sie von mir verlangte, dass ich mein politisches Engagement aufgeben sollte. Ich war in der amerikanischen Anti-Apartheid-Bewegung sehr aktiv, und sie meinte, dass ich nicht genügend Zeit für sie hätte.

Rückblickend kann ich nur sagen, dass wir uns damals hätten trennen sollen, aber das habe ich nicht geschafft, weil ich sie immer noch liebte. Kurz darauf wurde sie schwanger. Es war nicht geplant, trotzdem waren wir beide sehr glücklich, und ich versprach ihr, meine Aktivitäten einzuschränken; aufgeben konnte ich sie nicht. Nach Andrews Geburt verstanden wir uns eine Weile sehr gut; vielleicht weil wir beide so begeistert waren von unserem Kind. Aber dann ging es beruflich bei mir aufwärts; ich bekam Aufträge in anderen Städten und war viel unterwegs. Da fing sie an, einen Keil zwischen Andrew und mich zu treiben …«

Jonathans Gesicht war starr. Es fiel ihm sichtlich schwer weiterzusprechen.

»Sie hat ihm erzählt, ich sei nicht sein Vater, sondern ein Bekannter auf der Durchreise. Was das sei, Durchreise, wollte Andrew wissen. Er war höchstens drei. ›Da kommt einer an und geht bald wieder‹, antwortete sie und grinste hämisch. ›Dann geh doch‹, sagte Andrew zu mir und lief aus dem Zimmer.«

»Was hast du gemacht?«

»Ich habe versucht, mit Andrew zu reden, doch der zeigte immer nur mit dem Finger auf mich und rief ›Durchreise, Durchreise‹. Das Ganze endete damit, dass ich tatsächlich einen Monat lang nicht nach Hause gekommen bin.«

»Und dann?«, fragte Pia.

Anstatt ihr zu antworten, zeigte Jonathan auf die Orangen- und Mandarinenplantagen, durch die sie jetzt fuhren, Hunderte, wenn nicht Tausende von Bäumen, die voller Früchte hingen.

»Diese Gegend ist so fruchtbar, weil es hier Wasser gibt, den Olifants River.«

Normalerweise hätte Pia darauf bestanden, wenigstens einmal kurz anzuhalten und eine Orange zu probieren. Aber ihr war ganz und gar nicht nach Essen zumute.

»Nach einer Reihe von Auseinandersetzungen stand ich eines Tages vor verschlossener Tür, weil Sally das Schloss ausgewechselt hatte«, fuhr Jonathan fort. »Sie wollte mich nicht mehr sehen, und vor allem verbot sie mir, Andrew zu sehen.« Er schluckte. »Andrew war damals dreieinhalb und hatte eine besondere Vorliebe für weiche Sofas, auf denen es sich herumhopsen ließ. In meinen Träumen sehe ich ihn immer noch vor mir, den kleinen, drallen Andrew, wie er auf und ab hopst, die Arme hin- und herschwingt und dabei kreischt vor Vergnügen.«

Pia legte ihm ihre Hand auf die Schulter. »Sobald Andrew erwachsen ist, wird Sally ihr Verhalten mit Sicherheit bereuen, weil er ihr bittere Vorwürfe machen wird.«

»Und was habe ich davon? Das bringt ihn mir jetzt auch nicht näher.«

»Nein, natürlich nicht. Aber wahrscheinlich wird er sich dann auf die Suche nach dir machen.«

»Das ist kein Trost ....«

»Nein.«

»Hast du Kinder?«

Sie schüttelte den Kopf.

»Dann weißt du vielleicht nicht, wie das ist ... Jeden Morgen, wenn ich aufwache, denke ich an Andrew ...«

Pia sah, dass Jonathan angefangen hatte zu weinen. Lautlos.

»Soll ich wieder fahren?«

»Nein ...«

Es wurde allmählich dunkel. Pia dachte an das, was Jonathan ihr neulich von seinen Eltern erzählt hatte; dass sie den Kontakt mit ihm abgebrochen hatten. Wenn die Eltern und der Sohn für Vergangenheit und Zukunft eines Menschen standen, so war Jonathan in gewisser Weise von beidem abgeschnitten. Vielleicht wirkte er deshalb manchmal so verloren.

Die Gegend, durch die sie fuhren, wurde immer einsamer,

und um sie herum herrschte bald tiefe Dunkelheit. Nur selten sah Pia die Lichter kleinerer Ortschaften aufblitzen. Sie verstand jetzt, warum Jonathan vorhin darauf gedrungen hatte, so schnell wie möglich weiterzufahren.

»Ich hoffe, wir haben genug Benzin«, hörte sie ihn plötzlich sagen.

Pia erschrak. Ans Tanken hatte sie überhaupt nicht gedacht. »Wie weit ist es noch von hier bis Calvinia?«

»Etwa achtzig Kilometer.«

»Und was machen wir, wenn wir es nicht schaffen?«

»Wir kommen vorher noch durch einen Ort namens Nieuwoudtville. Kann sein, dass es dort eine Pension gibt. Ansonsten müssen wir im Auto übernachten. Aber das wird sehr kalt.«

Sie schafften es. Um halb neun erreichten sie Calvinia, und sie mussten nur einmal fragen, um das *Dorphuis* zu finden. Es war ein altes Haus mit einer Holzveranda, das Pia sofort gefiel. An der Tür hing ein Zettel, dass der Schlüssel im *Hantam Huis* in der Hauptstraße abzuholen sei und sich dort auch das Restaurant befände.

Das *Hantam Huis* war ebenfalls ein altes Haus mit schönen Möbeln und glänzenden Holzfußböden. Die Pensionsbesitzerin gab ihnen den Schlüssel für ihr Zimmer und bot ihnen an, dass sie südafrikanische Hausmannskost bekommen könnten, wenn sie gleich wieder zurückkämen. In Calvinia ginge man früh ins Bett.

Jonathan schüttelte kaum merklich den Kopf, und auch Pia stand nicht der Sinn nach einem schweren Essen. Außerdem hatten sie noch ihre mitgebrachten Brote.

Ihr Zimmer war kalt, aber es gab einen Kamin. Während Jonathan sich damit beschäftigte, das Holz aufzustapeln und ein Feuer zu entfachen, sah Pia sich den Raum näher an. Sie konnte sich nicht daran erinnern, jemals in einem solchen Zimmer übernachtet zu haben. Es waren nicht nur die alten, schweren Möbel, die ungewöhnlich waren, sondern die vielen persönlichen Dinge, die überall herumstanden. Fotos von Familienzusammenkünften, Bücher mit Lesezeichen, Holzmasken, Figurinen, Sammeltassen, Spitzendeckchen. Sie kam sich vor wie in einem großelterlichen Haus, mit dem Unterschied, dass ihre eigenen Großeltern, die Eltern ihrer Mutter, in zarten Biedermeiermöbeln aus hellem Kirschbaumholz gelebt hatten und diesen Einrichtungsstil wahrscheinlich verabscheut hätten. Wie die Eltern ihres Vaters eingerichtet waren, wusste sie nicht; sie waren lange vor ihrer Geburt gestorben. Aber teure Biedermeiermöbel hatten sie bestimmt nicht gehabt, so abfällig wie ihre Mutter sich oft über die einfache Herkunft ihres Mannes geäußert hatte.

»Verflucht!«, hörte Pia Jonathan in dem Moment rufen. »Das Holz ist zu feucht.«

Sie drehte sich um und sah, wie er in den Flur hinauslief und kurz darauf mit kleineren Holzscheiten zurückkam.

»Die sind besser.«

Er schichtete sie aufeinander, zerknüllte etwas Zeitungspapier und hielt ein brennendes Streichholz daran. Seine Bewegungen waren schnell und präzise. Nach kurzer Zeit hatte das Holz Feuer gefangen. Es gefiel Pia, ihn zu beobachten. Vermutlich hatte er in seinem Leben unzählige Male ein Kaminfeuer angezündet.

»Warst du schon mal in Calvinia?«, fragte sie, als sie ihre Stühle ans Feuer gerückt hatten und ihre Brote aßen.

»Ja. Meine Eltern sind früher oft im August oder September in diese Gegend gefahren, weil hier im Frühling alles blüht. Sie haben mich immer mitgeschleppt, obwohl ich als Kind nie Lust dazu hatte, mir irgendwelche Blumen anzugucken.«

»In meinem Reiseführer steht, dass es eine ganz karge Landschaft sei.«

»Das stimmt auch. Zehn Monate im Jahr ist es eine richtige Einöde. Und dann sprießen auf einmal diese kleinen, fast stengellosen Blumen aus dem Boden, in Gelb, Rot, Orange und Pink. Sie legen sich wie ein riesiger Teppich über die braunrote Erde.«

»Meinst du, wir sehen morgen welche?«

»Sie gehen nur auf, wenn die Sonne scheint. Aber vielleicht haben wir Glück. Es ist etwas sehr Besonderes. Im Nachhinein kann ich meine Eltern sogar verstehen, dass sie die lange Fahrt in Kauf genommen haben …«

»Wissen sie von deinem Sohn?«, rutschte es Pia heraus.

Als sie Jonathans trauriges Gesicht sah, wünschte sie sofort, sie hätte ihm diese Frage nicht gestellt.

»Ja …«, antwortete er und stocherte im Feuer herum. »Ich habe ihnen damals eine Geburtsanzeige geschickt und dazugeschrieben, wie viel es mir bedeute, Vater geworden zu sein. Und dass ich die Hoffnung hätte, wir würden wieder einen Weg finden, miteinander zu reden. Andrew könne schließlich nichts dafür, dass sein Vater und seine Großeltern sich überworfen hätten. Außerdem seien sie doch sicherlich neugierig auf ihren Enkel …«

»Und … wie haben sie reagiert?«

»Gar nicht. Dabei haben sie sich immer einen Enkel gewünscht. Den berühmten Stammhalter. Meine Schwestern haben alle Töchter …«

Das Feuer loderte jetzt hoch auf. Ab und zu sprang ein Funke heraus. Pia schaute sich suchend um, ob sie irgendwo einen Ofenschirm entdecken könnte.

»Keine Sorge, da passiert nichts«, sagte Jonathan und griff nach ihrer Hand.

Pia war sich nicht so sicher. Sie kannte sich mit Kaminen nicht aus.

»Hast du jemals daran gedacht, Kinder zu haben?«, fragte er nach einer Weile.

Sie nickte, und dann erzählte sie ihm von ihrer Fehlgeburt im letzten Sommer und von Klaus. Wie er sich gleich danach von ihr getrennt habe. Und wie sie vorher miteinander oder eher getrennt voneinander gelebt hätten. Und dass sie darüber das Zutrauen zu sich selbst verloren habe. Aber vielleicht sei es ihr auch schon viel früher abhandengekommen. Oder sie habe es nie besessen.

»Und woran liegt das?«

»Mir ist es immer schwergefallen, anderen Menschen nahe zu sein. Und es ist kein Zufall, dass ich mir jemanden wie Klaus als Partner ausgesucht habe. Bei dem bestand diese Möglichkeit gar nicht.« Pia starrte ins Feuer. »Ich habe das erst auf dieser Reise richtig begriffen …«

»Als du in Durban den Hörer nicht abgenommen hast, weil du meintest, du müsstest Abstand gewinnen?«

»Ja …«

»Aber woher kommt das?«

»Das weiß ich auch nicht genau … ich weiß nur, dass es etwas mit der Art und Weise zu tun hat, wie ich aufgewachsen bin. In meiner Familie wurde so viel geschwiegen. Warum? Weil meine Mutter meinem Vater verboten hat, jemals mit mir über das Kind zu sprechen, das Zoë von ihm bekommen hat? Oder wusste meine Mutter gar nichts von diesem Kind, weil mein Vater alles vertuscht und bei nächster Gelegenheit um Versetzung nach Deutschland gebeten hat? Oder war es so, dass er Zoë geliebt hat und meine Mutter und mich deshalb verlassen wollte? Was auch immer damals passiert ist, es hat große Auswirkungen auf mein Leben gehabt. Und ich muss die Wahrheit herausfinden, auch wenn sie noch so hart ist, sonst werde ich diesen Teufelskreis niemals durchbrechen können. Für mich gibt es nichts Schlimmeres als die Vorstellung, für immer in diesem Zustand der Ungewissheit bleiben zu müssen. Das würde ich nicht ertragen.«

»Hast du dich mit deinem Vater besser verstanden als mit deiner Mutter?«

»Ja, viel besser. Deshalb war ich auch so erschüttert, als Ruth Dreyer sagte, der Vater von Zoës Kind habe sich auf und davon gemacht. Ich wäre unendlich enttäuscht, wenn es wirklich so gewesen ist. Aber ich müsste mich damit abfinden.«

»Immerhin hat dein Vater dir dieses Vermächtnis in Gestalt eines Wortes hinterlassen. Also muss auch er, zumindest unbewusst, gewollt haben, dass du die Wahrheit erfährst.«

»Ja … das Merkwürdige ist, seitdem ich hier bin, tauchen ab und zu Erinnerungen an Zoë in mir auf … manchmal ist es nur ein Bild, manchmal aber auch eine richtige Szene, wie in einem Film … einiges davon ist sehr eindeutig, anderes dagegen ergibt für mich überhaupt keinen Sinn, aber ich spüre, dass es etwas mit meinen Eltern und unserem Leben damals zu tun hat …«

Er hörte ihr aufmerksam zu, und nach einigem Zögern berichtete sie ihm auch von dem Traum, den sie kurz nach ihrer Ankunft in Kapstadt gehabt hatte, ihrem Traum vom Findbuch. Und dass sie Angst habe vor dem Inhalt der noch verschlossenen Päckchen.

Jonathan nahm sie in die Arme und sagte, er wünsche ihr, dass sie morgen ein weiteres Päckchen in ihrem Findbuch öffnen könne und auf diese Weise der Wahrheit ein Stück näher käme.

Mit diesem Gedanken fiel Pia kurz darauf erschöpft ins Bett und versank bald in einen traumlosen, fast zehnstündigen Schlaf.

14

Sie hatten zum Frühstück Spiegeleier und gebratenen Speck bestellt, was in den Augen der Pensionsbesitzerin nicht genug zu sein schien. Auf riesigen Tellern servierte sie ihnen außerdem Blutwurst, gebratene Tomaten, gegrillte Pilze und eine Art Kartoffelpuffer, dazu viel braunes Brot.

Pia dachte im ersten Moment, dass sie es niemals schaffen würde, morgens um halb zehn solche Mengen zu verspeisen. Zu ihrem eigenen Erstaunen aß sie dann, bis auf die Blutwurst, doch alles auf. Vielleicht, um für den heutigen Tag besser gewappnet zu sein.

»Kennen Sie eine Frau namens Zoë Shenton?«, fragte sie die Besitzerin, als diese die Teller abräumte.

»Zoë Shenton?« Sie zögerte. »Nein, der Name sagt mir nichts. Soll die in Calvinia leben?«

»Ja, sie ist die Tochter von Harry Shenton, der angeblich von hier stammt.«

»Wie alt?«

»Anfang oder Mitte fünfzig.«

»Eine Weiße?«

»Nein, eine Farbige.«

»Dann wird sie vermutlich in der Township wohnen.«

»Ja.«

»Warten Sie, ich frage meinen Mann.«

Kurz darauf kam sie zurück, doch weder ihr Mann noch ihre Angestellten hatten je von einer Zoë oder einem Harry Shenton gehört.

Pia ließ sich nicht so schnell entmutigen. »Wie ist es mit dem Mann, der die Leihbücherei leitet, kennen Sie den?«

»Willem Basson?«

»Ja, genau. So heißt er.«

»Ich kann Ihnen beschreiben, wie Sie zu seinem Haus kommen.«

»Das wäre sehr nett.«

Während Pia sich die Wegbeschreibung notierte, schenkte die Besitzerin ihnen Kaffee nach.

»Bleiben Sie noch eine Nacht?«

»Kommt drauf an, ob wir Zoë Shenton heute finden oder nicht«, antwortete Pia.

»Viel Glück.«

»Das können wir gebrauchen.«

Als sie in Richtung Township fuhren, merkte Pia, wie sie immer nervöser wurde. Wie würde sie reagieren, wenn Zoë ihnen jetzt auf der Straße entgegenkam?

In der Township waren die Straßen nicht asphaltiert. Sie fuhren durch tiefe Löcher, überall lag Müll herum, die Schuppen und Häuser waren verfallen. Der Kontrast zum *Dorphuis* hätte nicht größer sein können.

Pia wünschte, sie hätte nicht diesen leuchtend weißen Wagen gemietet. Jeder schaute sich nach ihnen um, aber wenigstens wirkten die Leute nicht feindselig. Als sie nach einer halben Stunde das Haus von Willem Basson immer noch nicht gefunden hatten, fragten sie eine junge Frau nach dem Weg und bekamen eine freundliche Auskunft.

Willem Basson wohnte in einem recht stabil aussehenden Schuppen. Sie klopften an die Tür, und kurz darauf öffnete ihnen ein älterer Mann mit Bart und großen, dunklen Augen. Er schien nicht besonders überrascht zu sein.

Pia sagte, wer sie seien, und bestellte ihm die Grüße von Charlie Rive. Sofort breitete sich ein Lächeln auf seinem Gesicht aus.

»Der alte Charlie. Geht's ihm gut?«

»Ich glaube schon. Er hat immer viel zu tun.«

»Ohne ihn würde es dieses District-Six-Museum nicht geben. Er hat so darum gekämpft ...«

Als Pia ihm erklärte, warum sie gekommen seien, bat er sie zu sich herein. Sie nahmen auf zwei verschlissenen Sesseln Platz, während Willem Basson sich auf einen Hocker setzte.

»Harry Shenton ist vor einem Jahr gestorben«, sagte er und strich sich über den Bart. »Ich habe ihn kaum gekannt, aber man hat mir erzählt, wie glücklich er darüber war, dass seine Tochter mit ihm nach Calvinia zurückgekehrt ist. Er wollte in seinem Geburtsort sterben.«

»Und Zoë? Lebt sie noch hier?«, fragte Pia.

»Nein ... Sie hat die Stadt bald nach dem Tod ihres Vaters wieder verlassen.«

»Wissen Sie, wo sie hingezogen ist?«

Willem Basson schüttelte den Kopf. »Wahrscheinlich ist sie dorthin zurückgegangen, wo sie vorher gewohnt hat.«

Pia ließ sich enttäuscht in ihren Sessel zurückfallen. Wenn Zoë wieder in Kapstadt war, würde sie sie niemals finden.

»Sind Harry und Zoë Shenton damals allein nach Calvinia gekommen?«, fragte Jonathan. »Oder hatte Zoë einen Sohn oder eine Tochter dabei?«

»Warum wollen Sie das wissen?«, fragte Willem Basson und sah auf einmal misstrauisch aus.

Da beschloss Pia, ihm zu erzählen, was sie von Ruth Dreyer erfahren hatte; dass sie vermutlich einen Halbbruder oder eine Halbschwester hatte und die Wahrheit erfahren musste über das, was damals passiert war.

»Die sexuelle Ausbeutung von farbigen Hausangestellten und Kindermädchen durch ihre weißen Arbeitgeber hat in diesem Land eine lange, schreckliche Tradition«, sagte Willem Basson, und seine Stimme klang bitter. »Ich rate Ihnen, lassen Sie Zoë Shenton in Ruhe. Sie will sicherlich nicht an jene Zeit erinnert werden.«

»Ich weiß nicht, ob mein Vater Zoë ausgebeutet hat… Ich weiß nur, dass er im Sterben an sie gedacht hat.«

Eine Zeitlang schwiegen sie alle drei. Pia starrte auf die schäbigen Wände und den unebenen Fußboden, auf dem einige ausgefranste Teppichreste lagen. So oder ähnlich lebte auch Zoë, irgendwo in diesem Land. Vielleicht hatte Willem Basson recht, und sie sollte aufhören, nach ihr zu suchen.

»Es hat auch Ausnahmen gegeben«, sagte Jonathan in die Stille hinein. »Menschen, die sich geliebt haben, aber deren Beziehung keine Chance hatte, weil sie nicht dieselbe Hautfarbe hatten.«

Willem Basson nickte. »Natürlich hat es solche Fälle gegeben… Ich habe vor Jahren von einem jungen Paar gehört, das mit seinem neugeborenen Kind nach England gegangen ist. So etwas war jedoch sehr, sehr selten.« Er wandte sich Pia zu. »Wann hat Ihre Familie Südafrika verlassen?«

»1966… im September.«

»September 1966? Ein Monat, den wir Südafrikaner nie vergessen werden.«

»Wieso?«

»Am 6. September wurde der damalige Premierminister Hendrik Verwoerd im Parlament in Kapstadt niedergestochen und starb wenige Minuten später an seinen Verletzungen. Die Mehrheit der Weißen trauerte, und die Schwarzen jubelten, weil einer der Begründer der Apartheid sein Leben gelassen hatte.«

»Wollen Sie damit sagen, dass der Zeitpunkt der Abreise gegen meinen Vater spricht?«, fragte Pia und konnte ihren Unmut nicht verbergen.

»Nein«, antwortete Willem Basson. »Nein, das wollte ich damit nicht sagen.« Er strich sich wieder über seinen Bart. »Ich … ich kann mich ein wenig umhören. Möglicherweise weiß einer der alten Freunde von Harry Shenton, wo seine Tochter hingezogen ist. Kommen Sie in zwei Stunden wieder.«

Sie verabschiedeten sich und stiegen in ihren Wagen. In der Zwischenzeit hatte es angefangen zu regnen, und überall hatten sich riesige Pfützen gebildet. Ein paarmal dachte Pia, dass sie in den rotbraunen, matschigen Löchern stecken bleiben würden, aber dann schafften sie es doch, auf die Hauptstraße zurückzukommen.

»Und jetzt?«, fragte Jonathan.

»Lass uns zum Friedhof fahren und das Grab von Harry Shenton suchen«, schlug Pia vor.

Insgeheim hoffte sie, eine Grabinschrift zu finden, auf der vielleicht auch der Name von Zoës Kind vermerkt sein könnte. Aber als sie den Friedhof erreicht hatten und die Gräber entlangschritten, begriff sie, wie naiv diese Vorstellung gewesen war. Hier gab es nur schlichte Holzkreuze, auf denen selten ein Name stand und noch seltener der Geburts- und der Todestag.

Nach einer Weile entdeckte Pia das Grab jenes Abraham Esau, von dem der alte Steve im District-Six-Museum gesprochen hatte. Sie erzählte Jonathan von diesem Mann, der bei den Farbigen als Held verehrt wurde, weil er zu Anfang des Jahrhunderts im Kampf gegen die Buren sein Leben verloren hatte.

»Wenn bei uns in der Schule vom Burenkrieg die Rede war, dann wurde so getan, als hätten da nur Weiße gegen Weiße gekämpft«, sagte Jonathan. »Buren gegen Engländer. Von den Opfern unter den Farbigen wurde nie gesprochen.«

Es regnete jetzt stärker, und sie kehrten zum Wagen zurück, ohne das Grab von Harry Shenton gefunden zu haben. Menschen wie er hatten gelebt, ohne eine Spur zu hinterlassen.

Als Willem Basson ihnen die Tür öffnete, stand hinter ihm ein alter, gebeugter Mann, der ihnen als Michael vorgestellt wurde. Er sagte etwas auf Afrikaans, was Pia nicht verstand. Sie sah nur sein zahnloses Lächeln.

»Michael hat Harry Shenton gekannt«, erklärte Willem Basson. »Und er weiß auch, wo seine Tochter wohnt.«

Pia hielt die Luft an.

Mit zitternden Händen zog der alte Mann einen kleinen Zettel aus seiner Hosentasche und reichte ihn Pia. *Zoë Shenton, 3 Mapanie Street, Mitchell's Plain*, stand da in wackeligen Buchstaben geschrieben. Einen Augenblick lang konnte Pia es nicht glauben, dass sie endlich am Ziel war. Sie hatte Zoës Adresse.

»Danke, vielen Dank«, rief sie und nahm den verblüfften Michael in die Arme. »Wenn Sie wüssten, wie viel mir diese Adresse bedeutet.«

Michael lächelte wieder, sagte aber nichts.

»Er versteht Sie nicht, weil er kein Englisch spricht«, erklärte Willem Basson.

»Können Sie ihn bitte fragen, wie es Zoë geht und ob sie eine Tochter oder einen Sohn hat.«

Willem Basson nickte und übersetzte die Fragen für Michael. Pia sah, wie Michael seufzte und ein paarmal den Kopf schüttelte. Willem Basson wiederholte die Fragen; erst dann begann Michael zu reden.

»Das klingt nicht gut«, sagte Jonathan leise.

»Was sagt er denn?«, rief Pia.

Willem Basson blickte sie traurig an. »Zoë hat ein schweres Leben gehabt. Und sie war oft krank in den letzten Jahren. Trotzdem hat sie darauf bestanden, ihren Vater zu pflegen. Aber das hat sie sehr viel Kraft gekostet. Als sie Calvinia vor einem Jahr verlassen hat, war sie schon sehr schwach.«

»Und ihr Kind? Was ist mit ihrem Kind?«

»Sie … sie hat einen Sohn, den hier aber niemand kennt. Alle haben sich gewundert, dass er nicht zur Beerdigung seines Großvaters gekommen ist.«

»Lebt er auch in Kapstadt?«

Wieder sprach Willem Basson mit Michael auf Afrikaans.

»Er weiß es nicht. Er weiß nicht mal, ob er noch am Leben ist. Zoë hat es immer vermieden, über ihren Sohn zu sprechen.«

Pia sah ein, dass sie von Michael nicht mehr erfahren würde. Sie bedankte sich noch einmal bei ihm und zog ihr Portemonnaie aus der Tasche, aber er wollte nichts von ihr annehmen. Als sie darauf bestand, ihm Geld schenken zu wollen, zeigte er auf Willem Basson und murmelte etwas, was Pia wieder nicht verstand.

»Wenn du was spenden willst, sollst du es Willem Basson für die Leihbücherei geben«, sagte Jonathan.

Also gab sie ihm dreihundert Rand.

»Bitte versprechen Sie uns, dass Sie Zoë in Ruhe lassen, wenn sie nichts von Ihnen wissen will«, sagte Willem Basson zum Abschied. »Nach dem, was Michael uns erzählt hat, verträgt sie keine Aufregung.«

Pia nickte. Natürlich würde sie vorsichtig sein. Aber sie war sich sicher, dass Zoë glücklich wäre, sie zu sehen. Zoë hatte sie geliebt.

Sie fuhren zurück zu ihrem Zimmer und holten ihre Sachen. Die Pensionsbesitzerin freute sich mit ihnen, dass sie mit ihrer Suche ein Stück weitergekommen waren.

Als sie Calvinia verließen, regnete es noch immer. Hier würden heute keine Blumen blühen.

»Glaubst du, dass Michael uns alles gesagt hat, was er wusste?«, fragte Pia.

»Wieso?«

»Vielleicht hat er mich schonen wollen.«

»Inwiefern?«

»Es ist nur so eine Idee.«

Pia gingen die Geschichten der Menschen durch den Kopf, die vor der Wahrheitskommission ausgesagt hatten. Wie würde sie reagieren, wenn Zoë ihr morgen sagen würde, ihr Sohn sei vor zehn, fünfzehn oder zwanzig Jahren kaltblütig von der Polizei ermordet worden? Sie könnte es nicht glauben, nicht ohne sein Grab gesehen zu haben. Und Zoë würde nur mit den Achseln zucken und sagen, ein Grab habe es nie gegeben.

15

Als Pia am nächsten Morgen mit Sophie telefonierte und ihr Zoës Adresse nannte, konnte diese es kaum fassen, dass Zoë nur zehn Minuten zu Fuß von ihrem eigenen Haus entfernt wohnte.

»Daran können Sie sehen, wie anonym wir in Mitchell's Plain leben«, sagte Sophie. »Im District Six wäre so etwas undenkbar gewesen.«

»Ich weiß, Sie haben schon sehr viel Zeit in die Suche nach Zoë investiert. Darf ich Sie trotzdem bitten, mit mir zusammen zu ihr zu fahren?«

»Aber ja«, rief Sophie. »Ich bin doch selbst neugierig darauf, sie kennenzulernen, nach all diesen Schwierigkeiten.«

»Mein Freund, Jonathan Samuels, wird auch mitkommen.«

»Ist das der Fotograf, den Charlie kennt?«

»Genau.«

Es entstand eine kurze Pause, in der Pia überlegte, was Sophie jetzt denken mochte. Sie war erst gut zwei Wochen in diesem Land und hatte schon jemanden gefunden, den sie als ihren Freund bezeichnete. Und es war ihr nicht einmal schwergefallen.

»Holen Sie mich ab?«, fragte Sophie.

»Ja, in einer halben Stunde sind wir da.«

Heute bestand Sophie nicht darauf, dass sie in ihrem Wagen fuhren. Vielleicht hatte Mitchell's Plain den Ruf, weniger gefährlich zu sein als andere Townships.

»Ist Ihre Gegend einigermaßen sicher?«, fragte Pia nach einer Weile.

»Nein«, antwortete Sophie. »Der Drogenhandel blüht. Und

auch sonst werden bei uns Verbrechen aller Art begangen. Dazu kommen die üblichen Schlägereien …« Ihre Stimme brach ab.

»Wie geht es Ihrer Tochter?«

»Die Operation hat sie sehr geschwächt. Und dann hat ihr Mann vorgestern auch noch meinen Wagen zu Schrott gefahren. Er war betrunken …«

Pia schwieg eine Weile, während Sophie und Jonathan sich über eine Drogengang unterhielten, die ganze Straßenzüge in Mitchell's Plain beherrschte. Jonathan erzählte, dass er vor einiger Zeit versteckte Fotos von einem der Drogenbosse gemacht hatte, aber noch war niemand verhaftet worden.

»Passen Sie bloß auf sich auf«, sagte Sophie. »Diese Leute schrecken vor nichts zurück.«

Pia musste an die Morddrohung denken, die Jonathan vor einiger Zeit bekommen hatte, und an den kleinen roten Opel, der auf ihrer ersten gemeinsamen Fahrt so plötzlich vor ihnen aus der Parkbucht geschossen war. Begab Jonathan sich bewusst in Gefahr, wenn er solche Fotos machte? Und wenn ja, warum? Weil er das Gefühl hatte, nicht viel zu verlieren zu haben? Wieder hatte sie dieses Bild von jemandem vor Augen, dem die Wege zu seiner Vergangenheit und seiner Zukunft versperrt waren. Aber was war mit ihr? Sie stand für die Gegenwart. Wie würde er reagieren, wenn sie ihn bitten würde, sich solchen Risiken nicht mehr auszusetzen?

Beinahe hätte sie die Ausfahrt nach Mitchell's Plain übersehen.

Jetzt war es nicht mehr weit. Pia spürte, wie ihre Handflächen feucht wurden. Immer wieder sagte sie sich, dass sie auf alles gefasst war, auch darauf, dass Zoë sie nicht sehen wollte und die Tür gleich wieder schließen würde, sobald sie ihren Namen genannt hatte.

Mitchell's Plain erstreckte sich über ein riesiges Gebiet. Tausende von Häuschen und Schuppen standen aufgereiht wie Streichholzschachteln an den Wegen und Straßen. Mal gab es mehr Müll, mal weniger. Unzählige Menschen waren unterwegs, und trotzdem ging von diesem Ort eine Eintönigkeit aus, wie Pia sie noch nie erlebt hatte. Ihr war es unbegreiflich, wie Sophie sich in diesem Häusermeer zurechtfand und ihr klare Anweisungen geben konnte, wo sie abbiegen sollte.

Sie hielten vor einem verfallenen Schuppen, vor dem ein kleiner, rostiger Lieferwagen parkte.

»Hier ist es«, sagte Sophie.

Pia schluckte. Sie hatte bis zuletzt gehofft, Zoë würde in einem der besseren Häuser leben.

»Möchten Sie, dass ich mitkomme?«

Pia nickte und gab Jonathan ein Zeichen, dass auch er mitkommen solle.

Als sie auf den Schuppen zugingen, kamen zwei abgemagerte Hunde auf sie zugelaufen und schnüffelten an ihren Beinen. Der größere hatte auf dem Kopf eine tiefe Wunde, in der es von Fliegen nur so wimmelte. Pia griff nach Jonathans Hand.

»Sieh nicht hin«, sagte er leise.

Die Schuppentür war voller Risse und hing nur noch in einer Angel. Pia starrte auf die Tür und brachte es nicht über sich, anzuklopfen.

»Soll ich?«, fragte Sophie.

Pia nickte.

Sophie klopfte sacht an die Tür, doch nichts geschah. Sie klopfte noch einmal, diesmal etwas lauter, aber niemand öffnete ihnen.

»Hallo?«, rief sie und schaute durch die schmutzige Fensterscheibe.

In dem Moment wurde die Tür aufgerissen. Vor ihnen stand ein jüngerer Mann in einer fleckigen Hose und einem zerrissenen T-Shirt. Er war klein und fett und sah aus, als ob er gerade erst aufgewacht sei.

»Was wollen Sie?«, fauchte er sie an.

Pia holte tief Luft. War das ihr Halbbruder? Nein, nein, das konnte nicht sein. »Ich möchte zu Zoë Shenton«, antwortete sie und versuchte, nicht zu tief einzuatmen. Der Mann stank penetrant nach einer Mischung aus Schweiß, Urin und Alkohol.

»Wer sind Sie?«

»Mein Name ist Pia Lessing.«

»Und wer ist das?«, fragte er und zeigte auf Jonathan und Sophie.

»Mein Freund Jonathan Samuels und Sophie Davies vom District-Six-Museum. Sie hat mir bei der Suche nach Zoë geholfen …«

»Verschwinden Sie!«

»Sind Sie Zoë's Sohn?«

»Was geht Sie das an?«

»Ich muss Zoë dringend sprechen. Können Sie ihr bitte diese Karte geben?«

Sie reichte ihm die Visitenkarte ihres Hotels, auf die sie vorher ihren Namen geschrieben hatte. »Und richten Sie ihr bitte aus, dass ich sehr glücklich wäre, wenn sie sich bei mir melden würde.«

Der Mann blickte misstrauisch auf die Karte. »Warum wollen Sie sie sprechen?«

»Ich komme aus Deutschland, aber ich bin hier geboren, und Zoë war bis 1966 meine Nanny …«

»War dieser Deutsche etwa Ihr Vater?«, rief der Mann und machte plötzlich einen Schritt auf sie zu. »Scheren Sie sich zum Teufel! Ich hasse die Deutschen, und ich hasse meine Mutter dafür, dass sie sich mit so einem eingelassen hat!«

Er schlug die Tür mit einer solchen Wucht zu, dass es einen Moment lang so aussah, als würde sie aus der Angel fallen.

»Das war deutlich«, sagte Jonathan.

»Allerdings«, murmelte Pia.

»Vielleicht fragen wir die Nachbarn, ob sie irgendwas über Zoë wissen«, schlug Sophie vor.

Sie klopften an ein paar Türen, aber niemand wollte ihnen Auskunft geben.

»Die haben alle Angst vor Zoës Sohn«, sagte Sophie, als sie zum Wagen zurückgingen. »Wahrscheinlich gehört er zu einer dieser Schlägerbanden, die Abend für Abend die Gegend unsicher machen.«

»Vorsicht!«, rief Jonathan und griff nach Pias Arm.

In dem Augenblick flog ein Stein an ihnen vorbei und traf das Hinterrad ihres Wagens. Pia drehte sich um und sah Zoës Sohn grinsend in der Tür stehen.

Hastig schloss sie die Autotür auf und ließ die anderen einsteigen. Im Rückspiegel sah sie, wie er sich nach dem nächsten Stein bückte, doch der traf sie zum Glück nicht mehr.

»Was für ein widerlicher Typ!« Pia schüttelte sich vor Ekel.

Sophie nickte. »Vermutlich verstehen Sie jetzt besser, was hier in den Townships los ist.«

»Glauben Sie, dass Zoë noch am Leben ist?«, fragte Jonathan.

»Ja«, antwortete Sophie. »Wenn sie tot wäre, hätte er uns das gesagt.«

»Es könnte sein, dass sie irgendwo im Krankenhaus liegt. Der Mann, der Pia die Adresse gegeben hat, meinte, dass sie schon sehr schwach gewesen sei, als sie Calvinia vor einem Jahr verließ.«

»Ich werde mich weiter nach ihr umhören.«

»Danke«, sagte Pia. »Ich weiß nicht, was ich ohne Sie anfangen würde.«

»Dann gäbe es irgendjemand anderen. Niemand ist unersetzlich.«

Auf dem Rest der Fahrt schwiegen sie. Als sie am District-Six-Museum ankamen, legte Sophie Pia die Hand auf die Schulter und sagte, sie solle vorsichtig sein und auf keinen Fall allein zu dem Schuppen zurückfahren. Zoës Sohn sei gefährlich.

»Ich werde im Hotel auf Zoës Anruf warten.«

»Wie lange sind Sie noch in Kapstadt? Bis Donnerstag?«

»Ich … bleibe bestimmt länger«, antwortete Pia.

»Bis bald … hoffentlich.«

Sophie nickte ihnen zum Abschied zu und verschwand im Museum.

»Trinken wir noch einen Kaffee?«

Jonathan nickte. »Nicht weit von hier, in Adderley Street, gibt's ein Café, in das ich manchmal gehe.«

Pia hatte die ganze Zeit versucht, sich zusammenzureißen. Aber als Jonathan und sie sich an dem kleinen Bistrotisch gegenübersaßen, konnte sie sich nicht länger beherrschen und brach in Tränen aus.

Jonathan blickte sie erschrocken an. »Pia …«

»Es ist sinnlos, absolut sinnlos. Ich werde Zoë niemals zu Gesicht bekommen. Ihr Sohn wird alles tun, um ein Treffen zwischen uns zu verhindern.«

»Warte doch erst mal ab.«

»Hast du den Hass in seinen Augen nicht gesehen?«

»Ja … trotzdem …«

»Der wird ihr die Karte nicht geben. Die hat er längst zerrissen.«

»Vielleicht findet Sophie sie in einem der Krankenhäuser.«

»Sophie hat sicherlich auch bald die Nase voll von dieser Sucherei.«

»Das glaube ich nicht. Sie kommt mir sehr engagiert vor. Die gibt so schnell nicht auf.«

Pia rührte in ihrem Cappuccino und wünschte, sie könnte den Anblick von Zoës Sohn aus ihrem Gedächtnis löschen. Hatte ihr Vater gewusst, was aus dem Kind geworden war, das er gezeugt hatte? Hatte er überhaupt von diesem Kind gewusst?

»Kein Wunder, dass Zoë es in Calvinia vermieden hat, über ihren Sohn zu sprechen. Der Typ ist eine Katastrophe.«

»Es gibt Tausende, die so leben und so sind wie er«, sagte Jonathan. »Stell dir vor, du müsstest allein ein Kind in einer Township aufziehen. Du schuftest den ganzen Tag für wenig Geld, hast lange Anfahrtswege, schlechte Transportmittel, und dein Kind ist die meiste Zeit sich selbst überlassen. Deine Unterkunft besteht aus einem Schuppen, der jederzeit einstürzen kann, du hast Angst vor Krankheit, Hunger und gewalttätigen Nachbarn. Die Gefahr, dass es da Probleme gibt, ist sehr groß. Zoës Leben muss die Hölle gewesen sein.«

»Ja … und mein Vater hat sich davongemacht.«

»Das wissen wir nicht. Im Gegenteil, du hast neulich gesagt, wie verantwortungsbewusst er war und dass er eine Frau, die ein Kind von ihm erwartete, nicht einfach sich selbst überlassen hätte.«

Pia schloss die Augen. Sie wusste nicht mehr, was sie denken sollte. Und war es wirklich so wichtig, dass sie herausfand, was damals passiert war? Konnte sie nicht heute, hier und jetzt, beschließen, mit der Suche aufzuhören, anstatt sich immer mehr im Kreis zu drehen?

»Eine Sache geht mir nicht aus dem Kopf«, hörte sie Jonathan sagen.

Sie öffnete die Augen und sah, wie er die Stirn runzelte.

»Es behagt mir nicht, dass Zoës Sohn die Adresse von deinem Hotel hat.«

»Aber ich musste sie ihm doch geben. Wie sollte Zoë mich sonst finden können?«

»Ja, ja, ich weiß ... ich sage ja auch nur, dass es mir nicht behagt.«

»Glaubst du etwa, dieser Typ fährt mit seinem kleinen, rostigen Lieferwagen nach Newlands, um mir vor dem Hotel aufzulauern?«

»Ich würde es nicht ausschließen ...«

»Unsinn. Dazu ist der gar nicht in der Lage. Der liegt in diesem Moment vermutlich sturzbetrunken irgendwo in der Ecke.«

Jonathan antwortete nicht, aber Pia spürte, dass sie ihn nicht überzeugt hatte.

»Du hast vorhin Sophie gegenüber erwähnt, dass du bestimmt länger als bis Donnerstag bleiben wirst«, sagte er nach einer Weile.

»Ja ...«

»Seit der Fahrt nach Calvinia habe ich das Gefühl, dass unsere Zeit immer schneller abläuft ... wie bei einer Sanduhr.«

»Mir stehen in diesem Jahr noch drei Wochen Urlaub zu.«

»Und wird der so kurzfristig bewilligt?«

»Ich werde es versuchen.«

»Vielleicht könnte ich mich um einen Auftrag in Deutschland bewerben.«

»Ich habe auch schon darüber nachgedacht, ob ich nicht freiberuflich arbeiten soll. Dann würde ich eine Zeitlang in Südafrika leben.«

Er blickte sie an und lächelte. »Die Lage ist also nicht hoffnungslos.«

»Überhaupt nicht, zumindest nicht, was uns angeht.«

Jonathan gab ihr einen Kuss. »Vergiss Zoë mal für ein, zwei Tage und geh heute Abend mit mir essen. Ich würde dich gern David und seiner Frau vorstellen.«

»Wer ist David?«

»Ein alter Freund von mir. Du hast bei den Anhörungen in Bellville schon mal kurz mit ihm gesprochen.«

»Der Kameramann?«

»Ja. Wir sind 1976 zusammen ausgewandert ... Er hat später auch in New York gelebt.«

»Kennt er deinen Sohn?«

Jonathan nickte. »Andrew ist sogar sein Patenkind. Aber seine Briefe und Päckchen kommen auch immer ungeöffnet zurück.«

»Ich würde ihn gern kennenlernen.«

Sie verabredeten sich für zwanzig Uhr bei *Blues* in Camps Bay. Als Pia Jonathan fragte, ob er dort nicht befürchten müsse, seinen Eltern zu begegnen, schüttelte er den Kopf. Er habe sich in den letzten zwanzig Jahren so verändert, dass seine Eltern ihn in einem Restaurant vermutlich nicht einmal wiedererkennen würden.

16

Viertel vor drei. Seit anderthalb Stunden saß Pia in ihrem Hotelzimmer und las. Sie hatte den Damen an der Rezeption gesagt, dass sie einen dringenden Anruf einer gewissen Zoë Shenton erwarte und dieser jederzeit zu ihr durchgestellt werden solle.

In der letzten Nacht, als sie nicht schlafen konnte, hatte sie in Jonathans Regal ein Buch gefunden, in dem sie bis in den frühen Morgen hinein gelesen hatte und das sie nicht mehr losließ. *Eiserne Zeit* von J. M. Coetzee. Es handelte von einer alten Frau in Kapstadt, die erfährt, dass sie Krebs hat und bald sterben wird. Sie schreibt einen Abschiedsbrief an ihre Tochter, die zehn Jahre zuvor nach Amerika ausgewandert ist und mit denen, die in Südafrika geblieben sind, nichts mehr zu tun haben will.

Pia empfand die Geschichte als sehr beunruhigend, nicht nur, weil der Graben zwischen Mutter und Tochter unüberbrückbar schien. Vielleicht war es die Einsamkeit der alten Frau, die ihr so naheging, eine Einsamkeit, die ihr ganzes Dasein bestimmte und es ihr unmöglich machte, die Tochter zu bitten, zurückzukommen und ihr beim Sterben beizustehen. Im Gegenteil, sie hatte verfügt, dass der Brief erst nach ihrem Tod abgeschickt würde, ein Brief, in dem sie ein Resümee ihres Wohlstandslebens zog, das nur ein solches sein konnte, weil sie Schwarze für sich hatte arbeiten lassen. War dies durch die Tatsache zu entschuldigen, dass sie ihre Angestellten immer gut behandelt und besser bezahlt hatte als die meisten anderen Weißen? Die Frage blieb offen, wie viele andere Fragen auch. Und so war das Bild, das allmählich in Pia entstand, kein schwarz-weißes, sondern eines aus unzähligen Grauschattierungen.

Sie legte das Buch beiseite und blickte aus dem Fenster. Die Sonne schien, im Garten blühten die Mimosen, und irgendwo gurrte eine Taube. *Ich stehe vor Mutters Schlafzimmer und rufe. Mutter antwortet nicht. Ich drücke die Klinke herunter. Im Zimmer ist es hell. Auf dem Bett liegt die seidige Decke mit den bunten Vögeln. Mutter ist nicht in ihrem Bett. Sie ist nicht in ihrem Bad. Sie ist nicht auf dem Balkon. Wo bist du? Wo bist du? Komm, sagt Zoë und nimmt mich in die Arme. Wir gehen in den Garten. Wo ist sie? Wo ist sie? Es wird alles gut. Wo ist sie? Wo ist sie? In einem anderen Bett, in einem anderen Haus. Was für ein Haus? Ein Krankenhaus. Und warum ist sie da? Damit sie wieder gesund wird. Gehen wir sie besuchen? Zoë schüttelt den Kopf. Wir warten, bis sie wiederkommt.*

Das Auffälligste war das helle Schlafzimmer. So hell war es dort sonst nie gewesen. Warum hatte ihre Mutter im Krankenhaus gelegen? War schon damals Krebs bei ihr festgestellt worden, und hatte man dies all die Jahre vor Pia geheim gehalten?

Zehn nach drei. Sie ertrug es auf einmal nicht mehr, hier zu sitzen und zu hoffen, dass Zoë anrufen würde. Wenn sie sich meldete, würde man ihr das schon ausrichten. Und die Chance, dass sie sich meldete, wurde dadurch nicht größer, dass sie stundenlang in diesem Zimmer saß und wartete.

Sie beschloss, zum Noordhoek Beach zu fahren, dem Strand, an dem sie neulich mit Jonathan gewesen war. Es würde ihr guttun, sich zu bewegen.

Eine halbe Stunde später parkte sie ihren Wagen an der ihr bekannten Stelle und nahm den schmalen Weg an der Lagune entlang und weiter bis zum Strand. Das Meer glitzerte in der Sonne, die Möwen kreischten, weit draußen fuhr ein Containerschiff.

Es herrschte Flut; die türkisblauen Wellen brachen sich einoder zweimal und schlugen dann donnernd ans Ufer. Vorn am

Wasser, nicht weit von den hohen Felsen entfernt, die das Ende des Strandes markierten, waren zwei Surfer damit beschäftigt, ihre Bretter zu prüfen. Ein dritter glitt geschickt auf den Wellenkämmen dahin.

Der Sand war weich und heiß, alles andere als ein guter Boden zum Joggen. Dennoch zog Pia die Schuhe aus, verstaute sie in ihrem Rucksack und fing an zu laufen.

Sie hatte Rückenwind, der sie schneller vorankommen ließ, als sie gedacht hatte. Trotz des Rucksacks fühlte sie sich plötzlich ganz leicht. Sie genoss den salzigen Geschmack auf ihren Lippen.

Einige Leute mit Hunden kamen ihr entgegen und ein Mann, der ein Gestell mit einem schlafenden Baby auf dem Rücken trug. Der Kopf des Kindes hing etwas abgeknickt zur Seite und war feuerrot. Beinahe wäre Pia stehen geblieben, um dem Mann zu sagen, dass sein Baby einen Sonnenhut brauchte, aber in dem Augenblick entdeckte sie einen toten Seehund, den sie für ein großes Stück Holz gehalten hatte, und vergaß das Baby. Der Seehund war vermutlich gerade von der Flut ans Ufer gespült worden, denn er sah unversehrt aus. Aber die ersten Krähen hüpften bereits auf ihn zu.

Erst jetzt bemerkte Pia, dass es angefangen hatte, sich zu bewölken. Sie drehte sich um und erschrak einen Moment lang, als sie sah, wie weit sie schon gelaufen war. Hier waren kaum noch Leute unterwegs. Trotzdem lief sie weiter. Sie war seit Wochen nicht mehr gelaufen. So schnell würde das Wetter nicht umschlagen.

Sie dachte darüber nach, dass sie, unabhängig von Sophie, morgen damit anfangen würde, sich in den Kapstädter Krankenhäusern nach Zoë zu erkundigen. Für den Fall, dass das zu nichts führte, würde sie die Friedhöfe aufsuchen, zuerst den in Mitchell's Plain und dann alle anderen. Wenn Zoë in den letzten zwölf Monaten gestorben und hier beerdigt worden war, müsste eine der Friedhofsverwaltungen ihren Namen in einem Verzeichnis notiert haben. Warum war sie nicht viel früher auf den Gedanken gekommen, die Friedhöfe in ihre Suche mit einzubeziehen? Weil sie es nicht hatte wahrhaben wollen, dass Zoë vermutlich nicht mehr am Leben war? Dabei war dies die wahrscheinlichste aller Möglichkeiten, spätestens seitdem sie wusste, wie schwach Zoë schon in Calvinia gewesen war.

Pia stolperte beinahe über eine der riesigen Algen, von denen es an diesem Teil des Strandes besonders viele gab. Vielleicht war es besser, wenn sie umkehrte. Am Himmel ballten sich dunkle Wolken zusammen, und der Wind war noch stärker geworden.

Kaum hatte sie ihren Rückweg angetreten, als sie in der Ferne einen Mann von kleiner, dicker Gestalt auf sich zukommen sah. Zoës Sohn, schoss es ihr durch den Kopf. Aber es war natürlich vollkommen abwegig zu glauben, Zoës Sohn würde am Noordhoek Beach spazieren gehen.

Da sie jetzt Gegenwind hatte, kam sie nur schwer voran. Sie schaute sich um. Außer dem Mann und ihr schien niemand mehr am Strand unterwegs zu sein. Sie spürte eine leichte Unsicherheit in sich aufsteigen, während sie weiter auf ihn zulief.

Plötzlich entdeckte sie, dass sich ganz hinten, nicht weit von den Felsen entfernt, mehrere dunkle Punkte bewegten. Das mussten die drei Surfer sein. Es gab also keinen Grund, in Panik zu verfallen. Sie würde einfach weiterlaufen, vorbei an dem Mann, vorbei an dem toten Seehund und immer weiter bis zu den Surfern und dann die Lagune entlang und quer über den Parkplatz bis zu ihrem Wagen.

Pia bemerkte, dass der Mann das rechte Bein etwas nachzog, nicht sehr stark, aber doch so, dass es sie beruhigte. Jemandem, der hinkte, würde sie allemal davonlaufen.

Als sie das Gesicht des Mannes erkannte, war sie höchstens

noch fünfzig Meter von ihm entfernt. In ihren Ohren begann es zu rauschen. Der erste Eindruck hatte sie nicht getäuscht. Es war Zoës Sohn, der auf sie zukam. Einen Augenblick lang war sie wie gelähmt. Dann rannte sie los, rannte auf die Dünen zu, obwohl sie nicht wusste, ob sie auf diesem Wege den Parkplatz erreichen würde. Lag nicht zwischen den Dünen und dem Parkplatz die Lagune? Der Sand war so tief, dass sie immer wieder einsackte und einmal fast hinfiel.

Sie hatte gerade ihren Rucksack abgeworfen, um schneller voranzukommen, als sie das Keuchen des Mannes hörte. Und im nächsten Augenblick packte er ihren Arm.

»Lassen Sie mich los!«, schrie Pia.

»Schrei nur. Es wird dir nichts nützen.«

Er riss ihren Kopf nach hinten und hielt ihr ein Messer an die Kehle. Sein Atem stank nach Alkohol.

»Was wollen Sie von mir?«

»Rache.«

»Ich werde Ihnen Geld geben, viel Geld, alles, was ich habe. In meinem Portemonnaie sind über siebenhundertfünfzig Rand …«

Sie spürte einen heftigen Schlag in den Kniekehlen und sackte in den Sand.

»Rache für das, was dein Scheißvater uns angetan hat.«

»Im Hotel habe ich noch Reiseschecks, mindestens zwölf oder dreizehn Reiseschecks. Jeder einzelne ist hundert Mark wert, dreihundert Rand. Das macht zusammen dreieinhalb bis viertausend Rand …«

»Rache für das beschissene Leben, das wir gehabt haben, meine Mutter und ich.«

Er ließ das Messer über ihrem Gesicht kreisen. Sie musste an das Messer kommen, musste reden, reden, um an das Messer zu kommen.

»Wir können die Schecks noch heute Abend einlösen. An der Waterfront gibt es ein Reisebüro, Rennies, das bis sieben Uhr aufhat. Sie haben auch eine Wechselstube. Oben im ersten Stock. Viertausend Rand. Das ist doch was, oder? Stellen Sie sich vor, was Sie mit viertausend Rand alles machen können ...«

»Weißt du, was dein Vater mit meiner Mutter gemacht hat? Vergewaltigt hat er sie.«

Pia fing an zu zittern. Nein. Das konnte nicht sein. Ihr Vater hätte niemals eine Frau vergewaltigt.

»Und dann hat er sie sitzenlassen, hat sie weggeworfen wie ein Stück Dreck.«

Jetzt sah sie das Messer nicht mehr, spürte nur, wie sich die Spitze in ihre Haut bohrte, direkt unter ihrem Kehlkopf.

»Und ich werde mit dir dasselbe machen.«

Während er versuchte, mit einer Hand seine Hose zu öffnen, rutschte er im Sand aus, und sein Griff lockerte sich. Pia merkte, dass sie ihren Kopf wieder bewegen konnte. Wo war das Messer? Sie richtete sich auf und schlug mit beiden Fäusten in das aufgequollene Gesicht, das sich eben noch über sie gebeugt hatte. Er schrie auf, und in dem Moment fiel ihm das Messer aus der Hand. Pia sah etwas Glitzerndes im Sand versinken, und bevor er eine Chance hatte, danach zu greifen, hatte sie sich das Messer geschnappt und sprang auf.

Sie würde es ihm in den Bauch rammen, in seinen fetten, widerlichen Bauch. Mit beiden Händen umklammerte sie den Griff des Messers und holte aus.

»Nein!!! Nein!!!«, brüllte er und versuchte aufzustehen.

Sie trat ihm mit voller Wucht in die Genitalien. Wieder schrie er auf und krümmte sich vor Schmerzen.

Pia hielt plötzlich inne. Sie starrte auf diesen Mann, der vor ihren Füßen lag wie ein riesiger Käfer, und dann rannte sie los. Das Messer hielt sie noch immer umklammert. Sie drehte sich kein einziges Mal um. Er würde es nicht schaffen, sie einzuholen.

Als sie an den Surfern vorbeilief, die gerade ihre Sachen zusammenpackten, fiel ihr ein, dass sie ihren Rucksack in den Dünen hatte liegenlassen. Aber darin waren nur ihre Turnschuhe. Den Autoschlüssel hatte sie in der Tasche ihrer Jeanshose. Sie überlegte kurz, ob sie den Surfern berichten sollte, was geschehen war, rannte dann aber weiter. Je länger sie an diesem Strand blieb, desto größer war die Gefahr, dass sie dem Mann noch einmal begegnen würde. Und schon den Gedanken fand sie unerträglich.

Neben ihrem Wagen stand sein kleiner, rostiger Lieferwagen. Er musste ihr vom Hotel aus gefolgt sein. Jonathan hatte also recht gehabt.

Es gelang ihr nur mit Mühe, die Tür aufzuschließen, so sehr zitterten ihre Hände. Sie warf das Messer auf den Beifahrersitz und ließ den Motor an. Während sie mit quietschenden Reifen vom Parkplatz fuhr, blickte sie in den Rückspiegel, doch es war niemand zu sehen.

Wo sollte sie zuerst hinfahren? Zur Polizei? Zu Jonathan? Zum Hotel? Es herrschte viel Verkehr, viel mehr als auf der Hinfahrt. Immer wieder blickte sie auf das Messer. Es hatte eine breite, scharfe Klinge. Beinahe hätte sie zugestochen, hätte ihn vielleicht mit einem einzigen Stich getötet. Oder sie hätte in blinder Wut unzählige Male auf ihn eingestochen, weil er sie verfolgt, bedroht und gedemütigt hatte. Sie war kurz davor gewesen, es zu tun. Sie hätte es beinahe getan. Sie hätte beinahe jemanden ermordet.

Vorsichtig tastete sie mit den Fingerkuppen ihrer rechten Hand über ihren Hals und ihre Kehle. Sie fühlte keine Wunde, nicht mal einen Kratzer. Im Spiegel sah sie, dass ihre Haut in der Tat so aussah wie immer. Als wäre nichts passiert.

Ein Gericht hätte anerkannt, dass es Notwehr gewesen wäre. Entweder ihr Leben oder seins. Die Gewalt war von ihm ausgegangen. Sie hatte nur reagiert, hatte sich gewehrt gegen diesen Mann, der sie überfallen hatte. Er konnte ihr dankbar sein, dass im letzten Augenblick irgendetwas sie daran gehindert hatte, zuzustechen. War es die Tatsache, dass dieser Mann ihr Halbbruder war? Nein. Nein, sie hatte kein Mitleid mit ihm. Auch in dem Moment hatte sie kein Mitleid mit ihm gehabt. Was sie für ihn empfand, war eine Mischung aus Ekel und Abscheu. Und vielleicht sogar Hass.

Sie beschloss, sich Schuhe aus dem Hotel zu holen und zu Jonathan zu fahren. Wenn sie Glück hatte, war er schon zu Hause. Oder Nicolas war da, und sie würde mit ihm reden können. Hauptsache, sie konnte bald mit jemandem reden.

Der grüne Toyota stand direkt vor dem Haus. Sie schloss ihren Wagen ab und stieß das Gartentor auf.

Er musste sie gehört haben, denn er öffnete die Tür, bevor sie klingeln konnte.

»Pia …«, rief er erschrocken.

Und erst da begann sie zu weinen.

Später, als sie Jonathan alles erzählt hatte, ging er hinaus, um das Messer aus ihrem Wagen zu holen. Als er zurückkam, sah sie, dass es in einer durchsichtigen Gefriertüte steckte. Ihr war auf einmal, als würde sie einen Film sehen, in dem die Tatwaffe gesichert worden war und man nun zur weiteren Spurensicherung schritt. Wieder tastete sie ihren Hals ab und wünschte, es gäbe dort wenigstens einen winzigen Ratscher, irgendetwas, was darauf hindeutete, dass all das wirklich geschehen war.

»Lass uns zur Polizei fahren«, sagte Jonathan und legte die Tüte mit dem Messer in seine Umhängetasche.

»Wird man mir dort glauben?«

»Wenn sie das Messer sehen, bestimmt.«

»Werden sie ihn verhaften?«

»Ich weiß es nicht …«

Sie nahmen Jonathans Wagen. Pia konnte nicht umhin, sich ständig umzuschauen, als erwarte sie, dass gleich der kleine Lieferwagen hinter ihnen auftauchen würde.

»Pia, du hast selbst gesagt, dass er dir nicht gefolgt ist.«

»Ja, schon, aber …«

Er strich ihr mit der Hand über den Kopf. »Außerdem sind wir mitten in der Stadt. Und wir sind zu zweit.«

Pia nickte. Aber sie ahnte, dass sie keine Ruhe finden würde, solange Zoës Sohn nicht gefasst worden war.

Der Beamte auf der Polizeiwache sah müde aus, so, als habe er heute schon unzählige Geschichten dieser Art gehört. Er warf einen kurzen Blick auf das Messer, nahm Pias Personalien auf und notierte, was vorgefallen war.

»Der Mann heißt mit Nachnamen Shenton«, sagte Pia. »Seine Adresse lautet: 3 Mapanie Street, Mitchell's Plain.«

»Vorname?«

»Ist mir nicht bekannt.«

»Wie kommt es, dass Sie seine Adresse wissen?«

»Ich … kenne seine Mutter, Zoë Shenton …«

»Und seinen Vornamen kennen Sie nicht?«

»Nein.«

»Gibt es Zeugen?«

»Nein. Ich habe Ihnen doch beschrieben, dass sich das Ganze in den Dünen von Noordhoek Beach abgespielt hat. Da war niemand.«

»Kein guter Ort für eine Frau allein.«

»Das weiß ich jetzt auch.«

»Hat er Sie verletzt?«

Pia holte tief Luft. »Nein, auch das habe ich Ihnen schon gesagt. Ich konnte ihm das Messer entwenden.«

»Und was haben Sie dann gemacht?«

»Ich … ich bin weggelaufen …«

»Hat er Sie verfolgt?«

»Ich habe mich nicht nach ihm umgedreht.«

»Hatten Sie keine Angst?«

»Ich hatte vorher gesehen, dass er hinkte. Deshalb hoffte ich, dass er mich nicht einholen würde.«

»Was werden Sie unternehmen?«, fragte Jonathan ungeduldig.

»Wir werden ihn aufsuchen und hören, was er zu sagen hat.«

»Und wenn er alles abstreitet?«

»Tja …«

»Wenn er sogar leugnet, zu der Zeit am Strand gewesen zu sein?«

»Ohne Zeugen können wir da nicht viel machen.«

»Aber auf dem Messer sind seine Fingerabdrücke«, rief Pia.

»Ihre auch. Das Messer allein beweist nicht, dass er heute Nachmittag am Noordhoek Beach war. Er könnte behaupten, er habe es bei Ihnen im Hotel vergessen.«

»Das ist ja absurd!«, erwiderte Jonathan.

»Die Surfer!«, rief Pia. »Es waren Surfer am Strand. Die müssen ihn gesehen haben.«

»Können Sie zu denen nähere Angaben machen?«

»Es waren drei junge Männer. Alle drei hatten eine Art Taucheranzug an, wie Surfer sie im Winter tragen …«

»Haben Sie sich ein Autokennzeichen gemerkt?«

»Dazu war ich viel zu aufgeregt.«

»Wir könnten zu dem Parkplatz fahren. Vielleicht sind sie noch da«, sagte Jonathan.

»Es ist fast dunkel«, sagte der Beamte und schob das Messer in eine braune Tüte.

Er schrieb eine Nummer darauf und legte den Bogen mit den

Notizen dazu. Damit war für ihn die Angelegenheit offenbar erledigt.

»Der hat kein Interesse daran, Zoës Sohn festzunehmen«, murmelte Pia auf dem Weg zum Wagen.

»Wahrscheinlich bekommt er jeden Tag mehrere solcher Meldungen.«

»Das ist kein Grund, meine Anzeige nicht ernst zu nehmen.«

»Natürlich nicht.«

»Hat es überhaupt Zweck, noch zu dem Parkplatz zu fahren?«, fragte Pia. »Die Surfer sind sicherlich längst zu Hause.«

»Manchmal übernachten dort Leute in ihren Wohnwagen, auch wenn das verboten ist. Erinnerst du dich, ob du einen Wohnwagen gesehen hast?«

Pia schüttelte den Kopf. Der einzige Wagen, den sie außer ihrem eigenen erinnerte, war der kleine, rostige Lieferwagen.

Sie gerieten in einen Stau, und Pia wäre am liebsten umgekehrt, aber dann fuhren sie doch weiter, fuhren durch die Dunkelheit bis zu dem Parkplatz, von dem sie vor ein paar Stunden geflohen war.

Weit und breit war kein Wohnwagen zu sehen. Und auch der Lieferwagen war verschwunden.

17

Jonathan hatte David anrufen wollen, um das gemeinsame Essen bei *Blues* abzusagen, aber Pia bestand darauf, dass sie ihre Verabredung einhielten.

Sie sehnte sich nach Ablenkung, und im Restaurant zu sitzen und Jonathans Freunde kennenzulernen war auf jeden Fall besser, als über die Ereignisse des Tages nachdenken zu müssen.

Im Hotel gab es keine Nachricht für sie. Pia hatte nichts anderes erwartet. Wenn Zoë überhaupt noch am Leben war, würde ihr Sohn alles tun, um zu verhindern, dass sie mit ihr Kontakt aufnahm.

Während sie duschte, wartete Jonathan in ihrem Zimmer. Sie hatte ihn nicht darum bitten müssen; er war von sich aus geblieben.

»Was soll ich anziehen?«

»Die schöne Jacke mit der Hose aus Seide.«

Als sie das Hotel verließen, um nach Camps Bay zu fahren, bemerkte sie, dass er sich sehr genau umsah. Er hielt es also auch für möglich, dass Zoës Sohn weiterhin versuchen würde, ihr aufzulauern.

Pia wünschte plötzlich, Jonathan würde sein Angebot wiederholen, dass sie bei ihm wohnen könne, aber nachdem sie neulich so entschieden abgelehnt hatte, würde er von sich aus kaum noch einmal einen solchen Vorschlag machen. Da musste sie ihn schon selbst fragen, und das fiel ihr immer noch schwer.

Blues lag direkt am Meer. Die hier abgestellten BMWs, Jaguare und Porsches wurden dem Riviera-Flair des Ortes durchaus gerecht. Vielleicht war es da nur konsequent, dass der schwarze

Parkplatzwächter ihrem leicht zerdellten Toyota einen geringschätzigen Blick zuwarf.

Sie betraten einen großen, hellerleuchteten Raum voller Menschen. Vorne links am Fenster wurden gerade sechs Hummer serviert.

»Guten Abend, Mr. Samuels.« Eine junge Frau im schwarzen Abendkleid lächelte Jonathan zu und gab ihnen ein Zeichen, ihr zu folgen.

Ihr Tisch stand auf einer leicht erhöhten Ebene, von der aus sie sowohl auf das dunkle Meer als auch in die offene Küche blicken konnten, wo unzählige Personen schwarzer und weißer Hautfarbe mit Kochen, Grillen und Frittieren beschäftigt waren. Die Bestellungen wurden von einem halbmondförmigen Tresen abgeholt, auf dem außerdem Platten mit Meeresfrüchten aller Art präsentiert wurden. Einen größeren Gegensatz zu den Townships konnte Pia sich kaum vorstellen.

»Verglichen mit Europa sind die Preise hier recht akzeptabel«, sagte Jonathan und fügte beinahe entschuldigend hinzu, dass das Publikum, wie in vielen anderen südafrikanischen Restaurants, leider noch überwiegend aus Weißen bestünde.

Am Nachbartisch nahm jetzt ein deutsches Ehepaar Platz, das ebenfalls die günstigen Preise lobte. Einen Moment lang überlegte Pia, ob sie aufstehen und vorschlagen sollte, woanders hinzugehen, weil sie nicht in dieses Land gekommen war, um inmitten exklusiv gekleideter Menschen den billigsten Hummer ihres Lebens zu essen. Aber dann beschloss sie, sich den Abend nicht durch ein schlechtes Gewissen verderben zu lassen. Es war ein schöner Ort, vielleicht das schönste Restaurant, in dem sie je gewesen war.

Sie hatte gerade die Speisekarte aufgeschlagen, als sie sah, dass Jonathan jemandem zuwinkte. Gleich darauf trat David an ihren Tisch. Jonathan stellte sie einander vor, und Pia merkte an seiner Art, dass die beiden sich seit langem kannten.

»Nancy kommt etwas später«, sagte David und setzte sich auf den Stuhl neben Pia. »Sie muss noch einen Hausbesuch machen.«

»Nancy ist Kinderärztin«, erklärte Jonathan. »Eine von denen, die auch in den Townships arbeiten.«

David seufzte. »In den letzten Wochen war sie manchmal kurz davor, damit aufzuhören. Sie konnte es nicht mehr ertragen, dass ihr die Kinder reihenweise wegsterben. Aids, Typhus und Tuberkulose … Es ist furchtbar, das mit anzusehen.«

»Das kann ich mir vorstellen«, murmelte Pia und dachte an die mit Fliegen übersäten Schafsköpfe, die in Langa von den alten Frauen feilgeboten wurden.

»Ich weiß nicht, ob Sie schon in einer Township waren«, sagte David zu Pia. »Sie hatten sicherlich mit den Anhörungen der Wahrheitskommission genug zu tun.«

»Ja … trotzdem habe ich eine dieser Township-Tours mitgemacht.«

»Und in Bonteheuwel warst du auch«, warf Jonathan ein.

»Ja, und dann waren wir noch zusammen in Mitchell's Plain …«

David sah sie verblüfft an. »Arbeiten Sie denn an einem Artikel über die Townships?«

»Nein, ich suche jemanden … eine Frau namens Zoë Shenton.«

»Und, wie weit sind Sie mit Ihrer Suche?«

Pia zuckte mit den Achseln. »Ich weiß, wo sie angeblich wohnen soll, aber wir haben sie dort nicht angetroffen. Nur ihren Sohn, einen … sehr unangenehmen Menschen …«

Eigentlich hatte Pia sich vorgenommen, an diesem Abend nicht über das zu sprechen, was heute vorgefallen war, aber sie hatte sofort Vertrauen zu David gefasst, und deshalb erzählte sie ihm von dem Überfall am Noordhoek Beach. Sie sah das Entsetzen in seinem Gesicht, und wieder fing sie an zu zittern, wenn sie daran dachte, wie anders alles hätte ausgehen können.

Jonathan sah sie an und griff nach ihrer Hand. »Es ist vorbei, Pia …«

Ja, es war vorbei, aber in ihrem Innern würde es noch lange nicht vorbei sein.

»Fahrt morgen auf jeden Fall noch mal zum Noordhoek Beach«, sagte David. »Vielleicht sind die Surfer wieder da und können eine Aussage machen. Ohne Zeugen rührt die Polizei keinen Finger, schon gar nicht, wenn – wie sie es nennen würde – nichts passiert ist. Dafür gibt es zu viele Überfälle, die sehr übel enden.«

»Was für Überfälle?«, fragte da eine Stimme hinter ihnen.

»Nancy!«, rief David und stand auf, um ihr einen Kuss zu geben. »Das ist Pia.«

Während David ihr berichtete, worüber sie gerade gesprochen hatten, überlegte Pia, wo sie Nancy schon einmal gesehen hatte. Und dann erinnerte sie sich. Die farbige Frau im roten Leinenkleid. Am ersten Tag der Anhörungen in Bellville war Jonathan auf sie zugegangen, um sie zu begrüßen. Lachend hatte sie ihn in den Arm genommen, und Pia hatte sich gefragt, warum ihr die Szene überhaupt auffiel. Natürlich nicht, weil es ein Weißer und eine Farbige waren, die sich begrüßten, sondern weil sie gern diejenige gewesen wäre, die ihn umarmte.

»Ich hoffe, dass der Kerl festgenommen wird«, sagte Nancy.

Pia nickte und stand auf. Sie hatte auf einmal einen Kloß im Hals.

»Ich bin gleich wieder da«, murmelte sie und verschwand in Richtung Toilette.

Sie schaffte es nur bis zum Waschbecken, dann wurde ihr schlecht, so schlecht, wie ihr noch nie gewesen war. Stundenlang war es ihr gelungen, sich zu beherrschen, aber jetzt konnte sie nicht mehr.

Nach einer Weile hörte sie, wie die Tür aufging und jemand den Raum betrat. Sicherlich eine dieser teuer gekleideten Damen, die sich erfrischen wollte und kein Verständnis dafür haben würde, dass hier jemand das Waschbecken vollspuckte.

Aber es war Nancy, die den Arm um sie legte und ihr half, sich das Gesicht zu waschen.

»Es ... war schrecklich«, stammelte Pia. »Ich habe solche Angst gehabt. Und als ich dann das Messer hatte, hätte ich ihn beinahe umgebracht ...«

Nancy strich ihr über den Kopf. »Kommen Sie, wir gehen nach draußen.«

Der Himmel war klar und die Luft kühl. Sie gingen auf dem Parkplatz auf und ab, und Pia erzählte Nancy von dem Ekel und der unbändigen Wut, die sie verspürt hatte.

»Den Polizeibeamten hat das alles vermutlich nicht interessiert.«

»Nein ...«

»Die Leute sind abgestumpft, weil sie zu viele solcher Fälle bearbeiten müssen.«

»Ich hätte nicht allein an den Strand gehen dürfen. Aber die Sonne schien, und ich wollte mich bewegen und über alles nachdenken. Und erst als es sich bewölkt hat, habe ich gemerkt, wie weit ich schon gelaufen war. Und plötzlich waren die Leute um mich herum verschwunden, und ich sah diesen Mann auf mich zukommen ...«

»Machen Sie sich keine Vorwürfe. Das hätte jedem von uns passieren können.«

Vielleicht war es dieser Satz, der Pia half, sich zu beruhigen.

Als Jonathan kurz darauf auf sie zugelaufen kam und fragte, ob sie nach Hause fahren wolle, schüttelte sie den Kopf.

»Aber dir ist nicht gut, oder?«

»Es geht schon wieder.«

Auf dem Weg zurück zu ihrem Tisch sah Pia, wie in der hinteren Ecke des Restaurants ein älterer Mann aufstand, um eine junge Frau in einem Minikleid zu begrüßen. Die beiden waren offensichtlich ein Paar. Sein Gesicht kam ihr bekannt vor. War das nicht der Range-Rover-Fahrer, der sich vor ein paar Tagen im Teegarten am Rhodes Memorial mit seinem Sohn gestritten hatte?

»Da hinten in der Ecke sitzt Arthur Brown«, sagte Nancy, nachdem sie bestellt hatten. »Er scheint frisch verliebt zu sein.«

»Wer ist das?«, fragte Pia.

»Einer der reichsten Männer des Landes. Er besitzt ein großes Bauunternehmen.«

»Ich glaube, er hat Probleme mit seinem Sohn.«

Jonathan blickte sie erstaunt an. »Woher weißt du das?«

»Ich war letzten Freitag in dem Teegarten am Rhodes Memorial und habe mitbekommen, wie Arthur Brown sich mit seinem Sohn über die Politik der *affirmative action* gestritten hat.«

»Das ist etwas, was die Öffentlichkeit sehr interessieren könnte«, sagte David.

»Wieso?«

»Trevor, der Sohn von Arthur Brown, hat 1985 unter Protest das Land verlassen und ist erst vor kurzem zurückgekehrt. Es ging lange das Gerücht um, dass sein Vater ihn enterbt habe, was insofern nicht ganz unbedeutsam ist, als Arthur Brown nur dieses eine Kind hat. In letzter Zeit sah es jedoch so aus, als hätten die beiden sich wieder versöhnt. Vater und Sohn wurden gemeinsam auf verschiedenen Empfängen gesehen, und bei einem Geschäftsabschluss traten sie sogar als Team auf.«

»Arthur Brown wird nächstes Jahr fünfundsechzig«, fügte Jonathan hinzu. »Wenn jemand wie Trevor die Firma übernehmen sollte, wäre das unter Umständen ein großer Fortschritt für unser Land.«

»Ich dachte, die Firmen würden schon jetzt zu einer Politik der *affirmative action* gezwungen.«

»Ja, aber Trevor würde nicht nur notgedrungen hier und da ein paar Schwarze in untergeordneten Positionen einstellen. Trevor würde sich aktiv um größere Gerechtigkeit in der Unternehmensstruktur bemühen.«

»Wer weiß, ob er dazu jemals Gelegenheit bekommt. Am Ende des Gesprächs hat ihn sein Vater als Verräter bezeichnet.«

Jonathan fuhr sich mit beiden Händen durch die Haare. »Das ist anscheinend eines der Lieblingswörter dieser Generation.«

»Ich habe übrigens deinen Vater neulich gesehen«, sagte David.

»Aha ...«

»Auf der Terrasse des Fischrestaurants in Hout Bay. Er saß am Nebentisch mit einer deiner Schwestern und ihren Kindern.«

»Ohne meine Mutter?«

»Ja ...«

»Und ... hat er was gesagt?«

»Ich habe ihn begrüßt, aber er hat weggeguckt. Und als deine Schwester angefangen hat, mit mir zu reden, ist er aufgestanden und ins Haus gegangen. Später haben sie sich an einen anderen Tisch gesetzt.«

»Typisch.«

»Er sah ziemlich klapprig aus. Wie alt ist er jetzt?«

»Einundsiebzig.«

»Deine Schwester sagte, ihr Mann hätte einen Job in Australien angenommen. Sie haben vor, demnächst auszuwandern, weil ihnen das neue Südafrika zu gefährlich ist.«

»Der eine kommt, der andere geht.«

Pia sah den bitteren Zug um Jonathans Mund, der auch nicht verschwand, als David ihm ein zweites Glas Weißwein einschenkte und meinte, er solle die Sache nicht so ernst nehmen.

»Du kennst deine Schwester. Die hat sich genauso wenig verändert wie du.«

In dem Moment wurde ihr Essen serviert. Pia hatte sich Spaghetti al pesto und einen Salat bestellt. Schon nach dem ersten Probieren spürte sie, dass dies genau die richtige Entscheidung gewesen war.

»Ich würde Jonathans Schwester ja gern widersprechen«, sagte Nancy nach einer Weile. »Aber nach dem, was Pia heute erlebt hat …«

»Das war was anderes«, wandte Pia ein. »Da gab es persönliche Gründe. Zoës Sohn hasst die Tatsache, dass er von einem Weißen abstammt. Und als er erfahren hat, dass wir denselben Vater haben, habe ich seinen Hass zu spüren bekommen.«

»Nur, woher kommt dieser Hass?«, fragte Jonathan. »Der hat doch was mit dem Lebensstandard der Leute hier zu tun. Zoës Sohn ist mit Sicherheit unter schlimmen Bedingungen aufgewachsen. Er hat wahrscheinlich immer vor Augen gehabt, wie anders sein Leben sein könnte, wenn sein Vater sich um ihn gekümmert hätte …«

Er brach ab und lehnte sich auf seinem Stuhl zurück. »Verflucht, ich wünschte mir, es wäre nicht alles so schwierig …«

»Hast du in letzter Zeit mal versucht, mit Andrew Kontakt aufzunehmen?«, fragte David.

»Ich schreibe ihm mindestens einmal im Monat, aber die Briefe kommen ungeöffnet zurück, genau wie deine.«

»Jetzt ist allerdings zum ersten Mal einer seiner Briefe nicht zurückgekommen«, sagte Nancy.

Jonathan blickte sie verblüfft an. »Wirklich?«

»Ja. Vielleicht ist Andrew mittlerweile aus dem Alter raus, in dem Sally ihm regelmäßig seine Post wegnehmen kann.«

»Das wäre immerhin ein Fortschritt, obwohl ich fest davon überzeugt bin, dass sie ihm lauter grässliche Dinge über mich eingeimpft hat ...«

»Du solltest mal wieder nach New York fliegen und versuchen, mit ihm zu sprechen«, schlug David vor.

»Aber du weißt doch, wie das beim letzten Mal ausgegangen ist«, sagte Jonathan. »Sally hat mit einer einstweiligen Verfügung gedroht, wenn ich mich noch mal an der Schule blicken lasse.«

»Es muss ja nicht an der Schule sein. Du könntest ihn irgendwo beim Sport erwischen, oder vielleicht hat er Musikunterricht ...«

»Ich würde mit dir kommen«, sagte Pia.

»Nach New York?«

»Ja.«

Jonathan beugte sich zu ihr herüber und gab ihr einen Kuss. »Erst mal müssen wir deine Zoë finden.«

»Wo wohnt sie?«, fragte Nancy.

»3 Mapanie Street, in Mitchell's Plain«, antwortete Pia.

»Und was wissen Sie sonst noch über sie?«

»Sie muss Anfang oder Mitte fünfzig sein und ist wahrscheinlich alles andere als gesund.«

»Wenn Sie wollen, kann ich mich in den Tageskliniken in Mitchell's Plain nach ihr erkundigen.«

»Ja, gerne, oder auch im Krankenhaus.«

»Ein richtiges Krankenhaus gibt es dort noch nicht.«

»Und in den anderen Townships?«

»In Langa gibt's eins. Und in Khayelitsha wird zurzeit eins gebaut.«

»Ich hatte mir gerade heute Nachmittag am Strand überlegt, dass ich in den Krankenhäusern nach ihr suchen wollte. Hat das überhaupt Zweck?«

»Ja, in den städtischen Kliniken. Ansonsten gehen die Townshipbewohner in ihre Tageskliniken. Und bei denen, die sehr schwer krank sind und niemanden haben, der sich um sie kümmert, kommt oft jede Hilfe zu spät. Die schaffen es gar nicht mehr bis zum Krankenhaus, sondern sterben allein in ihrem Schuppen.«

»Ich kann mir kaum vorstellen, dass Zoës Sohn sich um seine Mutter kümmert.«

»Wer weiß. Manchmal erleben wir Ärzte die größten Überraschungen. Abgebrühte Kerle, die alles stehen- und liegenlassen, wenn es um ihre Mutter geht.«

»Das würde mich sehr wundern.«

»Ich werde sehen, was ich herausfinden kann. Wo erreiche ich Sie?«

»Im *Vineyard Hotel.*«

»Gut. Ich werde mich so oder so bei Ihnen melden. Aber ein paar Tage wird es schon dauern.«

»Danke.«

»Haben wir jetzt alle schwierigen Themen abgehakt?«, fragte David und lächelte in die Runde.

»Nein«, antwortete Nancy. »Du hast Jonathan noch nicht erzählt, dass du vorgestern auch einen dieser Drohbriefe erhalten hast.«

»Ach, dieses blöde Ding …«

»Es war immerhin eine Morddrohung.«

»Wegen der Drogenreportage, die du gemacht hast?«, fragte Jonathan.

»Ja.«

»David nimmt das einfach nicht ernst«, sagte Nancy.

»Soll ich mir einen anderen Job suchen, oder was?«

»Natürlich nicht.«

»Ich bin schließlich nicht nach Südafrika zurückgekommen, um hier eine ruhige Kugel zu schieben.«

»Das weiß ich.«

»Na also.«

»Trotzdem habe ich Angst.«

»Wir dürfen uns nicht einschüchtern lassen.«

»Genau«, pflichtete Jonathan ihm bei.

»Die beiden halten immer zusammen«, sagte Nancy zu Pia. »Was halten Sie denn von diesen Drohungen?«

Pia zögerte einen Moment, bevor sie leise antwortete, dass sie auch Angst habe. Jonathan schaute sie überrascht an, sagte aber nichts.

»Wie wär's mit einem Nachtisch?«, rief David.

Später, als sie im Wagen saßen und die kleine Passstraße hinauffuhren, die zurück in die Stadt führte, fragte Jonathan, ob sie bei ihm übernachten wolle. Pia nickte, aber wieder schaffte sie es nicht, ihm zu sagen, dass sie am liebsten aus ihrem Hotel ausziehen würde.

Sie erreichten den Pass und sahen auf der anderen Seite die erleuchtete Stadt unter sich liegen. Pia zuckte zusammen, als ihr Blick auf den grünlich angestrahlten Tafelberg rechts von ihnen fiel. Es war ein gespenstisches Licht, das dem Berg etwas Bedrohliches verlieh, was er tagsüber nicht hatte.

Ihr war, als habe sie diese Situation vor langer Zeit schon mal erlebt. Und dann erinnerte sie sich. Sie war gegen Morgen aufgewacht und hatte nicht wieder einschlafen können, weil ihr ständig die Zeugenaussagen durch den Kopf gegangen waren, die sie zuvor gehört hatte. Sie war unendlich erschöpft gewesen nach diesem ersten Anhörungstag der Wahrheitskommission.

Irgendwann war sie aufgestanden, hatte die Gardinen beiseitegezogen und die schemenhaften Umrisse des Berges vor sich gesehen. Es war die Nacht, in der sie von ihrem Findbuch geträumt hatte.

Zwei Wochen waren seitdem vergangen. Mehr nicht.

18

In dieser Nacht träumte Pia, dass sie in Handschellen vor die Wahrheitskommission in Durban geführt wurde. Das Publikum tobte; man verlangte ihren Kopf. Sie versuchte, nicht in den Zuschauerraum zu blicken, sondern nach vorn, zu Bischof Desmond Tutu und der Ärztin Wendy Orr, die in ihren Akten blätterte. Wenn man ihr wenigstens die Handschellen abnehmen würde! Dieser Auftritt vor der Kommission war ihre letzte Chance. Sie hatte Amnestie beantragt für den Mord, den sie am Strand begangen hatte. Doch Amnestie bekam nur, wer ein politisches Motiv für seine Tat vorweisen konnte. Wenn ihr das nicht gelang, würde das bereits verhängte Todesurteil demnächst vollstreckt werden. Eine Umwandlung in eine langjährige Haftstrafe hatte das zuständige Gericht schon vor Wochen abgelehnt. Nur woher sollte sie es nehmen, das politische Motiv? Es war nichts als blanker Hass gewesen, der sie dazu getrieben hatte, diesen widerlichen Mann auf bestialische Weise zu ermorden, mit einem Messer, das sie eigens dafür gekauft hatte. Desmond Tutu hatte jetzt begonnen zu reden. Das sah sie ganz deutlich an der Bewegung seiner Lippen. Wieso verstand sie nicht, was er sagte? Sie wollte ihn darum bitten, dass er lauter sprechen möge, doch aus ihrem Mund kam kein einziges Wort. Was war los? Wieso hörte sie nichts? Wieso konnte sie nichts mehr sagen? Sie versuchte, Wendy Orr ein Zeichen zu geben, damit sie ihr half. Als Ärztin würde sie sicherlich wissen, was zu tun war. Aber Wendy Orr schaute nicht mal in ihre Richtung. Was sollte sie nur machen? Dies war ihre letzte Chance. Sie musste um Hilfe schreien. Sie musste all ihre Kraft zusammennehmen und so laut wie möglich um Hilfe schreien. Um Hilfe, Hilfe, Hilfe …

»Pia«, hörte sie eine Stimme neben sich sagen. »Pia, ist ja gut …«

Sie schlug die Augen auf. Kalter Schweiß stand ihr auf der Stirn. Es dauerte einen Moment, bis sie wusste, wo sie war.

»Du hast furchtbar geschrien und um dich geschlagen«, sagte Jonathan und strich ihr die Haare aus dem Gesicht.

»Ich habe einen Alptraum gehabt.«

»Kein Wunder … nach dem gestrigen Tag …«

»Holst du mir ein Glas Wasser?«

Jonathan nickte und stand auf.

Kurz darauf kam er mit einem Glas und einer Wasserflasche zurück.

»Ich war zum Tode verurteilt worden für den Mord am Strand … und ich wusste, dass ich keine Amnestie bekommen würde …«

Er schenkte das Glas bis oben hin voll und reichte es ihr.

»Ich hatte kein politisches Motiv … da war nur Hass … nichts als Hass …«

»Trink erst mal.«

Pia richtete sich auf und trank das Wasser in einem Zug aus. Dann ließ sie sich wieder auf ihr Kissen zurückfallen. »Wenn das jetzt jede Nacht so geht …«

»Nein, bestimmt nicht.«

»Ich möchte dich um etwas bitten …«

Er sah sie fragend an.

»Kann ich zu dir ziehen?«

»Natürlich.«

»Ich halte es in dem Hotel keinen Tag länger aus.«

»Gestern Abend, als du geduscht hast, habe ich dir dasselbe vorschlagen wollen, aber …«

»Immerzu muss ich daran denken, dass Zoës Sohn mir dort jederzeit auflauern kann.«

»Du hast neulich so entschieden gesagt, dass du einen Raum brauchst, um dich zurückzuziehen.«

»Das ist auch meistens so.«

»Umso mehr freue ich mich, wenn du jetzt zu mir kommst.«

Pia schloss die Augen. Letztlich musste also etwas so Drastisches wie gestern Nachmittag passieren, bevor sie bereit war, ihre gewohnten Sicherheiten aufzugeben.

»Mach dir über das Hotel keine Gedanken mehr. Wir fahren morgen früh zusammen hin, räumen dein Zimmer und passen auf, dass uns auf dem Rückweg niemand folgt.«

»Wie spät ist es?«

»Zehn nach vier.«

»Ich weiß nicht, ob ich noch mal einschlafen kann. Mir geht so viel durch den Kopf …«

»Wenn du willst, koche ich uns einen heißen Kakao.«

»Ja, gerne.«

Kurz darauf saß Pia, in eine Wolldecke gewickelt, in der Küche und sah Jonathan zu, wie er Milch in einen Topf goss und den Gasherd anzündete.

»Ich muss morgen dringend meinen Redaktionsleiter anrufen«, sagte sie und zog die Decke fester um ihre Schultern. Es war eiskalt in der Küche.

»Wegen des Urlaubs?«, fragte Jonathan, während er zwei Becher aus dem Schrank holte und begann, nach dem Kakao zu suchen.

»Ja … Ich hoffe, er bewilligt mir die drei Wochen. Dann kann ich endlich meinen Rückflug umbuchen.«

»Ich habe beschlossen, dass ich mir auf jeden Fall bis Ende der Woche freinehmen werde.«

Pia sah ihn erstaunt an.

»Damit wir mehr Zeit miteinander verbringen können.« Jonathan stellte zwei Becher mit dampfendem Kakao auf den Tisch und setzte sich zu ihr.

»Meinst du, wir finden die Surfer?«, fragte Pia nach einer Weile.

»Gut möglich … vielleicht sind es Jugendliche aus der Gegend, die oft dort surfen.«

»Was nicht heißen muss, dass ihnen Zoës Sohn aufgefallen ist.«

»Er ist ziemlich fett. So jemanden übersieht man nicht so leicht.«

»Soll ich morgen Sophie Davies anrufen und ihr erzählen, was passiert ist?«

»Warum?«

»Ich will nicht, dass sie sich unnötig in Gefahr begibt. Sie hat gesagt, dass sie sich weiter nach Zoë umhören will. Stell dir vor, sie geht zu dem Schuppen, und Zoës Sohn greift sie an.«

»Ja, ruf sie morgen an.«

In dem Augenblick wurde die Haustür aufgeschlossen. Pia zuckte zusammen.

»Das ist Nicolas«, sagte Jonathan und griff nach ihrer Hand. »Der war auf einer Party.«

Pia lehnte sich in ihrem Stuhl zurück. Ihre Nerven waren so dünn wie noch nie.

Nicolas betrat die Küche und sah sie verblüfft an. »Was ist denn mit euch los?«

»Pia wird 'ne Weile bei uns wohnen«, sagte Jonathan. »Ich hoffe, das ist okay.«

»Na, klar. Sie wohnt doch eigentlich schon hier …«

Er setzte sich zu ihnen an den Tisch und zündete sich eine Zigarette an.

»Ihr macht so 'nen niedergeschlagenen Eindruck. Ist irgendwas?«

Jonathan warf Pia einen kurzen Blick zu. Sie nickte fast unmerklich. Irgendwann würde Nicolas sowieso von dem Überfall erfahren.

Während Jonathan erzählte, stand Pia auf und trat ans Fenster. Es war immer noch dunkel, und sie wünschte, es gäbe eine Gardine oder ein Rollo. So konnte jeder von draußen reinsehen und sie beobachten.

»Noordhoek Beach hat nicht gerade den Ruf, besonders sicher zu sein«, sagte Nicolas, als Jonathan fertig war. »Hast du Pia das nicht gesagt?«

»Nein, das wusste ich nicht. Ich bin immerhin seit einem Jahr wieder hier, und ich erinnere mich nicht, dass in der Zeit dort jemand überfallen worden wäre.«

»Wir sollten uns einen Hund anschaffen. Mit Hund wäre das nicht passiert.«

»Kommt auf den Hund an.«

»Natürlich einen vernünftigen Hund, keinen Zwergpinscher oder so was.«

»Und wer soll sich um ihn kümmern, wenn wir unterwegs sind?«, fragte Jonathan.

»Ich geh schlafen.« Pia stand auf. Sie hatte nicht mehr die Kraft, sich über die Vor- und Nachteile eines Lebens mit Hund zu unterhalten.

Als sie wieder im Bett lag, wurde ihr bewusst, dass es eher das Thema der von Jonathan unterschätzten Gefährlichkeit war, das sie nicht hatte diskutieren wollen. Wahrscheinlich stimmte es, was Nicolas sagte: dass Jonathan etwas nicht zur Kenntnis genommen hatte, was als allgemein bekannt galt, so wie er überhaupt Gefahren nicht besonders ernst nahm.

Sie wusste nicht, ob sie sich darüber ärgern sollte oder ob sie sich nicht vielmehr über sich selbst ärgerte, weil sie so unvorsichtig gewesen war. Immerhin war sie vierunddreißig Jahre alt, hatte unzählige Reisen in ferne Länder hinter sich und war in der Regel sehr wohl in der Lage, auf sich aufzupassen.

Nein, Jonathan traf keine Schuld.

Im Hotel wünschte man ihr eine gute Reise. Pia erklärte der jungen Frau an der Rezeption, dass sie nicht vorhabe abzureisen, sondern noch eine Weile in Kapstadt bleiben werde.

»Ich erwarte den dringenden Anruf einer Frau, die ich nicht erreichen kann«, sagte sie und notierte Zoës Namen und Jonathans Telefonnummer. »Würden Sie bitte diese Nummer an Mrs. Zoë Shenton weitergeben, falls sie sich meldet? Aber nur an sie. An niemand anderen.«

»Ich kann Ihnen nicht garantieren, dass das klappt«, sagte die junge Frau leicht pikiert. »Sie müssen verstehen, wir arbeiten im Schichtdienst. Ich müsste erst mal alle meine Kolleginnen und Kollegen informieren.«

»Bitte seien Sie so freundlich«, sagte Jonathan in einem Ton, den Pia noch nicht an ihm kannte.

Die junge Frau nickte und verschwand.

»Das hat sowieso alles keinen Zweck«, murmelte Pia. »Zoë wird nicht anrufen.«

»Wer weiß. Nach all dem, was du unternommen hast, sollten wir es nicht riskieren, dass der Kontakt mit ihr nicht zustande kommt, weil das Hotel meine Telefonnummer nicht weitergeben kann. Das ist doch albern.« Jonathan klang richtig ärgerlich, als sie draußen waren. »Vor allem, wenn der Laden so teuer ist wie dieser hier.«

Sie sahen sich beide sehr genau um, was für Wagen in der Nähe des Hotels geparkt hatten. Ein kleiner, rostiger Lieferwagen war nirgendwo zu sehen.

Pia wählte die Nummer ihrer Redaktion und bat darum, zum Redaktionsleiter durchgestellt zu werden. Sie hatte von der Hauptpost aus anrufen wollen, aber Jonathan hatte darauf bestanden, dass sie seinen Apparat benutzte.

»Hallo?«

»Pia Lessing.«

»Wo sind Sie?«

»Immer noch in Kapstadt.«

»Ihre Berichte waren hervorragend.«

»Danke … Ich möchte Sie um etwas bitten …«

»Wollen Sie noch länger bleiben?«

»Ja …«

»Pia, es ist Hauptreisezeit. Ich hatte neulich bereits Schwierigkeiten, Ihnen die eine Woche zu ermöglichen.«

»Ich weiß, aber ich habe nicht geahnt, was mich hier erwartet. Sonst hätte ich meinen Urlaub schon vor Monaten angemeldet …«

»Wie meinen Sie das?«

Und dann erzählte sie ihm von ihrem Vater und von Zoë und von ihrer schwierigen Suche nach dieser Frau, die vielleicht gar nicht mehr am Leben war. Aber bevor sie das nicht mit letzter Sicherheit herausgefunden habe, könne sie nicht abreisen. Und deshalb bitte sie ihn, sich für sie einzusetzen.

»Rufen Sie mich in einer halben Stunde wieder an.«

Pia legte langsam den Hörer auf. Sie hatte nicht ernsthaft damit gerechnet, dass es an diesem Punkt Schwierigkeiten geben könnte. Was sollte sie machen, wenn er ihren Urlaubsantrag tatsächlich ablehnte? Kündigen, schoss es ihr durch den Kopf. Aber das war natürlich vollkommen unmöglich. Sie konnte nicht einfach so, von heute auf morgen, ihren Job aufgeben, ohne eine Alternative zu haben. Um die müsste sie sich erst mal kümmern. Aber wie sollte sie das von hier aus bewerkstelligen?

Ihre Bedenken waren unbegründet. Dreißig Minuten später hatte der Redaktionsleiter ihren Urlaub bewilligt.

»Noch eine Frage«, sagte er und räusperte sich.

»Ja?«

»Wieso wusste niemand hier in der Redaktion, dass Sie aus Kapstadt stammen?«

»Die wenigsten Menschen in meiner Umgebung wissen davon.«

»Und warum?«

»In meiner Familie war das Thema Südafrika tabu. Ich habe nie gelernt, darüber zu sprechen, weil es mir peinlich war …«

»Halten Sie mich auf dem Laufenden«, sagte er nach einer kurzen Pause. »Und passen Sie auf sich auf. Wir brauchen Sie noch.«

Vielleicht war dies das persönlichste Gespräch, das sie je mit ihm geführt hatte.

Als Nächstes buchte sie ihren Rückflug um. Sie würde am Sonnabend, den 14. September, zurückfliegen. Bis dahin waren es noch dreieinhalb Wochen. Lang genug, um in Erfahrung zu bringen, ob Zoë im letzten Jahr irgendwo in Kapstadt beerdigt worden war. Und wiederum gar nicht lang, wenn Pia an Jonathan dachte.

Doch sie wollte jetzt nicht an die Zukunft und an das Leben auf zwei Kontinenten denken, sondern diesen Moment genießen, in dem eine große Last von ihr abgefallen war. Sie hatte Zeit gewonnen, viel Zeit. Sie hatte ihr Hotel verlassen und war in ein sicheres Haus gezogen, in dem niemand sie belästigen würde. Nachher, wenn Jonathan vom Einkaufen zurückkäme, würden sie zum Noordhoek Beach fahren und vielleicht sogar die Surfer von gestern finden.

Sie gab Nancy ihre neue Telefonnummer durch und rief dann Sophie an, um ihr mitzuteilen, dass sie umgezogen sei. Am liebsten hätte Pia darauf verzichtet, ihr vom Noordhoek Beach zu erzählen, weil sie es plötzlich unerträglich fand, schon wieder über den gestrigen Nachmittag sprechen zu müssen.

»Ich habe heute Morgen noch mal an die Tür von Zoës Schuppen geklopft«, sagte Sophie. »Es hat niemand aufgemacht. Aber ich habe von einer Nachbarin den Namen von Zoës Sohn erfahren. Er heißt Adam und hat einen sehr schlechten Ruf, weil er ständig in Schlägereien verwickelt ist und schon mehrfach im Gefängnis gesessen hat. Der schreckt vor nichts zurück, vor allem, wenn er getrunken hat.«

Da beschloss Pia, dass sie die Geschichte nicht vor Sophie geheim halten durfte. Sophie war entsetzt.

»Ich hatte nicht gesehen, dass er mir gefolgt war«, sagte Pia und wünschte, sie hätte dieses Telefonat hinter sich.

»Er hätte Sie umbringen können.«

»Ja ...«

Natürlich wollte Sophie wissen, ob sie bei der Polizei gewesen sei und was man gegen Zoës Sohn unternommen habe.

Pia berichtete ihr so genau wie möglich, wie das Gespräch auf der Polizeiwache verlaufen war. Das Desinteresse des Beamten schien Sophie nicht zu überraschen.

»Wenn mein Schwiegersohn gewalttätig wird, reagiert die Polizei ganz genauso. Für die sind das häusliche Auseinandersetzungen, aus denen sie sich lieber raushalten. Da muss schon jemand ermordet werden, damit die was unternehmen.«

»Nach diesem Vorfall kann ich Sie kaum noch bitten, sich weiter nach Zoë umzuhören«, sagte Pia.

»Keine Sorge. Ich werde vorsichtig sein. Und das würde ich Ihnen auch empfehlen. Keine einsamen Strandspaziergänge mehr. Und vor allem keine Fahrten in die Townships ohne entsprechende Begleitung.«

Sophie hatte zuletzt wie eine strenge, aber wohlmeinende

Mutter geklungen. Vielleicht war das der Grund, warum Pia nach dem Telefonat in Tränen ausbrach.

Später, nachdem sie zwei Glas Wasser getrunken hatte und eine Zeitlang im Garten auf und ab gegangen war, um sich zu beruhigen, wählte sie Brittas Telefonnummer. Wenn sie Glück hatte, arbeitete Britta heute zu Hause. Sie hatte Glück.

»Hier ist Pia.«

»Wo bist du?«

»In Kapstadt.«

»Ist alles okay?«

»Ich bleibe drei Wochen länger.«

»Hab ich's nicht geahnt? Was sagt deine Zeitung dazu?«

»Der Urlaub ist gerade bewilligt worden.«

»Na, herzlichen Glückwunsch. Und was ist mit Zoë? Hast du sie gefunden?«

»Noch nicht, aber ich weiß, wo sie angeblich wohnen soll. Nur ist sie dort im Augenblick nicht ...«

»Du klingst so merkwürdig. Vielleicht liegt's an der Leitung.«

»Britta?«

»Ja?«

»Ich habe einen Halbbruder.«

»Was???«

»Zoë und mein Vater ...« Pia konnte plötzlich nicht weitersprechen, weil sie daran denken musste, wie Adam Shenton behauptet hatte, ihr Vater habe Zoë vergewaltigt.

»Pia ... bist du noch da?«

»Ja ...«

»Haben die beiden eine richtige Beziehung gehabt?«

»Keine Ahnung ... Das wird mir nur Zoë sagen können ... wenn sie überhaupt noch lebt ...«

»Und ihren Sohn ... hast du den schon kennengelernt?«

»Ja …«

»Kann der dir nicht helfen, seine Mutter zu finden?«

»Nein …«

»Pia, du bist so anders. Hast du was getrunken?«

»Nein …«

»Irgendwas stimmt mit dir nicht.«

Pia versuchte sich zusammenzureißen, aber es gelang ihr nicht. Während sie Britta Stück für Stück die Geschichte ihrer Suche erzählte, fing sie wieder an zu weinen.

»Für mich klingt das alles so, als ob du sofort nach Hause kommen solltest«, hörte sie Britta sagen.

»Nein … Ich muss Zoë finden … Ich muss erfahren, was damals geschehen ist …«

»Ich finde, du hast mehr als genug erfahren.«

»Nein … Wenn du wüsstest, an was für Dinge ich mich auf einmal erinnere … Nur leider ergeben sie bisher keinen Sinn …«

»Vergiss den ganzen Kram. Nichts ist so wichtig, dass du dafür dein Leben riskieren solltest.«

Es entstand eine Pause. Wie sollte sie Britta erklären, warum sie jetzt nicht aufgeben konnte?

»Wer ist denn dieser Jonathan, mit dem du bei der Polizei warst?«

»Ein Fotograf … wir sind uns bei den Anhörungen der Wahrheitskommission begegnet.«

»Ist das wenigstens ein verlässlicher Typ?«

»Ja … ich bin heute Morgen zu ihm gezogen.«

»Du bist … was???«

»Britta, es ist so viel passiert …«

»Ja, offensichtlich.«

»Ich glaube, ich habe mich verliebt.«

»Ist das der eigentliche Grund, warum du länger bleiben willst?«

»Es ist einer der Gründe …«

»Dieses Gespräch kostet dich ein Vermögen. Gib mir mal deine Nummer. Ich rufe dich zurück.«

Ein paar Minuten später hatte sie Britta wieder am Apparat. Es tat ihr gut zu hören, dass sie in ihrer Wohnung gewesen war und die Blumen gegossen hatte. Dass ein Brief von ihrer Lebensversicherung gekommen war und eine Einladung zu einer Vernissage. Und, nicht zu vergessen, eine Postkarte von Tante Hilde, die erholsame Tage in Bad Kissingen verbrachte.

»Das war's?«

»Ja. Tut mir leid, dass ich nichts Weltbewegenderes zu berichten habe.«

»Mir reicht, was sich hier abspielt.«

»Pia?«

»Ja?«

Britta räusperte sich. »Du kommst wieder, oder?«

»Ja …«

»Vielleicht bringst du ihn mit, deinen Fotografen.«

»Mal sehen.«

»Und sei vorsichtig.«

»Ja.«

»Ich habe keine Lust, einen Sarg am Hamburger Flughafen abzuholen.«

»Britta …«

»Ist doch so. Ich wäre diejenige, die das übernehmen müsste.«

»Ja.«

»Also, keine gewagten Unternehmungen.«

»Versprochen.«

Der ernste Unterton in Brittas Stimme klang noch in Pia nach, als sie längst aufgelegt hatte. Nach dem Tod ihres Vaters hatte sie beim Notar ihr Testament aufsetzen lassen, in dem sie Britta als ihre Erbin bestimmte. Sie hatten anschließend zusammen eine Flasche Sekt getrunken und viel gelacht. Es wäre Pia damals nie in den Sinn gekommen, dass sie schon wenige Monate später in eine Situation geraten könnte, die Britta zu einer solchen Bemerkung veranlasste.

Die Sache mit dem Testament war nicht so einfach gewesen. Britta hatte es zunächst für einen Witz gehalten, aber für Pia war es alles andere als das. Sie hatte niemanden mehr, abgesehen von Tante Hilde, die sie in ihrem Leben nur zweimal gesehen hatte, bei ihrer Konfirmation und bei der Beerdigung ihres Vaters. Für Britta mit ihren vier Geschwistern und fünfundzwanzig Vettern und Cousinen war das unvorstellbar. *Zoë! Zoë! Ich will meine Zoë! Zoë! Zoë! Die Frau mit den grauen Locken reißt mich aus dem Bett. Sie schlägt mir auf den Po, sie schlägt mir ins Gesicht. Wehe, du sagst noch einmal diesen Namen. Sie legt mich übers Knie und schlägt und schlägt. Nie mehr! Nie mehr! Hörst du? Nie mehr! Sonst bleibt die Mama für immer fort!*

Wo war ihre Mutter gewesen? Und wo ihr Vater? Hatte ihre Großmutter sie wirklich geschlagen? Pia hatte immer geglaubt, dass sie niemals in ihrem Leben geschlagen worden war. Und dennoch hatte sie dieses Bild ganz deutlich vor Augen …

Draußen fiel eine Autotür ins Schloss. Einen Moment lang hielt sie die Luft an. Dann hörte sie, wie die Haustür aufgeschlossen wurde und Jonathan nach ihr rief. Sie lief ihm entgegen und half ihm beim Ausladen der Lebensmittel, erleichtert, ihm erzählen zu können, was sie erreicht hatte, erleichtert, nicht mehr allein zu sein.

Es war Viertel vor vier, als sie am Noordhoek Beach ankamen. Genau vor vierundzwanzig Stunden hatte Pia hier ihren Wagen abgestellt.

Schon von weitem sah sie die Surfer. Heute waren es vier,

nein fünf. Da standen die Chancen nicht schlecht, dass mindestens einer von ihnen auch gestern Nachmittag hier gewesen war.

Es dauerte eine Zeitlang, bis sie aus dem Wasser heraus waren und ihnen in ihren nassen Gummianzügen gegenüberstanden. Ja, drei von ihnen hatten auch gestern Nachmittag hier gesurft. Aber keiner erinnerte sich daran, einen kleinen, fetten Mann am Strand gesehen zu haben.

19

Am nächsten Morgen fuhren sie als Erstes zur Polizeiwache, um sich zu erkundigen, ob Zoës Sohn verhaftet worden war. Heute hatte ein anderer Beamter Dienst, aber er sah genauso müde aus wie der, mit dem sie vor zwei Tagen gesprochen hatten.

Langsam zog er einen Ordner aus dem Regal und fing an, darin herumzublättern.

»Shenton heißt der Mann«, sagte Pia ungeduldig. »Adam Shenton.«

Der Beamte hielt inne und begann zu lesen. »Von Adam steht hier nichts«, murmelte er, ohne aufzublicken.

»Ich weiß den Vornamen erst seit gestern.«

»Am Montagabend sind zwei Kollegen zu der angegebenen Adresse gefahren, aber es war niemand da.«

»Na und?«, rief Jonathan.

»Nach Aussagen der Kollegen sah der Schuppen nicht unbedingt so aus, als ob da noch jemand wohnen würde.«

Pia holte tief Luft. »Wir wissen, dass da jemand wohnt. Und dieser Jemand heißt Adam Shenton. Er hat uns am Montagmorgen mit Steinen beworfen, und nachmittags hat er mich am Noordhoek Beach mit einem Messer bedroht und versucht, mich zu vergewaltigen.«

»Steine werden hier nicht erwähnt.«

»Weil ich mich bei meiner Aussage am Montag auf das Wesentliche beschränkt habe.« Pia schossen auf einmal die Tränen in die Augen. »Es war ja gerade erst passiert.«

»Haben Sie inzwischen Zeugen gefunden? Angeblich waren zu der Zeit Surfer am Strand.«

»Sie erinnern sich nicht, den Mann gesehen zu haben.«

»Tja, dann …«

»Was werden Sie als Nächstes unternehmen?«, fragte Jonathan mit eisiger Stimme.

»Nichts.«

»Nichts?«, rief Pia. »Und das Messer?«

Der Beamte zeigte auf die braune Tüte. »Steckt da drin.«

»Das weiß ich!« Sie war kurz davor, loszuschreien.

»Hören Sie«, sagte Jonathan. »Dieser Mann ist gefährlich. Sie können nicht so tun, als ginge Sie das nichts an.«

Der Beamte stand auf und stellte den Ordner zurück ins Regal. »Wir haben genug mit den Fällen zu tun, bei denen es nicht so glimpflich abgegangen ist wie bei diesem. Schwere Verletzungen bis hin zum Mord.«

»Auch dieser Fall hätte mit einem Mord enden können!«, rief Pia.

»Wir sind immerhin zu der Adresse gefahren.«

»Das klingt ja so, als hätten Sie mir einen Gefallen getan.«

Der Beamte verzog keine Miene.

»Ich bin überfallen worden. Ich habe ein Recht darauf, dass Sie der Sache nachgehen.«

»Diejenigen, die bei uns einen Überfall melden, bringen in der Regel nicht die Tatwaffe mit.«

»Was soll das denn heißen?«

»So ungleich wird der Kampf nicht gewesen sein.«

»Wollen Sie mir etwa unterstellen, dass ich mitschuldig bin?«

»Wie sind Sie an das Messer gekommen?«

»Das habe ich genau zu Protokoll gegeben.«

»Eine Frau, die einem Mann am Strand ein Messer entreißt?«

»Er hatte getrunken.«

»Und wennschon.«

In dem Moment betrat ein zweiter Beamter den Raum. Pia erkannte in ihm den Polizisten, der am Montag ihre Anzeige aufgenommen hatte.

»Was ist los?«

»Die Dame hier möchte sich nach dem Stand der Dinge erkundigen.«

Es war die Art, wie die beiden sich verstohlen zulächelten, die Pia den Rest gab. Sie drehte sich auf dem Absatz um und lief nach draußen. Jonathan folgte ihr nach wenigen Minuten.

»Am liebsten würde ich das Ganze irgendwo melden«, fluchte Pia, als sie ins Auto stiegen.

»Sie haben versprochen, noch einmal nach Mitchell's Plain rauszufahren und sich Zoës Sohn vorzuknöpfen.«

»Wie hast du sie dazu gebracht?«

»Ich habe sie gefragt, was sie davon halten würden, wenn ich die Geschichte an die Presse weitergebe, und dann habe ich ihnen meinen Ausweis gezeigt.«

»Gut.«

»Mehr können wir nicht tun.«

»Wieso nicht?«

»Pia, ich bin auch empört, aber …«

»Aber was?«

»Es ist sicherlich kein böser Wille im Spiel. Die Polizei hier ist völlig überfordert.«

Schweigend fuhren sie zu Jonathan nach Hause zurück. Pia versuchte, sich wieder zu beruhigen, doch es gelang ihr nicht. Stattdessen steigerte sie sich immer mehr in die Vorstellung hinein, dass das Desinteresse der Beamten etwas damit zu tun hatte, dass sie Weiße war und Adam Shenton Farbiger, wie sie selbst.

»Was machen wir jetzt?«, fragte Jonathan, als sie sich in der Küche gegenübersaßen und Tee tranken.

»Keine Ahnung.«

»Wolltest du nicht in den Krankenhäusern nach Zoë suchen?«

»Ja ...«

»Dann sollten wir damit anfangen.«

»Vielleicht können wir telefonieren ...«

»Am Telefon geben sie uns keine Auskunft. Wir müssen hinfahren.«

Pia lehnte sich auf ihrem Stuhl zurück und schloss die Augen. Gestern war sie noch voller Energie gewesen, heute war nichts mehr davon übrig. Sie würde Zoë nicht finden. Warum gewöhnte sie sich nicht allmählich an diesen Gedanken?

»Pia?«

»Ja?«

»Nicht aufgeben.«

»Hm ...«

Sie stand auf und trat ans Fenster. Die Sonne schien. Auf der Gartenmauer saß eine schwarze Katze und putzte sich. War es dieselbe Katze, die sie bei ihrem ersten Besuch hier gesehen hatte? Sie musste plötzlich an die Marmorkatze in dem alten Haus in Rondebosch denken. Nein, sie würde nicht aufgeben, nicht nach all dem, was sie schon erfahren hatte.

Zum Groote Schuur Hospital waren es mit dem Wagen nur fünf Minuten. Aber es dauerte dreimal so lange, bis sie einen Parkplatz gefunden hatten. An ihrer Ungeduld merkte Pia, dass sie wieder begonnen hatte, Hoffnung zu schöpfen.

Am Informationsschalter warteten sie noch einmal eine Viertelstunde. Dann endlich konnte Pia ihre Frage nach Zoë Shenton stellen.

»Welche Abteilung?«, fragte die junge Frau hinter dem Schalter.

»Das weiß ich nicht.«

»Chirurgie, Innere, Gynäkologie, Orthopädie …«

»Ich kann Ihnen darauf keine Antwort geben.«

Die junge Frau seufzte und blickte auf die Schlange, die sich hinter ihnen gebildet hatte. »Wissen Sie, an was für Beschwerden Mrs. Shenton leidet?«

»Nein, man hat mir nur gesagt, dass sie schon seit langem sehr schwach sei.«

»Aber sie soll in diesem Krankenhaus liegen.«

»Auch das kann ich nicht mit Sicherheit sagen.«

Die junge Frau verdrehte die Augen und schaute auf ihren Computerbildschirm.

»Vielleicht ist die Innere am wahrscheinlichsten. Kann ich mich dort nach ihr erkundigen?«

»Wissen Sie, wie groß unsere innere Abteilung ist?«

»Nein.«

»Da wären Sie lange unterwegs.«

Sie schaute wieder auf ihren Bildschirm. »Shenton, sagten Sie.«

»Ja … Zoë Shenton.«

Pia sah, wie sie den Namen auf ihrer Tastatur eingab. Sie hielt den Atem an.

Dann kam das Kopfschütteln. »Nein, eine Zoë Shenton liegt hier nicht.«

»Sind Sie sicher?«

»Unser Computer ist im Allgemeinen sehr zuverlässig.«

»Danke …«

Auf dem Weg zum Ausgang ballte Pia die Hände zur Faust. Warum stieß sie mit ihren Fragen immer wieder ins Leere? Warum konnte sie nicht einmal Glück haben?

»Wie viele Krankenhäuser gibt es in Kapstadt?«, fragte sie, als Jonathan den Wagen aufschloss.

»Sehr viele.«

»Ich glaube, ich schaffe das nicht.«

»Doch, ein paar versuchen wir noch. Und wenn du nicht mehr fragen kannst, frage ich.«

Im Woodstock Hospital mussten sie nur fünf Minuten warten, bis sie erfuhren, dass dort keine Patientin namens Zoë Shenton verzeichnet war.

Im Tygerberg Hospital warteten sie dagegen fast eine halbe Stunde. Vor ihnen in der Schlange stand ein Paar mit einem kleinen Mädchen. Die Frau weinte ununterbrochen und stammelte immer wieder die Worte, dass sie nicht sterben dürfe. Der Mann legte hilflos den Arm um seine Frau und versuchte, ihr Trost zuzusprechen. Ihre Mutter sei doch sofort ins Krankenhaus gebracht worden. Und die Ärzte würden tun, was sie könnten. Keiner von beiden achtete auf das kleine Mädchen, das fassungslos auf seine Mutter starrte. Vielleicht sah es sie heute zum ersten Mal weinen.

Pia dachte an ihre Mutter, die in ihrer Erinnerung niemals geweint hatte, auch nicht, als die Ärzte sie zum Sterben nach Hause entlassen hatten. Bleich und mit zusammengekniffenen Lippen hatte sie im Bett gelegen und an die Decke geblickt.

Einen Tag vor ihrem Tod hatte Pia mehrmals leise an ihre Tür geklopft, ohne eine Antwort zu bekommen. Plötzlich war sie von einer Panik überfallen worden. Wann hatte sie zuletzt ein Geräusch aus ihrem Zimmer gehört? Vor ein oder anderthalb Stunden? Vorsichtig drückte sie die Klinke herunter und betrat den fast dunklen Raum.

»Solange ich lebe, wartest du bitte, bis ich dich hereinrufe«, sagte ihre Mutter.

»Es tut mir leid. Ich dachte nur …«

»Sterbe ich dir nicht schnell genug?«

»Mutter! Ich hatte Angst. Ich …«

»Bitte geh!«

Kurz darauf kam ihr Vater vom Einkaufen zurück. Sie war diejenige gewesen, die ihn losgeschickt hatte, damit er endlich mal aus dem Haus kam. Er war nur sehr widerwillig gegangen.

»Schläft sie?«

»Nein.«

»Wann warst du zuletzt bei ihr?«

»Vor fünf Minuten.«

»Und?«

»Ich ... ich kann nicht mit ihr reden ...«

In dem Augenblick brach all ihre über Jahre angestaute Enttäuschung aus ihr heraus. Warum war ihre Mutter nicht einmal im Sterben in der Lage, wie ein normaler Mensch zu reagieren? Warum verschanzte sie sich bis zum Ende hinter ihrer Kälte?

Ihr Vater strich ihr über den Kopf und sagte, dass er auch wünschte, es wäre alles anders gekommen. Dann stand er auf und ging nach oben.

Sie hatte ihre Mutter nicht mehr lebend gesehen.

»Du bist dran«, hörte sie Jonathan sagen.

Pia zuckte zusammen. Der Mann am Informationsschalter sah sie fragend an.

»Zoë Shenton«, sagte Pia. »Ich suche eine Frau namens Zoë Shenton.«

Sie war erleichtert, dass der Mann keine weiteren Fragen stellte. Er gab den Namen ein und erklärte nach ein paar Sekunden, dass er leider keine Frau dieses Namens finden könne.

Pia nickte. Sie hatte nichts anderes erwartet.

Auch im Heideveld und im Victoria Hospital erhielten sie dieselbe abschlägige Auskunft.

»Willst du nach Hause?«, fragte Jonathan.

»Nein, lass uns zu einem Friedhof fahren.«

»Die Friedhöfe sind riesig.«

»Es wird doch Friedhofsverwaltungen geben, die Buch führen über ihre Toten.«

Jonathan blickte auf seine Uhr. »Halb vier. Ich weiß nicht, ob wir da noch jemanden antreffen.«

»Wir können es wenigstens versuchen.«

Sie fuhren nach Pinelands, wo es einen Friedhof gab, der die Größe eines ganzen Stadtteils hatte. Kilometerlang erstreckte sich die Friedhofsmauer entlang der Straße, an der sie ihren Wagen abstellten.

Es dauerte eine Weile, bis sie das Verwaltungsgebäude des Friedhofs gefunden hatten. Die ersten zwei Türen waren verschlossen. Schließlich entdeckte Pia einen Hintereingang, der geöffnet war.

Der Flur roch feucht und ungelüftet. Nachdem ihre Augen sich an die Dunkelheit gewöhnt hatten, sah sie, dass eine der Türen nur angelehnt war. Sie klopfte an. Als sie keine Antwort bekam, trat sie ein.

Hinter einem schäbigen Schreibtisch saß ein älterer Mann und blickte sie unfreundlich an.

»Wir haben geschlossen«, murmelte er und wandte sich wieder seinen Unterlagen zu.

»Es ist dringend«, sagte Pia.

»Hier ist nichts mehr dringend. Die Toten haben Zeit. Kommen Sie morgen früh wieder.«

»Ich suche das Grab einer Frau, die vielleicht auf diesem Friedhof beerdigt wurde.«

»Hören Sie, ich habe Ihnen doch gerade gesagt …«

Pia fing an zu weinen. Breaking point, schoss es ihr durch den Kopf. Sie hatte das erreicht, was man einen breaking point nannte.

»Können Sie nicht eine Ausnahme machen?«, fragte Jonathan.

»Sie sehen doch, dass ich zu tun habe.«

»Wir wären Ihnen sehr dankbar.«

Der Mann seufzte und stand auf. »Wie lautet der Name der Verstorbenen?«

»Zoë Shenton.«

Pia konnte sich nur mühsam beherrschen, nicht dazwischenzurufen, dass ja nicht sicher sei, ob Zoë wirklich gestorben war.

»Todesjahr?«

»Irgendwann in den letzten zwölf Monaten.«

»Den genauen Monat wissen Sie nicht?«

»Nein.«

»Ohne Angabe des Todesmonats kommen wir nicht weiter.«

»Werden die Toten denn nicht computermäßig erfasst?«

Der Mann lachte kurz auf. »Wo denken Sie hin?«

Dann gab er ihnen ein Zeichen, dass sie ihm folgen sollten. Sie durchquerten den dunklen Flur und betraten einen Raum, in dem lauter Regale standen, die mit schweren Büchern gefüllt waren.

»Hier sind unsere Toten verzeichnet.«

»Können wir nicht wenigstens ein paar Monate auf den Namen Zoë Shenton durchsehen?«, fragte Pia und putzte sich die Nase.

Der Mann zögerte. »Ich bin höchstens noch eine Stunde hier.«

»Bitte.«

Sie schafften die Monate August bis Mitte November 1995. Dann mussten sie das Gebäude verlassen.

»Wollen Sie morgen früh wiederkommen?«, fragte der Mann, als er hinter ihnen die Tür abschloss.

»Ja, gerne, vielen Dank«, antwortete Pia.

Zum ersten Mal lächelte er. »Ich erlebe es nicht oft, dass es jemandem so wichtig ist, ein bestimmtes Grab zu finden.«

»Ich habe diese Frau sehr geliebt«, sagte Pia.

Am nächsten Morgen brauchten sie noch einige Stunden, bis sie auch die Namen derjenigen durchgesehen hatten, die erst in den letzten Tagen beerdigt worden waren.

»Nichts?«, fragte der Mann, und in seiner Stimme schwang Bedauern mit.

»Nein, leider …«

»Fahren wir noch einmal zu dem Schuppen?«, fragte Pia, als sie das Gebäude verlassen hatten.

»Um eine Auseinandersetzung mit Zoës Sohn zu riskieren?«

»Wenn der Wagen vor der Tür steht, drehen wir sofort wieder um.«

Es stand kein Lieferwagen vor der Tür, aber es machte ihnen auch niemand auf.

»Gehen wir rein?«, fragte Pia.

Jonathan nickte und stieß die Tür auf.

Ein furchtbarer Gestank schlug ihnen entgegen. Der Raum lag voller Müll, dazwischen liefen Kakerlaken, eine Ratte verschwand hinter einer schmutzigen Matratze.

Nein, hier war niemand. Pia war beinahe erleichtert; bis zuletzt hatte sie befürchtet, Zoës verwesende Leiche in diesem Schuppen zu entdecken.

»Du brauchst eine Pause«, sagte Jonathan, als sie wieder im Wagen saßen.

»Ja …«

»Lass uns bis morgen Abend rausfahren aus der Stadt.«

»Wohin?«

»Nach Hermanus.«

»Warum nach Hermanus?«

»Um Wale zu beobachten. Sie kommen um diese Jahreszeit in die Bucht.«

Pia hatte noch nie in ihrem Leben das Bedürfnis verspürt,

Wale zu beobachten. Aber warum nicht? Sie war am Ende. Ihr war alles recht.

Bei Jonathan zu Hause aßen sie schnell ein Brot und packten ein paar Sachen zusammen.

Pia hatte schon den Hörer in der Hand, um Sophie und Nancy die Nummer des Hotels in Hermanus durchzugeben, doch dann verzichtete sie darauf. Jonathan hatte recht. Sie brauchte eine Pause. Wenigstens für anderthalb Tage.

20

Die Straße führte durch die Berge, über den Sir-Lowry's-Pass und weiter in eine Landschaft aus grauem, löchrigem Gestein und dichter Macchia.

»Hermanus wird dir gefallen«, sagte Jonathan. »Es liegt direkt am Indischen Ozean.«

Pia nickte und versuchte, an nichts anderes zu denken als ans Meer. Aber sie sah immer wieder das Bild vom Innern des Schuppens vor sich. Es war nicht irgendjemand, der dort wohnte, es war ihr Halbbruder. Und plötzlich stieg eine ungeheure Wut in ihr auf. Hatte ihr Vater geahnt, in was für ein Leben er Zoë gestürzt hatte? Hatte er jemals auch nur die geringste Verantwortung für sie verspürt? Nein. Wenn er Verantwortung übernommen hätte, würde Adam heute nicht so leben. Ihr Vater war wohlhabend gewesen. Er hätte seinem Sohn zumindest eine andere Unterkunft ermöglichen können. Stattdessen hatte er ihr das Wort Zoë als Vermächtnis hinterlassen, damit sie herausfinden konnte, was für verborgene Seiten es in seinem Leben gegeben hatte. Was ging sie dieses Leben an? Wieso quälte sie sich seit Wochen mit dieser unsäglichen Suche?

Pia schloss die Augen. Warum stellte sie sich Fragen, auf die sie die Antwort längst kannte? Sie war auf der Suche nach der Wahrheit, weil sie die Wahrheit für ihr eigenes Leben brauchte.

Nach einer Stunde erreichten sie Hermanus, ein schöner alter Ort, der Pia tatsächlich sofort gefiel. Die Sonne schien, und es war warm wie im Sommer. Das Hotel, in dem Jonathan sie einquartiert hatte, war frisch restauriert. Von ihrem Zimmer im ersten Stock schauten sie aufs Meer. Das Wasser war türkisblau und leicht gekräuselt. In der Ferne fuhr ein Segelboot.

»Wir waren früher oft in den Ferien hier«, sagte Jonathan nach einer Weile.

»In diesem Hotel?«

Er nickte.

»Und trotzdem übernachten wir hier?«

»Ja. Ich kann nicht all die Orte meiden, die mich an meine Kindheit erinnern. Dann könnte ich Südafrika gleich wieder verlassen.«

Er holte ein Fernglas aus seiner Reisetasche und öffnete das Fenster. Pia beobachtete ihn, wie er langsam den Horizont absuchte.

»Wie nahe kommen die Wale ans Ufer heran?«

»Einmal habe ich einen gesehen, der höchstens fünfzehn Meter entfernt war.«

Er hielt ihr das Fernglas hin. »Willst du auch?«

Sie schüttelte den Kopf. Ihr reichte das, was sie mit bloßem Auge erkennen konnte.

An diesem Nachmittag ließ sich kein einziger Wal blicken. Jonathan schien enttäuscht zu sein, wohingegen Pia glücklich war, auf einer Bank im Garten des Hotels zu sitzen, das Rauschen der Wellen zu hören und den Sturzflügen der Möwen zuzusehen.

Später brachen sie auf zu einem Spaziergang am Strand entlang.

»Hier ist eine meiner Schwestern mal fast ertrunken«, sagte Jonathan. »Sie hatte sich zu weit hinausgewagt und war von der Strömung abgetrieben worden. Ein Fischer hat sie im letzten Moment in sein Boot gezogen.«

»Wie alt war sie da?«

»Neun oder zehn. Meine Eltern waren außer sich vor Angst. Aber als der Fischer sie bei uns abgeliefert hat, hat mein Vater sie als Erstes verprügelt.«

»Bist du auch geschlagen worden?«

»Ja, wahrscheinlich öfter als alle meine Schwestern zusammen.«

»Ich dachte immer, dass ich von so was verschont geblieben sei. Aber vor zwei Tagen hatte ich auf einmal eine Szene vor Augen, in der meine Großmutter mich geschlagen hat. Es war keine Erinnerung, denn ich erinnere mich an nichts dergleichen. Es war eher wie ein Film, in dem ich zufällig selbst mitspielte.«

»Warum hat sie dich geschlagen?«

»Weil ich nach Zoë gerufen habe. ›Nie mehr!‹, hat sie geschrien. ›Hörst du? Nie mehr! Sonst bleibt die Mama für immer fort!‹«

»Wo war deine Mutter?«

»Keine Ahnung …«

»War sie oft krank?«

»Ich glaube nicht …«

»Könnte es sein, dass sie damals versucht hat, sich das Leben zu nehmen?«

Pia blieb stehen und blickte zurück auf den Ort, der in der Abendsonne lag. Sie hatte neulich nicht den Mut gehabt, das zu Ende zu denken, was Jonathan jetzt ausgesprochen hatte. Ihre Mutter war immer äußerst diszipliniert gewesen und sehr religiös. Menschen, die sich gehenließen oder gar ihr eigenes Leben wegwarfen, wie sie es genannt hätte, hatte sie verachtet.

»Es würde einiges erklären«, sagte Jonathan.

»Was?«

»Ein Selbstmordversuch ist ein hervorragendes Mittel, jemanden zu erpressen.«

»Das würde voraussetzen, dass mein Vater mit Zoë zusammenbleiben wollte.«

»Ist das so ausgeschlossen?«

»Nein … obwohl …«

Jonathan sah sie fragend an.

»Als meine Mutter an Krebs erkrankte, hat er sich aufgeopfert für sie. Wie passt das zusammen? War er nur deshalb so fürsorglich, weil ihn ein schlechtes Gewissen plagte?«

»Was für ein Leben haben sie vor ihrer Erkrankung geführt?«

»Ein …« Pia suchte nach einem Wort, um die Beziehung ihrer Eltern zu beschreiben. Merkwürdigerweise hatte sie sich nie zuvor um eine solche Beschreibung bemüht. »Ein höfliches …«

Jonathan sah sie stirnrunzelnd an. »Höflich? Aber sie können doch nicht immer nur höflich miteinander gewesen sein.«

»Es gab nie Streit … höchstens Schweigen …«

»Und war auch das Schweigen höflich?«

»Nein … für mich war es schlimm …«

Jonathan nahm sie in die Arme und hielt sie fest. »Wollen wir umkehren?«

»Ja.«

Es war fast dunkel, als sie das Hotel erreichten. In ihrem Zimmer brannten die Nachttischlampen, und die Steppdecken waren aufgeschlagen worden.

Pia ließ sich auf ihr Bett fallen und wollte eigentlich nur ein paar Minuten liegen, aber dann schlief sie sofort ein.

Als sie nach über einer Stunde wieder aufwachte, hatte sie Kopfschmerzen, und ihr war heiß.

»Ist die Heizung an?«

»Nein.« Jonathan, der in einem der Sessel am Fenster saß und Zeitung las, blickte sie erstaunt an. »Hast du schlecht geträumt?«

»Wieso?«

»Du hast im Schlaf irgendwas von einer Gefahr gemurmelt.«

»Ich weiß nicht …«

Doch in dem Augenblick fiel ihr ein, dass sie von dem Buch *Eiserne Zeit* geträumt hatte. Von den Erfahrungen der Hauptfigur, die kurz vor ihrem Tod zum ersten Mal eine Township aufsucht, um den Sohn ihrer Hausangestellten zu retten, der von der Polizei des Apartheidregimes verhaftet worden ist. Sie selbst war im Traum zu dieser Hauptfigur geworden und hatte in der Township an einer Reihe von rohen Schafsköpfen vorbeilaufen müssen, in deren Mitte der Kopf des Jungen gelegen hatte.

»Ich wusste nicht, dass du das Buch kennst«, sagte Jonathan, als sie ihm den Traum erzählt hatte.

»Neulich nachts irgendwann habe ich damit angefangen. Es stand bei dir im Regal.«

»Ich habe es nie zu Ende lesen können, weil ich es so düster und unerbittlich fand.«

»Coetzee ist nur konsequent.«

»Ja, und diese Konsequenz erschien mir unglaublich deprimierend.«

Pia schüttelte den Kopf. »Immerhin schreibt die Frau alles auf, was sie erlebt hat, damit das, was geschehen ist, niemals vergessen wird. Und sie schreibt es als Vermächtnis für ihre Tochter auf. Darin steckt doch eine gewisse Hoffnung auf Zukunft. Wenn es schon für sie selbst keine Hoffnung mehr gibt, dann vielleicht wenigstens für die anderen, die sie überleben werden.«

Pia hielt inne, weil sie an ihren Vater denken musste. Auch er wünschte, es wäre alles anders gekommen, hatte er gesagt, bevor ihre Mutter gestorben war. Barg nicht sein Vermächtnis ebenfalls eine Hoffnung auf Zukunft, auf ihre Zukunft? Darauf, dass ihr ein Leben vergönnt sein möge, das nicht auf einer Lüge basierte? Ein Leben jenseits des Schweigens.

Beim Abendessen berichtete Jonathan, was er vorhin in der Zeitung gelesen hatte. Dass der Drogenboss, von dem er vor einiger Zeit versteckte Fotos gemacht habe, gestern verhaftet worden sei.

»Bist du erleichtert?«

»Erleichtert?« Er sah sie verblüfft an. »Nein, ich bin froh, weil solche Aktionen manchmal eben doch zum Erfolg führen. Wenn du wüsstest, wie viele Menschen dieser Typ auf dem Gewissen hat.«

»Ich bin erleichtert.«

»Du hältst mich für leichtsinnig.«

»Ja.«

»Pia, meine Arbeit bringt nun mal ein gewisses Risiko mit sich.«

»Ich denke eher, dass du dich dem Risiko bewusst aussetzt.«

»Warum sollte ich das tun?«

»Weil du glaubst, nicht viel zu verlieren zu haben.«

Einen Moment lang sah Jonathan so aus, als wollte er ihr widersprechen, doch dann blickte er sie nur traurig an und schwieg.

»Ich meine damit nicht, dass du dich aus allem Politischen raushalten sollst. Im Gegenteil, ich bewundere deinen Mut und wäre selbst gern etwas mutiger, anstatt mich immer auf sicherem Posten zu bewegen.«

»Du, auf sicherem Posten? Hast du deine Fahrt nach Bonteheuwel schon vergessen? Das war leichtsinnig.«

»Es war eine Ausnahme.«

»Eine gefährliche Ausnahme.«

»Du begibst dich womöglich alle paar Tage in Gefahr.«

»Nein.«

»Wenn dir was passieren würde ... ich wüsste nicht ... es wäre entsetzlich ...«

»Ich bin sehr vorsichtig.«

»Wirklich? Für mich klingen diese Aktivitäten alles andere als vorsichtig.«

Er griff nach ihrer Hand und lächelte. »In Zukunft werde ich noch vorsichtiger sein.« Dann wurde er wieder ernst. »Aber auch für mich gilt das, was David neulich im Restaurant gesagt hat: Ich bin nicht nach Südafrika zurückgekommen, um hier eine ruhige Kugel zu schieben.«

»Ich weiß. Trotzdem muss ich dir sagen dürfen, dass ich manchmal Angst um dich habe.«

»In der Presse wird vieles übertrieben.«

»Und was ist mit der Morddrohung, die du bekommen hast?«

»Damit kann ich leben.«

Pia lehnte sich zurück und blickte aufs dunkle Meer hinaus. Vielleicht würde auch sie lernen, damit zu leben.

Am nächsten Morgen hatten sie sich gerade erst auf einem der flachen Felsen unweit des Hotels niedergelassen, als Pia einen riesigen graubraunen Rücken aus dem Wasser auftauchen sah und gleich daneben einen zweiten, etwas kleineren. Sie hielt die Luft an.

»Sie sind also doch da«, sagte Jonathan und griff nach seinem Fernglas.

Nie hätte Pia geglaubt, dass der Anblick zweier Wale sie so in Bann ziehen könnte. Begeistert starrte sie auf diese massigen Tiere, die jetzt begannen, das Wasser mit ihren Schwanzflossen aufzuwirbeln, und zwischendurch immer wieder meterhohe Fontänen aus ihren Nasenlöchern sprühten. Plötzlich stemmte einer der beiden sein tonnenschweres Gewicht senkrecht aus dem Wasser heraus, drehte sich in der Luft einmal um sich selbst, um dann mit dem Kopf zuerst wieder ins Meer einzutauchen.

Jonathan reichte ihr das Fernglas. »Sie kommen jedes Jahr um dieselbe Zeit in diese Bucht, um hier ihre Jungen zur Welt zu bringen.«

Erst durchs Fernglas erkannte sie die Verkrustungen auf der Haut der Wale. Sie sahen aus wie Muscheln, die an einem Felsen klebten.

»Sind sie krank?«

»Wieso?«

»Ihre Haut sieht merkwürdig aus.«

»Das sind Parasiten. Die sitzen auf jedem Wal.«

Nach zwanzig Minuten war das faszinierende Spiel beendet. Die schweren graubraunen Körper schwammen nebeneinander auf die offene See hinaus, bis irgendwann nur noch die schwarzen Rückenflossen zu erkennen waren, und dann verschwanden auch sie.

Nachmittags fuhren sie in die Berge, zu einem idyllisch am See gelegenen Weingut, wo sie die überteuerten Weine eines Winzers probierten, der in Oxford studiert hatte, wie ihnen seine Assistentin sofort ehrfurchtsvoll mitteilte.

Und dann sahen sie ihn leibhaftig vor sich, den in feinstem Tweed gekleideten jungen Mann, dessen Füße in gewienerten rehbraunen Schuhen steckten, die vermutlich handgenäht waren. Er hatte allerdings keine Zeit für sie, da gerade ein Jaguar vorgefahren war, aus dem zwei Männer stiegen, die nicht nur dieselbe wichtige Miene, sondern auch dieselbe Art von Tweedjacke mit Lederflecken trugen, nicht zu vergessen die seidenen Halstücher mit Paisleymuster. Man kannte sich und verschwand nach einer höflichen Begrüßung in einem edel eingerichteten Hinterzimmer.

Obwohl Pia anfangs noch gedacht hatte, sie seien hierhergekommen, um die verschiedenen Weinsorten zu kosten, wurde ihr allmählich klar, dass Jonathan dieses Weingut nur deshalb ausgewählt hatte, um ihr den Snobismus eines bestimmten Kreises von englischsprachigen weißen Südafrikanern vorzuführen.

Auf der Rückfahrt nach Kapstadt amüsierten sie sich über die Art, wie diese Männer sich bewegt und gesprochen hatten. Jonathan imitierte ihr Bemühen um ein perfektes Oberschichtsenglisch, in das sich jedoch immer wieder ein südafrikanischer Akzent einschlich. Er machte ihre Stimmen so wunderbar nach, dass Pia zum ersten Mal seit langem wieder lachen konnte.

Bei Jonathan zu Hause trafen sie auf Nicolas, der sie zu selbst gemachten Tortellini einlud und ihnen anschließend verschiedene Nachspeisen vorsetzte, die er demnächst in sein Partyserviceprogramm aufnehmen wollte.

Sie erzählten ihm von ihrer Fahrt nach Hermanus, und Pia merkte, dass sie in den letzten anderthalb Tagen tatsächlich etwas Abstand gewonnen hatte. Dies zeigte sich schon daran, dass sie nicht sofort nach ihrer Rückkehr zu Jonathans Anrufbeantworter gestürzt war, um zu hören, ob es eine Nachricht für sie gab. Es gab keine, wie sich später herausstellte.

»Wie weit seid ihr eigentlich mit eurer Suche nach dieser Frau?«, fragte Nicolas, als sie ihren Espresso getrunken hatten.

Pia zuckte mit den Achseln. »Wir haben alles versucht.«

»Verschiedene Leute erkundigen sich noch«, sagte Jonathan. »Wir brauchen nur etwas Glück.«

»Ist es möglich, dass sie längst tot ist?«

Pia nickte. »Alles ist möglich.«

Sie hatte schon geschlafen, als Jonathan sie weckte und ihr sagte, dass es einen Anruf für sie gebe.

»Wer ist dran?«

»Sophie.«

»Hat sie gesagt, worum es geht?«

»Nein.« Jonathan reichte ihr den Hörer.

»Hallo …«

»Pia?«

»Ja …«

»In einer Kneipe hier in Mitchell's Plain hat es heute Abend wieder eine Schlägerei gegeben. Eine Frau ist schwer verletzt worden. Die Polizei hat drei Männer verhaftet, darunter auch Adam Shenton.«

»Sind Sie sicher?«

»Ja.«

Pia schloss einen Moment lang die Augen. Verhaftet. Das hieß, er konnte ihr nichts mehr anhaben.

»Alle waren betrunken. Der Kneipenwirt hat ausgesagt, dass Adam mit einem Messer auf die Frau losgegangen ist.«

Das Messer. Pia spürte plötzlich wieder das Messer an ihrer Kehle. Ihr war kalt.

»Schlimm genug, dass es so weit kommen musste.«

»Allerdings.«

»Wenn es stimmt, was der Wirt sagt, wird Adam diesmal nicht so schnell aus dem Gefängnis entlassen werden.«

»Danke, dass Sie mir Bescheid gesagt haben.«

»Vielleicht können Sie nun ruhiger schlafen.«

»Ja ...«

Sophie zögerte. »Es muss furchtbar sein für eine Mutter, einen solchen Sohn zu haben.«

Pia schluckte.

»Beinahe möchte man wünschen, dass Zoë nicht mehr am Leben ist.«

»Wahrscheinlich werden wir es nie erfahren, ob sie noch lebt oder nicht.«

»Das glaube ich mittlerweile auch. Nach all dem, was wir versucht haben.«

Sophie hatte also die Hoffnung aufgegeben.

Pia schaffte es gerade noch, ihr zu danken und sich zu verabschieden. Dann begann sie hemmungslos zu weinen. Sie war so erleichtert gewesen über Adams Festnahme, doch jetzt empfand sie nur noch ein unendliches Gefühl der Leere.

21

In den folgenden Tagen ertappte Pia sich immer wieder dabei, dass sie die Zeit in ein Vorher und ein Nachher einteilte. Vor und nach Sophies Anruf.

Sie musste anfangen zu begreifen, dass das Kapitel Zoë und Adam Shenton abgeschlossen war. Aber es gab Momente, in denen sie sich damit nicht abfinden wollte. Dann rief sie Nancy an.

»Pia, es hat keinen Zweck, dass Sie ständig nachfragen.« Nancys Stimme klang ungeduldig. »Ich habe Ihnen doch versprochen, dass ich mich melde, sobald ich etwas in Erfahrung gebracht habe.«

Am darauffolgenden Freitag, abends um elf, kam der Anruf.

»Ich habe Zoë Shenton gefunden.«

»Was?«

»Sie ist Patientin in einer der Tageskliniken in Mitchell's Plain, in denen ich bisher nicht nachgefragt hatte. Die Leute dort haben mir ihre Adresse gegeben. Sie liegt in dem Haus einer Freundin, die sie pflegt, weit weg von dem Schuppen, in dem ihr Sohn vor seiner Verhaftung gehaust hat.«

»Haben Sie sie gesehen?«

»Ja.«

»Und?«

»Sie ist sehr schwach.«

»Was hat sie?«

»Krebs.«

»Haben Sie meinen Namen erwähnt?«

»Ja. Ich weiß nicht, ob sie sich an Sie erinnert. Sie hat kaum reagiert.«

»Wann kann ich zu ihr?«

»Morgen früh. Kommen Sie um zehn Uhr mit Jonathan bei mir vorbei. Dann fahren wir zusammen hin.«

»Danke.«

Pias Hand zitterte, als sie den Hörer auflegte. Sie lebte. Zoë lebte.

Das Haus, von dem Nancy gesprochen hatte, lag in einem Teil von Mitchell's Plain, den Pia noch nicht kannte. Hier gab es kaum Müll und auch keine verfallenen Schuppen. Einige der dicht aneinandergereihten kleinen Häuser hatten sogar einen Vorgarten.

»Die Frau, die Zoë pflegt, heißt Rosemary Jones«, sagte Nancy. »Sie ist etwas misstrauisch, weil sie Angst hat, dass Ihr Besuch Zoë sehr aufregen könnte.«

»Wenn ich merke, dass Zoë mich nicht sehen will, werde ich sofort wieder gehen.«

»Sie hat mir nur deshalb die Erlaubnis gegeben, Sie hierherzubringen, weil ich Zoë gestern Abend noch untersucht habe.«

»Soll ich im Auto warten?«, fragte Jonathan.

»Ja, auf jeden Fall. Zu viele Menschen könnten Zoë verwirren.«

Pias Herz klopfte. Sie war nervös, so nervös wie schon lange nicht mehr. Nach Nancys Anruf gestern Abend hatte sie stundenlang wach gelegen und immer wieder mit Jonathan die verschiedenen Möglichkeiten durchgespielt, wie diese Begegnung heute verlaufen könnte. Würde Zoë sich freuen, sie zu sehen? Würde sie wütend sein oder womöglich ganz und gar gleichgültig?

Jetzt, als Nancy und sie auf das Haus zugingen, hoffte sie nur eines: dass Zoë sie nicht gleich wieder wegschicken würde.

Nancy klopfte an die Tür; kurz darauf wurde ihnen von einer älteren Frau geöffnet. Sie sah sie an, ohne die Miene zu verziehen.

»Tag, Mrs. Jones«, sagte Nancy. »Dies ist Pia Lessing. Ich habe Ihnen ja gestern von ihr erzählt.«

Pia streckte Rosemary Jones die Hand entgegen, die sie nur zögernd ergriff. »Guten Tag. Danke, dass ich Zoë in Ihrem Haus besuchen darf.«

»Sie schläft«, sagte Rosemary Jones und machte keine Anstalten, sie ins Haus zu bitten.

»Möchten Sie, dass wir draußen warten?«, fragte Nancy, ohne ärgerlich zu klingen.

»Nein«, murmelte Rosemary Jones und trat beiseite, um sie hereinzulassen.

In dem kleinen, äußerst sauberen Wohnzimmer standen zwei alte Sessel, ein Sofa, ein winziger Tisch und ein Klappbett. Vielleicht schlief Rosemary Jones dort, weil sie Zoë ihr Schlafzimmer überlassen hatte, dachte Pia.

Nancy und Pia setzten sich hin, während Rosemary Jones stehen blieb.

Es fiel Pia schwer, nicht gleich wieder aufzustehen und zu Zoë ins Nachbarzimmer zu laufen. Aber sie spürte, dass Rosemary Jones dies nicht dulden würde.

»Wie war die Nacht?«

»Sie hat nicht mehr so gestöhnt«, antwortete Rosemary Jones. »Ihre Tabletten haben geholfen.«

Pia blickte Nancy erstaunt an. Sie wusste nicht, dass sie Zoë schon mit Medikamenten versorgt hatte.

»Ich habe ihr gestern ein stärkeres Schmerzmittel gegeben«, sagte Nancy. »Das brauchte sie dringend.«

»Seit wann pflegen Sie sie?«, fragte Pia Rosemary Jones.

»Seit drei Monaten.«

»Hat Zoë vorher mit ihrem Sohn zusammen in dem Schuppen gewohnt?«

»Ja, bis zum Frühjahr. Dann war sie im Krankenhaus, und danach ist sie zu mir gekommen.«

»Zoë ist Ende April operiert worden«, erklärte Nancy. »Es war höchste Zeit.«

Erst jetzt fiel Pia auf, dass sie Nancy nicht gefragt hatte, was für eine Art von Krebs Zoë hatte.

»Kennen Sie sich schon lange?«

»Ja.« Rosemary Jones setzte sich jetzt auch. »Wir waren als Kinder Nachbarn in der Hanover Street. Das war eine Straße im District Six. Ein Stadtteil, den es schon lange nicht mehr gibt.«

»Ja, ich weiß. Zoë hat in der Nummer acht gewohnt.«

Rosemary Jones schaute sie überrascht an. »Woher wissen Sie das?«

»Es stand in einem alten Adressbuch meines Vaters.«

Plötzlich verhärteten sich die Gesichtszüge von Rosemary Jones. »Wenn der nicht gewesen wäre ...«

Pia wünschte, sie hätte ihren Vater nicht erwähnt. Hatte Ruth Dreyer doch recht gehabt mit ihrer Anschuldigung?

Eine Zeitlang schwiegen sie alle drei. Pia blickte auf das Bild, das über dem Klappbett hing. Darauf war ein Strauß Osterglocken abgebildet. Leuchtend gelbe Osterglocken in einer blauen Vase. Auf den Wiesen an der Alster hatte es in diesem Jahr dichte Büschel von Osterglocken gegeben, dichter als jemals zuvor. Am schönsten hatten sie zu der Zeit geblüht, als ihr Vater gestorben war.

Pia stand auf und trat ans Fenster. »Hat Zoë gestern Abend irgendwas zu Ihnen gesagt, nachdem mein Name gefallen war?«

Rosemary Jones schüttelte den Kopf.

»Wie ist das eigentlich mit dem Sohn?«, fragte Nancy. »Hat der sich vor seiner Verhaftung um seine Mutter gekümmert?«

»Adam?« Rosemary Jones starrte sie entgeistert an. »Der ist höchstens hierhergekommen, wenn er was zu essen haben wollte. Und dann war er fast immer betrunken. Sie hätten mal die Zustände in dem Schuppen sehen sollen, als Zoë ins Krankenhaus eingeliefert wurde. Widerlich!«

»Ich kann's mir denken.«

»Der hat gelebt wie ein Tier.«

»Hat er Zoë ... jemals angegriffen?«, fragte Pia.

»Ja ... vor ein paar Jahren ... Zoë macht sich große Sorgen um ihn. Bei der letzten Schlägerei hat er eine Frau schwer verletzt.«

»Ich weiß ...«

»Was meinen Sie, Mrs. Jones?«, sagte Nancy. »Wollen Sie mal nach Zoë sehen?«

»Sie war gerade wieder eingeschlafen, bevor Sie gekommen sind.«

»Gucken Sie trotzdem mal.«

Rosemary Jones nickte und verschwand im Flur.

»Tut mir leid, dass es so lange dauert«, sagte Pia.

»Macht nichts. Ich habe heute frei. Ich dachte nur an Sie. Sie können es doch sicherlich kaum erwarten, Zoë zu sehen.«

In dem Moment kam Rosemary Jones zurück ins Wohnzimmer. »Zoë schläft noch immer.«

»Vielleicht kann Pia sich zu ihr setzen und warten, bis sie aufwacht«, schlug Nancy vor.

Rosemary Jones runzelte die Stirn.

»Sie wird ihr nichts tun.«

»Na gut.« Rosemary Jones gab Pia ein Zeichen, ihr zu folgen.

Sie gingen über den winzigen Flur in ein abgedunkeltes Zimmer, in dem es nach einem scharfen Desinfektionsmittel roch. In dem schmalen Bett lag eine alte Frau, deren Gesicht so in sich zusammengefallen war, dass es aussah wie eine verschrumpelte Frucht. Pia erschrak. Das sollte Zoë sein?

Rosemary Jones deutete auf den Stuhl, der neben dem Bett stand; dann verließ sie das Zimmer.

Pia setzte sich leise auf den Stuhl, ohne den Blick von Zoë zu wenden. Nein, auch bei genauerem Hinsehen erkannte sie sie nicht. Die Zoë, die sie gekannt hatte, war warm und weich gewesen und hatte nach Zimt und Vanille gerochen.

Nachdem sie einige Minuten regungslos dagesessen hatte, bemerkte sie ein Zucken in Zoës Gesicht. Kurz darauf öffnete sie die Augen. Ihr Blick war leer.

»Zoë«, flüsterte Pia. »Ich bin es, Pia.«

Zoë antwortete ihr nicht, sondern schloss gleich wieder die Augen. Pia schluckte. Sollte das heißen, dass sie sie nicht sehen wollte? Ihr fiel ein, was sie vorhin zu Nancy gesagt hatte: Wenn Zoë sie nicht sehen wolle, würde sie sofort wieder gehen. Nein, sie konnte jetzt nicht wieder gehen, nicht nach all dem, was sie unternommen hatte, um Zoë zu finden.

»Adam ist wieder verhaftet worden«, hörte sie da eine heisere Stimme sagen.

»Ja, ich weiß.«

Zoës Augen blieben geschlossen. Pia schoss der Gedanke durch den Kopf, dass Zoë ihren Anblick vielleicht genauso schwer ertragen konnte wie sie den ihren.

»Ich mache mir große Sorgen um Adam«, fuhr die Stimme fort. »Er trinkt zu viel und prügelt sich dauernd. Einmal war es so schlimm, dass sein Bein operiert werden musste. Seitdem hinkt er.«

Pia dachte an Noordhoek Beach. Wie es sie zunächst beruhigt hatte, dass der Mann, der ihr entgegengekommen war, das rechte Bein etwas nachgezogen hatte. Da ahnte sie noch nicht, dass er ihr wenig später ein Messer an die Kehle halten würde.

»Es wird nicht gut mit ihm enden. Immer wieder landet er im

Gefängnis.« Sie musste husten. »Ich habe alles versucht. Jetzt ist es zu spät. Ich kann nichts mehr für ihn tun.«

»Zoë?«

»Ja?«

»Mein Vater ist im April gestorben.«

Zoë öffnete die Augen und sah Pia zum ersten Mal richtig an.

»Er hat als letztes Wort deinen Namen geflüstert.«

»Woran ist er gestorben?«

»An einem Schlaganfall.«

Zoë rührte sich nicht.

»Ich bin vor vier Wochen nach Kapstadt gekommen, um von den Anhörungen der Wahrheitskommission zu berichten. Aber vor allem, um dich zu suchen. Es hat mir keine Ruhe gelassen, dass er im Sterben an dich gedacht hat.«

Zoë nickte, als ob sie das nicht im Geringsten verwunderte.

»Er hat vorher nie über dich gesprochen. Wir haben zu Hause über nichts gesprochen, was mit Südafrika zu tun hatte. Dreißig Jahre lang nicht. Und dann am Ende dieses eine Wort ...«

Zoë schaute an die Decke und schwieg.

»Bei der Auflösung seines Hauses habe ich ein altes Adressbuch von ihm gefunden. Darin standen dein Name und deine Adresse: *8 Hanover Street*. Das war mein einziger Anhaltspunkt ...«

»Die Straße ist damals zerstört worden, wie alles andere auch.«

»Ja, ich weiß. Ich war im District-Six-Museum ...«

»Ach, das Museum ... Ich bin da nie hingegangen ... Wozu?«

»Die Leute dort haben mir bei meiner Suche sehr geholfen. Sie haben eine Frau ausfindig gemacht, die in den sechziger Jahren eure Nachbarin war.«

»Wer?«

»Ruth Dreyer.«

»Eine geschwätzige Frau.«

Bei dem Wort »geschwätzig« zuckte Pia zusammen. War es möglich, dass Ruth Dreyer doch die ganze Geschichte erfunden hatte?

»Ruth Dreyer hat etwas gesagt, was …« Pia brach ab. Sie würde es nicht schaffen, Zoë von dem Gespräch zu erzählen.

In dem Augenblick spürte sie, wie Zoë nach ihrer Hand griff. Es waren lange, knorrige Finger, die ihre Hand umschlossen.

»Was? Was hat sie gesagt?«

»Dass mein Vater auch der Vater deines Kindes sei …«

Die Finger ließen sie nicht los.

»Und dass du geweint hättest, weil er sich davongemacht habe …«

»Adam hasst seinen Vater.«

»Ist es denn wahr, Zoë?«

»Er hasst es, von einem weißen Vater abzustammen.«

»Und war dieser weiße Vater mein Vater?«

»Ja …«

In Pias Ohren begann es zu rauschen. Hatte sie etwa bis zuletzt gehofft, es möge nicht wahr sein?

»Adam hat in seinem Leben keine Chance gehabt. Deshalb ist er so verbittert.«

»Aber wie konnte mein Vater sich einfach so davonmachen?«

Die Finger ließen sie los. Die Augen schlossen sich wieder.

»Das begreife ich nicht«, rief Pia. »Er hat immer Verantwortung übernommen für das, was er getan hat …«

Sie hörte, wie hinter ihr die Tür aufging. Als sie sich umdrehte, sah sie Rosemary Jones vor sich stehen, die sie vorwurfsvoll anschaute.

»Sie dürfen nicht so laut sprechen.«

»Nein …«

»Und wenn Zoë sich aufregt, müssen Sie gehen.«

»Ich verspreche es.«

»Es ist schon gut, Rosemary«, sagte Zoë leise.

Nachdem Rosemary Jones gegangen war, verfielen sie beide in Schweigen. Pia überlegte, ob sie ihre Frage wiederholen sollte. Oder war das Loslassen ihrer Hand ein klares Signal dafür gewesen, dass Zoë nicht bereit war, ihr eine Antwort zu geben? War die Erinnerung an das Verlassenwerden zu schmerzhaft, um darüber zu reden?

»Adam hat eine Frau schwer verletzt«, sagte Zoë plötzlich. »Er ist zu allem fähig, vor allem, wenn er getrunken hat.«

»Ich weiß«, murmelte Pia.

»Woher weißt du das?«, fragte Zoë alarmiert und griff wieder nach ihrer Hand. »Du kennst ihn doch gar nicht.«

Pia versuchte, Zoës Blick auszuweichen. Sie hatte sich fest vorgenommen, nichts von dem zu erwähnen, was am Noordhoek Beach passiert war.

»Pia …?«

Es war die Art und Weise, wie Zoë ihren Namen aussprach, zärtlich und gleichzeitig besorgt, die Pia dazu brachte, ihr von dem Überfall zu erzählen. Aber als sie an den Punkt kam, an dem sie hätte sagen müssen, warum Adam sie vergewaltigen wollte, geriet sie ins Stocken.

»Sprich weiter.«

»Adam hat behauptet, mein Vater … hätte dich vergewaltigt. Und dafür wollte er sich rächen.«

Zoë begann zu weinen.

»Das kann nicht sein«, rief Pia. »Sag, dass es nicht so war.«

Zoë antwortete nicht. Sollte das heißen, dass Adam recht hatte? Pia spürte, wie sich in ihrer Kehle etwas zusammenzog. Wenn ihr Vater tatsächlich zu so etwas in der Lage gewesen wäre, dann …

»Ich habe nie mit jemandem darüber gesprochen«, sagte Zoë nach einer Weile.

»Das verstehe ich …«

»Nein, nicht das, was du denkst …« Zoë wischte sich die Tränen ab. »Dein Vater und ich, wir … wir haben uns sehr geliebt.«

»Aber wieso hat er dich …«

»Er hat mich nicht verlassen.« Zoë richtete sich ein wenig in ihrem Bett auf. »Ich war diejenige, die ihm gesagt hat, er müsse gehen.«

»Und warum?«

Zoë ließ sich wieder auf ihr Kissen zurückfallen. »Es gab viele Gründe … Ich hatte Angst, von meiner Familie verstoßen zu werden … Angst, mich nicht zurechtzufinden in den fremden Ländern, in die dein Vater mich mitnehmen wollte … In Südafrika hätten wir nicht bleiben können … Hier hätte er sofort seine Stelle verloren, weil es nicht erlaubt war, dass ein Weißer und eine Farbige als Paar zusammenlebten. Aber das war nicht der Hauptgrund …«

»Sondern?«

Zoë schüttelte kaum merklich den Kopf. Und Pia begriff, dass es sinnlos war, auf der Frage zu beharren.

»Er wollte meine Mutter also wirklich verlassen …«, sagte sie nach einer Weile.

»Ja …«

»Wusste sie davon?«

»Ein Jahr lang haben wir unsere Beziehung vor ihr geheim halten können, bis zum Sommer 1966, als ich schwanger wurde … Wir hatten es nicht so geplant, aber wir taten auch nichts mehr, um es zu verhindern … Vielleicht hatten wir die verrückte Hoffnung, dass uns ein gemeinsames Kind auch ein gemeinsames Leben ermöglichen könnte …«

In dem Augenblick zuckte es in Zoës Gesicht, und Pia hörte ein leichtes Stöhnen.

»Du hast Schmerzen.«

»Ja …«

»Soll ich Mrs. Jones hereinholen?«

Sie nickte.

Pia stand auf und ging ins Wohnzimmer, wo Rosemary Jones und Nancy sich gegenübersaßen und Tee tranken.

»Zoë braucht ein Schmerzmittel.«

»Sie braucht vor allem ihre Ruhe«, sagte Rosemary Jones unwirsch und stand auf.

»Geben Sie ihr die doppelte Dosis«, rief Nancy hinter ihr her.

»Wie sind ihre Chancen?«, fragte Pia.

»Schlecht. Aber man kann nie wissen … Laut Krankenbericht hatten die Ärzte kaum damit gerechnet, dass Zoë die Operation überleben würde. Und das ist immerhin fast vier Monate her.«

»Was ist das für ein Krebs, den sie hat?«

»Darmkrebs.«

Ihre Mutter war an Brustkrebs gestorben. Instinktiv empfand Pia eine gewisse Erleichterung darüber, dass Zoë nicht ebenfalls an Brustkrebs erkrankt war.

»Sie hat einen starken Überlebenswillen, wahrscheinlich weil sie sich so um ihren Sohn sorgt.«

»Vorhin hat sie zu mir gesagt, dass sie nichts mehr für ihn tun könne.«

»Das ist kein gutes Zeichen …«

Pia wollte Nancy gerade fragen, ob es Zweck hätte, eine Chemotherapiebehandlung zu versuchen, als Rosemary Jones ins Wohnzimmer zurückkam.

»Sie sollen wieder zu ihr kommen«, sagte sie, und ihr war deutlich anzusehen, wie sehr sie diesen Wunsch missbilligte.

Beim Betreten des Schlafzimmers kam es Pia so vor, als ob Zoë schliefe. Sie setzte sich auf den Stuhl und betrachtete ihr Gesicht, in dem es nicht mehr zuckte. *Es ist heiß. Mutter schläft. Wo ist Zoë? Ich suche sie in der Küche. Ich suche sie im Garten. Ich suche sie im Schuppen. Zoë, wo bist du? Wo bist du? Wo bist du? Plötzlich höre ich Stimmen. Leise Stimmen. Sie sind ganz nah. Sie kommen aus der Garage. Ich kenne die Stimmen. Das Fenster ist zu hoch. Ich hole einen Hocker. Ich klettere auf den Hocker. Und dann sehe ich sie beide. Zoë und Vater. Sie sehen mich nicht. Sie umarmen sich.*

Pia sah auf einmal, dass Zoës Lippen sich bewegten.

»Was hast du gesagt?«

Die Lippen bewegten sich weiter.

»Zoë?«

Sie schlug die Augen auf.

»Kannst du etwas lauter sprechen?«

»Ja …« Zoë räusperte sich. »Mir ging es nicht gut … Ich musste mich jeden Morgen übergeben und konnte bestimmte Dinge nicht mehr essen und auch nicht mehr zubereiten … Eines Tages sagte mir deine Mutter auf den Kopf zu, dass ich schwanger sei, und wollte wissen, mit wem ich mich herumgetrieben hätte … Ich fing an zu weinen …«

Zoë blickte Pia an. »Sie wusste, wie sehr du an mir hingst und dass sie nicht so leicht Ersatz für mich finden würde … Deshalb beschloss sie, mich nicht zu entlassen, was andere Arbeitgeber sofort getan hätten, sondern verlangte von mir, dass ich eine Abtreibung vornehmen sollte …«

Ihre Mutter, die eine so strikte Abtreibungsgegnerin gewesen war.

»Ich bin ein sehr gläubiger Mensch; eine Abtreibung kam für mich nicht in Frage. Deine Mutter war erbost darüber, dass ich ihr nicht gehorchen wollte … Sie fing an, mich zu schlagen …

Als ich deinem Vater davon erzählte, konnte und wollte er nicht länger schweigen … Er teilte deiner Mutter mit, dass er der Vater dieses Kindes sei und den Rest seines Lebens mit mir verbringen wolle … Deine Mutter war so außer sich, dass sie versuchte, ihn tätlich anzugreifen …«

»Was?«, rief Pia.

»Ich war nicht dabei, aber dein Vater hat mir am nächsten Morgen gesagt, dass sie plötzlich ein Küchenmesser in der Hand hatte und damit auf ihn losgehen wollte.«

»Hat sie ihn verletzt?«

»Nein, er konnte ihr das Messer gerade noch wegnehmen.«

»Meine Mutter war immer so beherrscht …«

»Beherrscht?« Zoë sah sie an, als habe sie Pias Mutter in ganz anderer Erinnerung.

Pia stand auf und trat ans Fenster. Morgens war es bewölkt gewesen, aber jetzt schien die Sonne. Wie hatten ihre Eltern es danach geschafft, weitere fünfundzwanzig Jahre zusammenzuleben, bis zum Tod ihrer Mutter?

»Ich werde den Tag nie vergessen«, fuhr Zoë fort. »Es war der 6. September … nachmittags war Hendrik Verwoerd im Parlament niedergestochen worden und gleich darauf gestorben … Die Weißen trauerten, und die Schwarzen jubelten, weil sie Verwoerd gehasst hatten … Vielleicht war es der Gedanke an diesen Mord, der deine Mutter zu dem Küchenmesser greifen ließ …«

»Sind wir danach sofort abgereist? In irgendwelchen Unterlagen habe ich gesehen, dass wir ab September '66 in Deutschland gelebt haben.«

»Ja … am 20. September habt ihr Kapstadt verlassen.«

Sogar das Datum weiß sie noch, dachte Pia, während sie sich wieder hinsetzte.

»Zwischen dem 6. und dem 20. September 1966 hat sich mein Leben entschieden … Dein Vater war entschlossen, sich von deiner Mutter zu trennen, um mit mir zusammenzuleben ... Ich schwankte noch, aus den Gründen, die ich dir vorhin genannt habe. Und dann geschah etwas, womit wir beide nicht gerechnet hatten ... Aber ich weiß nicht, ob es richtig ist, dir davon zu erzählen ...«

Noch bevor Zoë weitersprach, ahnte Pia, was jetzt kommen würde.

»Am 9. September hat deine Mutter versucht, sich mit Schlaftabletten das Leben zu nehmen ... Und ausgerechnet ich war diejenige, die sie gefunden hat ...«

»War es knapp?«

»Ja ... sehr knapp ... Sie hatte alles geschluckt, was sie finden konnte ... Wenn ihr nicht sofort der Magen ausgepumpt worden wäre, hätte sie nicht überlebt ...«

»Hast du es später bereut, Hilfe geholt zu haben?«

Zoë antwortete nicht, sondern blickte nur starr auf ihre Hände.

Pia schloss einen Moment lang die Augen. Wie bei einem Puzzle fügten sich auf einmal die merkwürdigen Bilder der letzten Zeit zu einem Ganzen zusammen.

»Dein Vater war verzweifelt ... Er wollte unsere Beziehung nicht aufgeben ... Und gleichzeitig konnte und wollte er nicht das Leben eines Menschen aufs Spiel setzen ... Tagelang wussten wir nicht, was wir tun sollten ... Bis ich gesagt habe, dass er mit euch fahren solle ... Er versprach mir, dass er zurückkommen würde, spätestens zur Geburt unseres Kindes ... Sechs Monate lang hat er mir jede Woche geschrieben und regelmäßig Geld geschickt ... Im März '67, kurz bevor Adam geboren wurde, hat deine Mutter noch einmal Tabletten genommen ... sie hatte sein Flugticket entdeckt ... Da habe ich ihn gebeten, nicht nach Kapstadt zu kommen und mir nicht mehr zu schreiben und kein Geld mehr zu schicken ... Trotzdem kamen immer wieder Briefe von ihm … Ich habe sie alle ungeöffnet zurückgehen lassen, und auch das Geld habe ich nicht mehr angenommen …«

»Hat er in all den Jahren nie versucht, dich wiederzusehen?«

»Doch … im September ’67, ein halbes Jahr nach Adams Geburt stand er eines Abends bei uns vor dem Haus … Ich habe ihn nur einen Moment lang vom Fenster aus gesehen … Es war furchtbar …« Sie begann wieder zu weinen.

Pia nahm Zoës knorrige Hand in ihre beiden Hände. Sie war eiskalt.

»Später kam mein Vater zu mir und sagte, dieser Deutsche wolle mich sprechen … Ich konnte nicht zu ihm gehen, weil ich wusste, dass ich es nicht noch einmal schaffen würde, mich von ihm zu trennen. Und dann hätte alles in einer Katastrophe geendet … Beim dritten Mal hätte deine Mutter dafür gesorgt, dass ihr Selbstmordversuch zum Ziel führt … Wie hätten wir mit dieser Schuld leben sollen?«

»Und dein Vater? Was hat der dir geraten?«

»›Wenn du zu dem Deutschen rausgehst, brauchst du dich zu Hause nicht mehr blicken zu lassen.‹ In seinen Augen war ich von deinem Vater sitzengelassen worden. Ohne das Flehen meiner Mutter hätte er mich im September ’66 niemals wieder bei sich aufgenommen …«

»Haben das die anderen auch alle gedacht?«

Zoë ließ Pias Hände los, um sich die Tränen abzuwischen. »Ja … Ich habe mich nicht darum bemüht, meiner Familie und meinen Nachbarn zu erklären, wie es wirklich gewesen ist. Es war leichter so, weil es häufig vorkam, dass weiße Männer von farbigen Frauen nichts mehr wissen wollten, sobald ein Kind unterwegs war … Meine Trauer um eine verlorene große Liebe zu einem Weißen hätte sowieso niemand verstanden … Man hätte mich womöglich sogar dafür geächtet … Außerdem dachte ich, dass ich auf diese Weise vielleicht die Liebe zu deinem Vater abtöten könnte, aber das ist mir nicht gelungen … Ich habe es mein Leben lang bereut, auf diese Liebe verzichtet zu haben … Sie hat mir mehr bedeutet als alles auf der Welt … die Liebe und das Kind … unser Kind … das mir entglitten ist … obwohl ich so sehr versucht habe, es zu halten …«

Zoës Augen fielen zu.

»Hast du Kinder?«, fragte sie plötzlich, als Pia schon dachte, dass sie eingeschlafen sei.

»Nein … ich hatte im letzten Jahr eine Fehlgeburt …«

»Hast du eine Liebe?«

» … Ja … aber noch nicht sehr lange … Und ich weiß nicht, ob …«

»Gib ihr eine Chance.«

Zoë hatte immer leiser gesprochen, und den letzten Satz hatte sie beinahe geflüstert. Pia betrachtete ihr kleines, eingefallenes Gesicht, während Zoës Worte in ihr nachklangen.

Schlief sie jetzt? Ihr Atem ging ruhig und gleichmäßig.

Pia wollte gerade aufstehen und zu den anderen zurückgehen, als Zoë wieder anfing zu sprechen.

»Es ist zu spät, Adam die Wahrheit zu sagen … Er würde sie mir doch nicht glauben …«

»Zoë, darf ich wiederkommen?«

Sie nickte.

»Am liebsten würde ich dich in ein Krankenhaus bringen lassen.«

»Nein, kein Krankenhaus mehr …«

»Darf denn Nancy, die Ärztin, weiter nach dir sehen?«

»Ja.«

Pia beugte sich über Zoë und gab ihr einen Kuss auf die Stirn. »Bis bald.«

»Mir bleibt nicht mehr viel Zeit.«

»Wer weiß …«

Pia stand auf und ging zur Tür. Als sie sich umdrehte, waren Zoës Augen wieder geschlossen.

Im Wohnzimmer saß jetzt auch Jonathan. Er blickte sie besorgt an.

Pia ließ sich neben ihn aufs Sofa fallen und nahm ihn in die Arme. Sie hatte Zoë gesehen. Sie hatte sie wirklich gesehen.

»Hat sie dich erkannt?«, fragte er leise.

»Ja … und sie hat mir alles erzählt … alles …«

Einen Augenblick lang war es ganz still.

Rosemary Jones schenkte heißen Tee in eine Tasse und reichte sie ihr. Erst jetzt merkte Pia, wie erschöpft sie war.

»Hat sie sich sehr aufgeregt?«, fragte Rosemary Jones.

»Nein, im Gegenteil. Ich glaube, das Gespräch hat sie eher erleichtert …«

Oder hatte es nur sie erleichtert? Nein, auch Zoë hatte so gewirkt, als ob sie seit langem darauf gewartet hatte, jemandem die Wahrheit zu sagen.

Pia nahm einen Schluck Tee und wandte sich Nancy zu. »Ins Krankenhaus will sie nicht mehr. Aber sie hat nichts dagegen, wenn Sie regelmäßig nach ihr sehen. Würden Sie das tun? Ich werde Sie natürlich dafür bezahlen.«

»Ist doch keine Frage«, sagte Nancy. »Ich komme morgen wieder vorbei.«

Als sie sich verabschiedeten, gab Rosemary Jones ihnen allen die Hand. Und zum ersten Mal lächelte sie.

»Danke, dass Sie sich um Zoë kümmern«, sagte Pia. »Sonst wäre sie sicherlich nicht mehr am Leben.«

»Zoë ist meine älteste Freundin«, murmelte sie und öffnete die Tür. »Für Zoë würde ich alles tun.«

22

Pia lag in einem Liegestuhl in Jonathans Garten und schaute in den Himmel. Ihr war, als habe sie eine schwere Wanderung hinter sich, bei der immer ungewiss gewesen war, ob sie jemals ihr Ziel erreichen würde.

Das Schweigen, das wie Mehltau über ihrem Leben gelegen hatte, war gebrochen. Sie hatte alle Päckchen in ihrem Findbuch geöffnet und damit den Schlüssel zur Vergangenheit ihrer Familie gefunden.

Wenn sie hätte sagen sollen, welcher Päckcheninhalt sie am meisten überrascht habe, so war es nicht der, der sich mit der Haltung ihres Vaters befasste. Obwohl sie nicht geahnt hatte, wie tief die Liebe zwischen Zoë und ihm gewesen war, so hatte sie doch nur in wenigen Momenten ernsthaft bezweifelt, dass die beiden sich nahe gewesen waren. Die Tatsache, dass Zoë nicht von ihm ausgenutzt worden war, passte zu dem Bild, das sie ihr Leben lang von ihrem Vater gehabt hatte.

Nein, es war das Bild ihrer Mutter, das sich für Pia entscheidend verändert hatte. Wie verzweifelt musste sie gewesen sein, als sie entdeckte, dass ihr Mann eine andere Frau liebte und diese auch noch ein Kind von ihm erwartete. Sie war so weit von ihrer Heimat entfernt, war einsam in diesem Land, in das sie vielleicht nie hatte gehen wollen. Aber sie war ihrem Mann gefolgt, weil es seiner Karriere diente. Sie hatte getan, was von einer Frau ihrer Gesellschaftsschicht erwartet wurde, und sie hatte einen hohen Preis dafür bezahlt. Da sie keinen Beruf hatte, blieb ihr nur ein Leben als Ehefrau und Mutter, wobei sie das Mutterdasein gleich nach Pias Geburt Zoë überlassen hatte. Weil es so üblich war, und nicht unbedingt, weil sie es so gewollt hatte. Als ihr letztlich auch das Leben als Ehefrau genommen wurde, hatte sie nichts mehr gehalten.

Wenn sie wenigstens einmal mit ihr über diese Selbstmordversuche hätte sprechen können, über die Kränkung, die sie erfahren hatte und die sie nicht überwinden konnte. Anstatt sich in sich selbst zu vergraben und nach außen hin einen Panzer zu tragen, der sie unnahbar und scheinbar unangreifbar machte.

Sie war immerhin ihr Kind gewesen, ihr einziges Kind. Sie hatte ein Recht darauf gehabt, die Wahrheit zu erfahren. Aber ihre Mutter hatte die Familie zum Schweigen verdammt, als Strafe für all das, was geschehen war. Mit diesem Schweigen hatte sie sich an Pias Vater gerächt, an diesem Schweigen war sie schließlich selbst zugrunde gegangen. Und Pia wusste, dass auch sie bis zum Ende ihres Lebens von diesem Schweigen beherrscht worden wäre, wenn ihr Vater nicht im Sterben das verbotene Wort geflüstert hätte.

Vor ihr auf dem Rasen landete jetzt ein schwarzer Vogel. Er flatterte ein paarmal auf und ab, und Pia sah, dass die Unterseite seiner Flügel rostbraun war. Die Farbe erinnerte sie an das Futter eines Samtmantels, den ihre Mutter früher getragen hatte, wenn sie in die Oper gegangen war. Ein glänzendes, fluoreszierendes Futter. Manchmal hatte Pia sich in das Schlafzimmer ihrer Mutter geschlichen, um das Futter des Mantels zu streicheln. Aber nur, wenn er im Schrank hing. Nicht, wenn sie ihn trug.

Plötzlich stieß der Vogel laute Rufe aus. Sie klangen wie Rufe des Bedauerns. Pia stiegen die Tränen in die Augen. Zum ersten Mal seit dem Tod ihrer Mutter spürte sie, wie sehr sie sie vermisste und sich wünschte, etwas von dem, was nie gewesen war, nachholen zu können.

Später saßen Jonathan und sie im Wohnzimmer vor dem Kamin, in dem ein Holzfeuer brannte. Sie tranken einen seltenen Rotwein, den Jonathan vor einem Jahr von Nancy und David geschenkt bekommen hatte, als er nach Südafrika zurückgekehrt war. Dunkelrot leuchtete der Wein in den Gläsern, in denen sich gleichzeitig der Schein des Feuers spiegelte.

Sie hatten über alles gesprochen, was Pia von Zoë erfahren hatte, und auch über das, was ihr im Garten durch den Kopf gegangen war.

Nun schwiegen sie schon eine Weile. Zuerst hatte Pia gedacht, dass es ihr guttat, nicht mehr zu reden und nur ins Feuer zu blicken und ihren Gedanken nachzuhängen. Doch je länger das Schweigen dauerte, desto beklommener wurde es. Nachdem die Vergangenheit so lange das Hauptthema zwischen ihnen gewesen war, konnten sie es jetzt nicht länger aufschieben, über die Zukunft zu sprechen.

Pia begann, nach Worten zu suchen, um zu beschreiben, wie ihr zumute war, aber es gelang ihr nicht. Sie war noch zu verwirrt.

Jonathan blickte ins Feuer. Ihr fiel auf, wie blass er aussah.

Schließlich stand er auf und schenkte ihnen Wein nach.

»Ich muss ab Montag wieder arbeiten«, sagte er, als er sich wieder gesetzt hatte. »Und leider werde ich eine Menge zu tun haben.«

»Mir wird schon etwas einfallen, wie ich mich beschäftigen kann.«

»Das meine ich nicht …«

Pia wusste natürlich, was er meinte. Die Uhr lief. Bis zu ihrem Rückflug waren es noch genau zwei Wochen.

»Ich könnte auch anfangen, mich umzuhören, ob …« Sie brach ab.

»Ob … was?«

»Ob ich hier Arbeit finden kann …«

Er nickte und nahm ihre Hand in seine Hände. »Ich hatte nicht gewagt, dir das vorzuschlagen.«

»Warum nicht?«

»Weil ich mir nicht sicher war, wie es dir jetzt geht … nach dem Ende deiner Suche nach Zoë.«

»Kann sein, dass der Südafrika-Korrespondent aus meiner Redaktion länger krank sein wird.«

»Ich wusste gar nicht, dass deine Redaktion einen ständigen Korrespondenten in Südafrika hat.«

»Er ist Anfang August krank geworden. Ich bin nur für ihn eingesprungen.«

»Merkwürdig …«

»Wieso?«

»Ich hatte es längst aufgegeben, an glückliche Zufälle zu glauben.«

Pia gab Jonathan einen Kuss. »Vielleicht kann ich mich mittel- oder längerfristig um die Stelle bewerben.«

»Und bis dahin könntest du weiter über die Wahrheitskommission berichten. Die Anhörungen werden mindestens bis Mitte nächsten Jahres dauern, wahrscheinlich länger.«

»Ja … Ich werde am Montag meinen Redaktionsleiter anrufen und ihn fragen, was er davon hält. Wenn das nicht klappt, arbeite ich als Freie. Es gibt in Deutschland genügend Interesse an Südafrika.«

Jonathan nahm sie in die Arme und drückte sie an sich. Sie würden einen Weg finden, dachte Pia. Kein Weg konnte so schwer sein wie der, der sie bis hierher geführt hatte.

23

Morgens um drei wurde Pia wach. Sie wusste nicht, was sie geweckt hatte; im Haus war es vollkommen still, und auch von draußen her kam kein einziges Geräusch. Selbst für die Vögel war es noch zu früh.

Jonathan lag zusammengerollt auf der Seite und schlief. Sein Mund war leicht geöffnet, und ab und zu zuckte einer seiner beiden Nasenflügel. Im Schlaf wirkte sein Gesicht beinahe fremd, so, als ob ihn das Entspanntsein ein Stück von ihr entrückte.

Sie kannten sich seit knapp vier Wochen, was gerade mal der Länge eines Sommerurlaubs entsprach. War es nicht irrsinnig, zu glauben, sie könne nach so kurzer Zeit beurteilen, ob ein Mensch zu ihr passte? Und damit nicht genug. Sie hatte vor, zu diesem Menschen zu ziehen, der nicht nur in einem anderen Land, sondern auf einem anderen Kontinent lebte. War sie wirklich bereit, alles aufzugeben? Ihre Wohnung in Hamburg, Britta, ihre Freunde, möglicherweise sogar ihren Job?

Pia stand auf und ging in die Küche, um sich einen Apfel zu holen. Gib ihr eine Chance, hatte Zoë gesagt, als sie von ihrer Liebe gesprochen hatte. Natürlich war es nicht verwunderlich, dass Zoë so etwas sagte. Sie hatte ihre Liebe zu Pias Vater nicht leben können. Aber Pia war nicht Zoë. Sie befand sich in keiner Zwangslage. Im Gegenteil. Sie war unabhängig, hatte einen interessanten Beruf und genügend Geld. Warum sollte sie sich nicht etwas Zeit lassen und abwarten, wie die Dinge sich entwickelten, wenn sie wieder in Hamburg war? Sie würden telefonieren, sie würden sich schreiben, und alle paar Monate würden sie sich besuchen, vielleicht irgendwo zusammen Ferien machen. Allmählich würden sie wissen, wie sie in den unterschiedlichsten Situationen miteinander auskamen, und dann wäre sie eines Tages auch in der Lage, sich zu entscheiden, ob sie in ihrer alten Welt bleiben oder sich auf ein Leben in dieser neuen Welt einlassen wollte.

Als Pia wieder im Bett lag, hatte sie das Gefühl, dass sie verantwortungsvoll mit ihrer Zukunft umging und nicht, wie am Abend vorher, einer spontanen Eingebung folgte, deren Konsequenzen für sie im Augenblick gar nicht zu überschauen waren.

Morgen würde sie Jonathan erklären, warum sie erst einmal nach Hamburg zurückkehren musste. Dass dies nicht das Ende ihrer Liebe sei, sondern ein Ausdruck dessen, wie ernst sie es meine. Sie brauche Abstand, um nachzudenken und sich ihrer selbst zu vergewissern. Nichts wäre so schlimm wie eine übereilte Entscheidung, die sie beide schon in wenigen Monaten bereuten. Ihre Liebe war zu wichtig, um unbedacht aufs Spiel gesetzt zu werden.

Ihr Wecker zeigte zehn vor zehn. Für den Bruchteil einer Sekunde wusste Pia nicht, wo sie war. Bis sie das leere Bett neben sich sah. Heute war Sonntag. Jonathan hatte sie ausschlafen lassen.

Aus der Küche hörte sie Stimmen. Nicolas, der sich mit Jonathan unterhielt. Oder Jonathan, der das Radio angeschaltet hatte. Ihre Augen fielen wieder zu. Die Stimmen wurden lauter. Hatten die beiden Streit? Sie wollte es nicht wissen. Nicht jetzt.

Eine halbe Stunde später weckte Jonathan sie. Es lag etwas Nervöses in seiner Stimme, was sie sofort hellwach sein ließ.

»Ist was passiert?«

»Sophie hat eben angerufen. Die Frau, die von Adam niedergestochen wurde, ist gestern Abend gestorben.«

»O nein!«

»Vorhin kam schon so was in den Nachrichten. Aber da wurden keine Namen genannt.«

Pia stand auf und begann sich anzuziehen. Sie musste zu Zoë. So schnell wie möglich.

»Ich habe Sophie erzählt, dass du Zoë gefunden hast ...«

»Danke.«

»Und dass Zoë sich große Sorgen macht um ihren Sohn.«

»Ich wünschte, der Tod dieser Frau wäre ihr erspart geblieben.«

Rosemary Jones öffnete ihnen die Tür. Sie sah müde aus.

»Da sind Sie ja«, murmelte sie und führte sie ins Wohnzimmer.

»Weiß Zoë es schon?«, fragte Pia.

»Ja ... Sie ist sehr erschöpft ...«

Rosemary Jones zeigte auf die Sessel, doch Pia wollte sich nicht setzen. Sie wollte zu Zoë.

»Wie hat sie reagiert?«

Rosemary Jones zuckte mit den Achseln. »Sie schweigt.«

»Wann haben Sie erfahren, dass die Frau gestorben ist?«

»Gestern Abend um halb elf.«

»Und seitdem schweigt sie?«

»Ja ...«

»Wer hat Sie informiert?«

»Ein Nachbar.«

»Haben Sie es Zoë sagen müssen?«

»Nein, er hat es ihr gesagt.«

Pia trat ans Fenster und blickte nach draußen. War es Totschlag gewesen oder Mord?

»Ich gehe jetzt zu Zoë«, sagte sie leise.

Rosemary Jones nickte und öffnete ihr die Tür.

Pia blieb ein paar Sekunden lang im Flur stehen und holte tief Luft. Sie war auf alles gefasst.

Im Schlafzimmer schien es noch dunkler zu sein als gestern, und es dauerte eine Weile, bis Pia sich an das Dämmerlicht gewöhnt hatte. Zoë lag reglos im Bett; ihre Augen waren geschlossen. Pia hätte nicht sagen können, ob sie überhaupt noch atmete, bis sie merkte, dass sich Zoës Brustkorb ganz leicht hob und senkte.

Sie setzte sich auf den Stuhl neben dem Bett und wartete. Irgendwann würde Zoë die Augen öffnen, und so lange würde sie warten. Selbst wenn es Stunden dauerte.

Pia wusste nicht, wie viel Zeit vergangen war, als sie sah, wie Zoë ihre rechte Hand bewegte. Und dann schlug sie die Augen auf.

»Zoë …«, sagte Pia und wollte nach der Hand greifen.

Doch Zoë zog sie weg und schloss die Augen wieder.

Pia versuchte sich einzureden, dass dies nichts mit ihr zu tun hatte. Zoë stand unter Schock. Sie sprach ja nicht mal mit Rosemary Jones.

Nach einer Dreiviertelstunde ertrug Pia es nicht mehr, in der Dämmerung zu sitzen und in Zoës Gesicht zu blicken, das immer mehr dem Gesicht einer Toten glich.

Sie stand auf und ging ins Wohnzimmer zurück, wo Rosemary Jones und Jonathan sich schweigend gegenübersaßen.

»Was hat sie gesagt?«, fragte Rosemary Jones.

»Nichts.«

»Nichts?«

»Sie hat einmal kurz die Augen geöffnet … mehr nicht … Als ich nach ihrer Hand greifen wollte, hat sie sie weggezogen …«

»Ich hatte so gehofft, dass sie wenigstens mit Ihnen sprechen würde.«

»War Nancy schon hier?«

»Nein …«

»Sie hat gestern gesagt, dass sie heute auf jeden Fall nach Zoë sehen wird.«

Rosemary Jones' Lippen begannen zu zittern. »Zoë soll nicht sterben …«

Pia legte ihr eine Hand auf die Schulter. »Wir werden versuchen, Nancy zu erreichen, und sie bitten, sofort zu kommen. Sie kann Zoë sicherlich ein Medikament gegen den Schock geben.«

»Ja, bitte.«

»Darf ich Zoë morgen wieder besuchen?«

Rosemary Jones nickte. »Haben Sie eine Telefonnummer?«

Jonathan schrieb seine Nummer auf einen Zettel und reichte ihn ihr.

»Sie können uns jederzeit anrufen«, sagte Pia. »Auch nachts.«

»Danke …«

Nancy war offensichtlich bei Rosemary Jones angekommen, kurz nachdem Pia und Jonathan das Haus verlassen hatten. Denn als sie bei David anriefen, um die Nummer von Nancys Pieper zu erfragen, hatte Nancy sich bereits bei ihm gemeldet, um zu sagen, dass Zoë unter Schock stehe und sie die Einlieferung ins Krankenhaus veranlasst habe.

»In welches?«, fragte Jonathan.

»Groote Schuur.«

Zoë hing am Tropf, als Pia an ihr Bett trat. Sie rührte sich nicht.

»Ich möchte gern einen Arzt sprechen«, sagte Pia zu der Schwester, die damit beschäftigt war, das Nachbarbett frisch zu beziehen.

»Nähere Auskünfte geben wir nur an Verwandte«, antwortete die Schwester schnippisch.

»Mrs. Shenton war meine Nanny. Ihr Sohn sitzt im Gefängnis. Bitte …«

Die Schwester warf ihr einen skeptischen Blick zu und verschwand.

Wenig später kam sie mit einem jungen Arzt zurück, der sie freundlich anlächelte.

»Mrs. Shenton war Ihre Nanny?«

»Ja … Mein Name ist Pia Lessing …«

»Sie wissen, warum Mrs. Shenton einen Schock erlitten hat?«

»Ja … es ist wegen ihres Sohnes. Er …« Pia stockte. »Er hat jemanden getötet …«

»Eine furchtbare Geschichte.«

»Wie steht es um Mrs. Shenton?«

»Schwer zu sagen. Normalerweise müsste sie bald zu sich kommen, aber der Krebs hat sie sehr geschwächt.«

»Darf ich mich zu ihr setzen?«

Der Arzt nickte und zeigte auf die Stühle, die an der Wand standen.

Pia blieb an Zoës Bett sitzen, bis es dunkel geworden war und die Schwester sie nach Hause schickte. In all den Stunden hatte Zoë keine einzige Regung von sich gegeben.

Am nächsten Morgen um Viertel nach sieben kam ein Anruf aus dem Krankenhaus. Es war der junge Arzt, der Pia mitteilte, dass Zoë Shenton vor einer halben Stunde gestorben sei.

24

Sie waren alle gekommen. Rosemary Jones, Nancy, David, Sophie, Steve, Charlie. Nur Adam nicht.

Sophie hatte für ihn eine Erlaubnis beantragt, in Handschellen an der Beerdigung seiner Mutter teilnehmen zu dürfen. Die Gefängnisverwaltung hatte die Erlaubnis sofort erteilt, aber Adam hatte dies kaum zur Kenntnis genommen. Sophie war sich nicht sicher, ob er überhaupt begriffen hatte, dass seine Mutter gestorben war.

Pia war erleichtert, dass ihr sein Anblick an diesem Tag erspart blieb. Irgendwann würde sie ihn im Gefängnis aufsuchen, auch wenn er sie nicht sehen wollte. Schließlich war sie seine Halbschwester. Die einzige Verwandte, die er noch hatte.

Während der Ansprache des Pfarrers dachte Pia immer wieder an die Dünen von Noordhoek Beach. Beinahe wäre sie diejenige gewesen, die aus Notwehr ihren Halbbruder getötet hätte. Britta hatte recht gehabt. Letztlich war jeder zu einer solchen Tat imstande.

Armut und Elend brächten Gewalt hervor, sagte der Pfarrer, eine verzweifelte Gewalt, für deren Überwindung sie beten sollten.

Pia konnte nicht beten. Sie hatte nur deshalb dieser religiösen Zeremonie zugestimmt, weil sie wusste, dass Zoë den Segen der Kirche gewollt hätte.

Sie könne nichts mehr für ihn tun, hatte Zoë gesagt und ganz ruhig dabei geklungen. Und dennoch hatte die Tatsache, dass ihr Sohn jemanden getötet hatte, das letzte bisschen Leben ausgelöscht, das noch in ihr gewesen war.

Einen Moment lang stellte Pia sich vor, ihr Vater säße mit ihr in dieser Friedhofskapelle und würde trauern um Zoë und das Leben, das sie nicht hatten leben können. *Und dann sehe ich sie beide. Zoë und Vater. Sie sehen mich nicht. Sie umarmen sich.* Würde er auch trauern um sein Kind, das er nicht gekannt hatte? Von dem er nicht einmal wusste, dass es ein Sohn war?

Die Mutter habe sich für ihren Sohn aufgeopfert, sagte der Pfarrer. Aber sie habe zuletzt nichts mehr für ihn tun können.

Jonathans Augen waren geschlossen. Vielleicht dachte er an seinen eigenen Sohn, für den er auch nichts mehr hatte tun können und der ihn womöglich gar nicht mehr kannte. Eines Tages würden sie zu ihm fahren. Und wenn sie Glück hatten, würde es nicht zu spät sein.

Gib ihr eine Chance. Zoës Worte ließen sie nicht mehr los.

Als sie später hinter dem Sarg herliefen, wünschte Pia, sie könnte Zoë sagen, dass sie ihrem Rat folgen würde. Sie würde nicht zurückkehren in ihre alte Welt. Sie würde bleiben.